나의 메피스토

구광본 장편소설

나의 메피스토

행복한책읽기

옛 집의 방 하나만을 남겨 새 집으로 삼다.

한 말씀

15세기경 실제로 존재했다는 마술사 파우스트. 전설에 의하면 그는 불타는 지식욕으로 신학, 의학, 천문 등의 학문은 물론 마술에까지 손을 대어 우주의 궁극적인 이치를 남김없이 알려고 한 자이다.

마법으로 악마 메피스토를 불러내어 지상의 온갖 지식과 쾌락을 얻는 대신 기독교의 적으로 행동하기로 계약을 맺고서 지상과 천상의 곳곳을 헤집고 다니며 대담무쌍한 독신을 거듭하기에 이른 파우스트. 24년의 세월을 보낸 뒤 마침내 죽음을 맞이하는데, 그리하여 그의 혼은 지옥에 떨어지고 기다리는 것은 영겁의 벌이었다. 괴테는 바로 이 마술사의 전설을 거의 한 평생을 바쳐 『파우스트』로 희곡화했다. 그러나 괴테는 대단원에서 전설과는 달리 파우스트를 지옥에 떨어뜨리지는 않았다. 노력하는 한 인간은 방황한다는 것. 그리고 미혹과 슬픔 가운데서도 끊임없이 노력하는 자는 신으로부터 구원받는다는 것.

괴테의 파우스트는 평범한 인간으로서의 약점과 강인하고 정열적인 탐구자로서의 모습을 함께 지닌 자이다. 파우스트는 신과 악마 사이에서 끊임없이 동요하는 평범한 인간이자, 노력과 행동의 인간으로서 쉼없는 자기 발전의 투쟁을 펼쳐보인다. 인간이 맞닥뜨리게 되는 이 세상의 두 면모, 즉 신적인 것과 악마적인 것, 삶과 죽음, 육체와 정신, 이론과 실천 따위들 사이에서의 갈등—훗날 '파우스트적 고뇌' 라고 불리는 그것을 괴테만큼 강렬하게 펼쳐보인 이는 그때까지 없었다.

괴테와 같은 독일 작가 토마스 만은, 히틀러의 이른바 제3제국으로 인한 현대 독일의 비극과, 악마와의 결탁을 통해서라도 예술적 불모성을 벗어나고자 한 천재적인 음악가 아드리안 레버퀸을 다룬 『파우스트 박사』를 썼다. 또 그의 아들 클라우스 만은 브레히트의 혁명적 연극에서 출발해 나치즘의 선전원으로 전락하는 한 극예술가의 반생을 그린 『메피스토』를 썼고 이를 헝가리의 자보 이슈트반 감독은 영화로 만들었다. 그리고 유럽에서 머나먼 이 땅의 누군가는 이 책을 썼으며, 또 누군가는 여기에 에필로그를 덧붙이고 『나의 메피스토』라는 제목으로 세상에 공개한다.

이 이야기의 시간 배경은 1992년이다. 그해 2월 마지막 추위가 기승을 부리던 어느날 스탠드바 마르테에서 독한 술을 마시고 있는 우리의 주인공에게 메피스토가 다가온다.

이야기는 이미 시작되었다.

제1가

— 둥! 이 북소리가 들리는가. 그렇다면 귀 있는 자들이여, 이 첫 번째 노래도 들어라!

— 질투하는 민족신에서 공의와 긍휼의 세계신으로 변신한 야훼, 때로 물과 불로 단호한 심판을 내리기도 했지만 사랑의 신이었음은 의심할 여지 없는 야훼, 당신과 내기를 걸까 해. 당신이, 당신 울타리를 떠났지만 반드시 돌아오리라 믿고 있는, 주일마다 당신의 회당에 출입하는 신도들과는 좀 다른 방식으로 당신을 섬기는 그. 당신 종의 영혼을 나, 처용이가 목표로 하는 세계를 위해 봉사하도록 만들 수 있느냐 없느냐를 놓고 말이야.

뜨겁고 독하다. 재석은 목덜미를 따라 퍼져가는 술기운을 느끼며 유리잔을 내려놓는다. 이제 잔은 비었다. 단 두 모금만에 조니워커 한 잔을 털어 넣은 것이다.

밖은 추웠다. 지금도 몹시 추울 것이다. 마지막 기승을 부리는 동장군에게 밤거리는 완전 점령당해 있었다. 조금 전까지 그 매운 추위 속을 맥이 풀려 걸어야만 했던 재석. 달리는 차들의 불빛이 수영과 헤어진 그의 머릿속을 벌집처럼 들쑤셔놓아 그곳으로 윙윙 바람이 불었다. 밤이 되면서 뚝 떨어진 기온은 행인들의 발걸음을 재촉하고 있었고. 한동안 방향도 정하지 못한 채 걷던 그는 저도 모르게 한숨을 내쉬며 주위를 살폈다.

마침내 스탠드바 마르테의 간판을 발견한 그가 문을 밀었다.

그리고 조니워커 한 잔.

수영과 들른 커피숍. 그곳에서 재석은 두 사람이 만난 지 두 해가 되었음을 상기시키는 것으로 말문을 열었다. 그녀는 그때 지금보다도 더 햇병아리인 여고 교사였다. 그는 막 작품활동을 시작한 소설가였고. 그들이 처음 만난 날은 오늘과는 달랐다. 이제 봄이 시작되는구나 하는 느낌이 들 정도로 따뜻한 날씨였다. 맞은편에 앉아 그녀는 그의 얼굴을 빤히 들여다보고 있다가 고개를 끄덕였다. 솔밭으로 들어갔다가 쭉쭉 뻗은 소나무들 사이 저 멀리에서 은빛 비늘을 빛내며 흐르는 내를 발견하곤 단박 길평이 마음에 들게 되었노라고 했다.

철마다 나름대로의 경치가 있는 곳이잖아요. 또 가보고 싶어지네. 이럴 줄 알았으면 오늘 만나지 말고 내일 내가 길평으로 갈 걸 그랬어요. 그죠?

다음주에 그러면 되지 뭐.

재석은 간단히 그렇게 대꾸했다. 헝클어진 실타래가 심장의 박동을 따라 튀는 공처럼 뒹굴고 있었다. 무슨 말부터 꺼내야 할까. 지난 두 해 동안 매우 행복한 편이었다는 요지의 말을 간신히 찾아냈다. 네가 곁에 있었기 때문이라는 말도.

처음의 짐작보다 훨씬 더 오래 너를 만나 왔고 이젠 오래도록 내 곁에 있으면 좋겠다는 생각을 하게 되었어.

그녀는 고개를 살짝 숙이고 있었다. 그는 어느새 굳어버린 그녀의 표정보다도 서툴기 짝이 없는 고백을 자신의 귀로 확인하는 게 더 난처했다. 빨리 끝내버리자.

벌써 짐작했겠지만 널 한 여자로 좋아하게 되었어. 이렇게 말하는 게 수영이에게도 난데없지만은 않을 거야. 그 동안 무슨 말을 한 건 아니고, 앞으로도 한동안 말하지 않아도 별 상관없다고 생각되었지만 굳이 밝혀두고 싶었어. 널 한 여자로서 좋아한다는 건, 사랑한다는 말이고 나아가 결혼하겠다는 뜻임을 굳이 사족처럼 덧붙이는 날 이해하리라 믿는데.

뭔가 말하려다 빠르게 이어지는 그의 말에 입을 닫았던 그녀. 눈길을 맞받아오며 입을 떼었다. 그 잠깐 사이의 움직임이 왠지 심상찮았다.

재석 씨.

수영은 또랑또랑한 목소리로 그를 불렀다. 이어진 말에서 그는 좀전에 그녀가 하려던 말이 부정적인 것이었음을 확인하게 되었다. 지난 두 해는 자신에게도 즐거웠고 새로운 사람을 만난 기쁨이 있었지만 그를 별다르게 생각하진 않았노라고 한 것이다. 자기를 그런 식으로는 좋아하지 말라는 말도. 너무도 또랑또랑한 목소리로.

지금까지처럼 편하게 그리고 오래 만날 수 있는 사이가 됐으면 해요.

그녀는 그렇지 못하다면 결국 두 사람은 더 이상 만나지 못하게 될 것이라는 단언으로 마무리지었다.

단호했다. 평소의 그녀답지 않을 정도로. 의외다. 물론 고백을 쾌히 받아들이리라 낙관하진 않았다. 하지만 너무도 단정적인 그 말투라니. 한 대 얻어맞은 기분이다. 거의 반사적으로 심정을 털어놓았는데 제대로 기억도 못할 지경이었다. 허겁지겁 지껄인 게 지푸라기를 움켜쥐려고 허우적거리는 꼴이나 아니었을까. 대화가 이어지면서 그 단정적인 말투가 누그러들었지만 마지막 순간은 그때까지의 백 마디 말보다 훨씬 충격적인 것이었다. 나아가 배신감을 불러일으키기에도 충분한.

재석 씨에 대한 제 느낌은, 재석 씨가 만나던 거의 대부분의 사람들에게서도 공통적으로 느낀 것이기도 한데, 현실에 적응을 못

하는 듯했고, 그런 생활이 부럽게 보이기도 했지만 호기심 이상은
아니었어요.

　말할 기운마저 앗아가 버리던 마지막 한마디. 호기심이라. 무심
결에. 그렇더라도. 그에게는 가슴에 박히는 못이었는데.

　한참의 침묵 뒤 둘은 커피숍을 나왔다. 서울에서 만나고 밤늦게
재석이 길평으로 돌아가야 할 때면 언제나 그러했듯 수영은 오늘
도 터미널까지 배웅하겠다고 했다. 그는 사양했고, 오히려 그녀를
지하철역까지 바래다주었다.

　그녀와 헤어진 그는 방향도 정하지 못한 채 한동안 추운 밤거리
를 걸었다.

　그리고 이 스탠드바.

　빈 잔이 된 지는 이미 오래이고 손목시계는 아홉 시 사십 분을
가리킨다. 길평으로 돌아가기에는 늦어버린 시각. 그러나 한잔 더
하고픈 마음을 누른다. 잠이나 자자. 어디 여관에라도 들어가. 깨
고 나면 오늘 저녁의 모든 일이 꿈으로 바뀌어버릴 순 없나.

　"한잔 더 하시죠."

　막 일어서려고 할 때다. 웬 낯선 사내. 바의 종업원인가. 아니
다. 뭐라 대꾸하기도 전에 사내의 말이 이어져 나온다.

　"하하, 그렇게 경계하실 필요는 없습니다. 한잔 더. 여유가 있으
시면 제게도 한잔. 아까부터 지켜보니 머릿속이 몹시 복잡한 모양

이신데."

 이건 뭐야. 경계의 눈빛을 풀 수가 없다. 순간 알코올 기운이 힘 좋은 분수처럼 치솟아 오르고. 그는 의식의 흐름이 자연스럽지 않게 토막나는 걸 비로소 알아챘다. 이게 언제부터. 이게. 수영에게 충격적인 소리를 들었을 때부터인 것 같기도 하고. 조니워커가 퍼져 나가던 때 같기도. 지금의 이 뚝뚝 분질러지는 의식을 문장으로 옮긴다면 어떻게 될까. 말줄임표나 쉼표를 넣어야 할 자리에 마침표만 쉴새없이 박히겠지. 이런 생각마저 누군가가 내리누르는 작두에 토막나 튀는 것을 멀거니 바라보던 그는 저항할 수 없는 기류가 공포스럽게 자신 속으로 밀려들어오는 느낌을 받았다. 바로 그때였다.

 "현재의 상태를 빨리 받아들이는 게 편하지 않겠습니까?"

 뭘 짐작이라도 했다는 듯이 사내가 그렇게 말하는 것이었다. 사내는 그가 노려보는 두 눈에 힘을 주자 한쪽 입꼬리를 슬쩍 비트는 웃음으로 받아넘기고서 다시 말문을 열었다.

 "선생을 보고 있자니 그런 생각이 드는군입쇼. 그러려면 먼저 술을. 술은 지금 선생의 머리를 짓누르고 있는 고민거리를 녹여버리고 환상의 세계를 열어 줄 겁니다. 저는 옛날로 치자면 운수행각하는 걸승쯤이나 될까."

 앉은 것도 선 것도 아닌 엉거주춤한 자세로 재석이 덜덜 떨리는 몸을 간신히 지탱하고 있는 동안 바 옆자리에 사내가 앉는다.

 "전등사엘 가 보셨습니까?"

멀뚱히 바라보는 그를 두고 사내는 계속한다.

"안 가보신 모양인데, 그게 어디 붙어 있는 절인가 하면 말이지요, 강화도다 이겁니다. 염불 냄새를 피우려는 모양이라고 생각진 마십시오. 색스런, 아주 색스러운 이야길 하나 할까 합니다. 선생도 그곳엘 들르면 곧 알 수 있으리라 믿습니다. 색스런 냄새가 폴폴 새어 나오는 진원지를 말입니다. 자, 거기가 어디냐 하고 둘러보니, 어럽쇼! 대웅전 근처로 개코들이 다 몰려가는구나. 암캐 수캐 할 것 없이 씨씨덕거리며 올려다보는 대웅전 추녀 밑. 밑에, 저 저저 쪼그려 앉은 꼬락서니 좀 보소. 물론 실제 여인네가 아니라 조각품입니다만. 어쨌든 알몸의 여인이 거기에, 부처님을 모시는 대웅전의 추녀 밑에 쪼그려 앉아 있는 연유가 무엇이냐, 그게 궁금, 궁금, 궁금하잖습니까?"

어느새 사내가 입을 옆으로 길게 찢어 웃는 표정으로 쳐다보고 있었다. 뭐에 이끌리기라도 하듯 스르르 자리에 앉았던 재석은 흠칫 놀라는 기척을 숨기지 못한다.

"대웅전을 짓던 대목(大木)에게는 정을 나누던 여인이 있었다 이겁니다. 삼거리 주막의 주모가 바로 그 여잔데, 불심이 발동한 이 목수, 글쎄 불사(佛事)를 마칠 때까지는 여색을 멀리하리라 마음먹고 일에 열중하는 겁니다. 헌데 일이 터지지요. 터질 밖에. 그새 주모가 딴 사내와 눈이 맞아 도망질을. 하하, 그런 일이 터졌지요. 목수는 식음을 전폐하고 비관하다 마침내 복수를 결심하게 되었습죠. 복수인즉, 대웅전 추녀 네 귀에 여인의 알몸을 조각해 넣어 무거운 지붕을 머리로 이게 하는 것 바로 그것이었답니다. 유구한 세월 지붕을 떠받쳐야 하는 고통과 알몸을 드러내 눈요깃거리가 되어야 하는 수치를 겪도록 했다 이 소리입지요. 통쾌한 복수였습죠. 배신당한 예술가들이 만약 복수를 꿈꾼다면 그 대목에게서 한 수쯤 배워도 좋지 않을까요?"

다시 흠칫. 저도 모르게 주위를 흘깃흘깃 곁눈질하게 되는 재석이었다. 모두들 제 술 마시기에 바쁘다. 바로 앞의 마담도 관심조차 두지 않는 듯했다. 뭐라고 한마디 끼어들 만도 한데. 그는 사내가 자신을 잘 알고 있다는 데 비로소 생각이 미쳤다. 좀 두려워졌다. 이야기를 마친 사내가 그때까지 빤히 쳐다보고 있다. 그 동안 얼굴 근육이 자꾸만 뒤틀렸다.

"도대체 누구냐고요? 허허, 선생 얼굴이 그렇게 묻고 있군요. 이미 걸승이라고 밝혔지만, 제가 선생의 존함, 그러니까 그 한재석이라는 존함까지 알아버린 이상 하잘것없지만 제 이름은 알려드리는 게 예의겠지요. 저 동해 용왕의 일곱 아들 중 셋째인 처용이라고 하는 자에 대해 혹 들어보셨는지 모르겠습니다. 하하. 이름은 그렇고, 이렇게 선생을 붙든 건 다름이 아니라, 고민을 풀어드리려고 해서입니다. 고민이란 놈과 오래 친구할 필요는 절대 없습니다. 그놈은 독수리처럼 목숨을 쪼아먹고 말 테니까요. 주제넘은 짓이라고 노하진 마십시오. 미천한 저지만 그런 문제엔 깨친 바가 있어 감히 이렇게 옆자리를 차지하고."

"고민이라뇨?"

　오래간만에 입을 뗐는데 뭔가에 잔뜩 눌린 듯하다.

　"클클. 선생에 대해서는 제가 거의 다. 뒷조사를 했다는 뜻이 아니고. 단지 세상을 오래 살다 보니 웬만한 일은 미루어 알 수 있게 되더군요. 클클. 멀찍이서 보아도 독하던데 속으로 들어간 이젠 어떻습니까? 성냥만 대면 불이 확 타오를 듯하지 않습니까? 배신감에 알코루가 묻어 있겠다, 거기에 성냥만 그어대면 단번에 복수심으로 타오를 겁니다. 믿는 도끼에 찍힌 발등은 더 아프죠. 어디 발등뿐인가, 가슴까지 아프고 말곱죠. 슬슬 복수심이 요동을 합니까? 그렇게 숨길 필요가 없습니다. 고 심지에, 원하신다면 제가 성냥을."

　"뭐 하시는 분인지 모르겠습니다만 남의 일을 두고 함부로 왈가왈부하지 마십시오. 사람을 잘못 보신 모양인데 그만 가주셨으면 합니다."

　"가라면 가얍죠. 말씀마따나 남의 일 함부로 왈가왈부하는 것도 장부로서 할 짓은 아니지요. 물론입니다. 그런데 돋아 오른, 선생 가슴에 돋아 오른 심지가 제 눈에 어른거리니 그냥 참기가 몹시 힘이 드는데, 뭐 이런 쪽으로도 신경을 써주셔야. 클. 고 심지에다가, 이젠 알코루까지 촉촉하게 젖어든 고 심지에다가, 성냥을 그어대고 싶어 제가, 지금 몹시 몹시도 괴롭습니다요."

　마약을 원하는 중독자의 애절한 매달림이 아마도 이렇지 않을까. 재석은 어느 정도 냉정을 되찾고 말한다.

　"잘못 보셨습니다."

"난 선생을 오늘 처음 만난 겁니다. 그러니 잘못 보고 말고 할 뭐가 없습죠. 아, 그 뜻이 아니라, 시답잖은 사기에 호락호락 넘어 갈 분이 아니라 이 말씀? 네, 그렇습죠. 선생같이 책 많이 보는 분 이 사기꾼에게 어수룩히 넘어갈 리 없죠. 아직도 이 걸승이 못 미 더운 모양이신데, 일단 저를 믿으시고. 이름은 이미 말씀 올렸다 시피 처용이라 불리고, 가끔씩 사람들 가슴에 불을 질러대는 방화 범입니다. 복수의 불똥이 튀게 하는 일이 본분이라고나 할까. 알 코루 묻은 고 심지가, 하, 아른거리는데."

재석은 사내의 눈빛에 밀리지 않으려 애쓰며 목소리에 힘을 준 다.

"도대체 뭘 원하는 거요?"

"이젠 단도직입적으루."

그때 뭔가 이상한 느낌이 온몸에 소름을 돋게 해 재석은 황급히 마담을 눈으로 찾았다. 이게 뭔가. 그들의 이야기에 관심을 두는 듯하진 않았지만 분명 바로 앞에 있던 마담. 그런데, 그녀는 보이 지 않고 대신 그 자리에는 웬 낯선 아가씨가 앉아 있다. 입가에 야 릇한 미소를 띤 채. 그리고 서늘한 눈빛. 그를 따라 여자를 바라보 던 사내는 후후 하는 웃음소리를 낸다 싶더니 어느새 제 말을 잇 고 있었다.

"그렇게 단도직입적으로, 차라리 그게 소생에게는 더 고맙습죠. 하, 이자가 원하는 게 뭘깝쇼? 클클. 소생은 고매하신 선생의 혼 을 원합지요. 어떻게 들리실지 모르겠습니다만, 소생은 그것을,

하, 그러니까, 고매하신 선생의 혼을, 소생에게 혼을 팔라는."

바를 내리치는 소리. 재석의 주먹이었다. 뭔가에 취한 듯하던 사내가 눈길을 돌렸을 때 그는 벌써 일어나 있다.

"이놈이 눈치가 없어서. 앞길을 막을 수는 없죠. 감히. 시정잡배인 제가. 헌데, 왠지 결국엔 선생이 소생에게 그 혼을 파실 것만 같은 게, 그게 참. 하, 그런데 마음이 굉장히, 굉장히, 그러니까 대해와 같이 넓으신 모양입니다요. 그 여자분이 선생을 호기심으로만 두 해 동안 만났다고 했는데도 태연하신 걸 보니까 말이죠. 동물원 원숭이도 아닌데 호기심으루라니."

다시 한번 눈길이 허공에서 부딪는다. 재석은 자신의 눈에서 새파란 불이 튀었다고 생각하나 왠지 움츠러드는 기분이다. 두려움이라고 불러야 마땅할 마음의 물결이 이미 검푸르게 출렁이고 있었다.

"여관으루?"

밖으로 따라나온 사내였다. 어서 뿌리쳐야겠어. 그러나 생각뿐 선뜻 걸음을 내딛지 못한다.

다행히 사내는 그쯤에서 그의 우려와는 달리 바바리코트의 깃을 잔뜩 세우고는 제 갈길을 갔다. 다음에 보자는 말을 분명하게 남기고.

사내가 사라지고 나서도 재석은 한참 동안이나 섬뜩함에 짓눌려 있었다. 잘 아는 놈야, 날. 안면이 없는데도. 히물거리는 웃음이 뇌리에서 떠나질 않아 그는 여관 간판을 살펴볼 엄두도 못 내고 걸었다. 이게 무슨 일이람. 계속. 아, 그런데 그 여자는 또 뭐야. 바의 젊은 여급을 한동안 중년 마담으로 착각하고 있을 정도로 정신이 없었단 말인가. 그렇게나.

어지러워진 마음의 타래는 사내가 한껏 굴려댄 바람에 이젠 손을 댈 수 없을 지경이 돼버렸다.

열어놓은 창문으로 새들의 지저귐이 밀려든다. 재석은 길평의 자기 집 책상 앞에 앉아 있다. 편지를 쓰기 위해.

그새 겨울은 끝나고 봄이 되었다.

한 달 넘게 수영을 만나지 못했다. 목소리만 들었을 뿐이다. 그녀가 보름 전과 어저께 걸어온 두 번의 전화로. 짤막한 통화에서 그들은 그날 저녁 커피숍에서 있었던 일 따위를 어느쪽에서도 꺼내지 않았다. 요즈음의 날씨와 안부만을 나눴을 뿐이다.

그녀의 반응은 어느 정도 삭여냈다. 하지만 자칭 처용의 수작은 어떻게 받아들여야 할지 감도 잡을 수 없었다. 그녀와 들른 커피숍에서 그들의 대화를 엿듣고 술집까지 따라온 자거나 심령술사이려니 짐작해 보기도 했다. 그러나 쉽게 납득될 일이 아니었다. 그녀에게 편지를 쓰려고 작정하고 앉았자니 그날 일이 되풀이 떠오르고 종내는 한 가지 의문이 꼼지락댄다. 혼을 팔라고 했겠다. 하, 혼을 팔면 어떻게 되나. 악마? 아니면? 뭐가 되든 혼을 판다는 건. 이 혼을 팔아버리면 나 아닌 무엇이 돼버리는데. 지금의 내가 아닌 무엇으로 보람을 느끼고 살지. 문학에의 열망과 그것의 추구과정에서 단련된 이 영혼을 팔고서. 허깨비의 삶밖에 남지 않을 텐데.

허깨비의 삶.

그날 밤 그 자와 헤어져 여관을 찾는 동안 재석은 극심한 혼돈에 휩쓸려 있었다. 당장으로서는 모든 일을 꿈이라 치부해버리지 않고는 배겨낼 수가 없었다. 지금 어디선가 꿈을 꾸고 있는 몸이야. 나는. 토요일 오후에 만난 수영이와 저녁을 먹고 그녀의 배웅을 받으며 길평으로 내려와 잠을 자고 있는 중이야. 나는. 그는 그렇게 중얼거렸고, 다음날 잠을 깨면서, 살짝 눈을 떠 먼저 길평의 자기 방인지 확인했다. 여관방. 전날의 모든 일이 꿈이었으면 했던 기대가 물거품이 되는 순간이었다. 여태까지도 그날에 대해선 좀체 현실감을 가질 수 없었다.

편지에 뭐라고 쓴담.

별로 할 말이 없다. 그날 일 때문일까. 아냐. 머리를 내젓는다. 두 사람 사이는 별로 달라지지 않았다. 예전보다 소식을 적게 주고받은 것도 아니고. 굳이 따지자면 그가 한 번쯤 먼저 연락을 취하지 않은 것 정도. 하지만 그것도 지금 이 편지를 보내고 나면 다 덮이고 말 일. 설핏설핏 날린다 싶던 눈발에 세상의 남루와 쓰라린 기억이 어느새 사라져버리듯.

얼마 뒤면 잎이 돋아 오를 모과나무. 거기에서 새소리가 오랫동안 울린다. 편지에 쓸거리를 찾지 못하고 귀를 열어놓던 재석은 문득 떠오른 게 있어 자리에서 일어났다. 낡은 단행본과 지나간 잡지로 대부분의 칸이 메워진 구석의 책장. 그리고 한 권의 책. 사사(師事)하던 스승으로부터 추천받아 읽었으니 족히 10년 저쪽. 신화나 설화라면 다 외국 것만 들먹이는데 우리에게도 그쪽 못지 않게 문학적 상상력을 자극할 책이 있다는 걸 알게 될 걸세. 스승은 아마 대충 그런 말을 했으리라. 20대 초입이었던 당시의 그는 추천사를 제대로 이해하지 못했음이 분명하다. 의무적으로 마지막 페이지를 넘긴 뒤로는 여태껏 구석진 책꽂이에만 꽂아두었으니. 회한 비슷한 감정이 주마등처럼 지나가는 걸 느끼며 재석은 책을 뒤적인다.

어디 보자. 여긴가. 옳다. 제49대 헌강왕 시절이렷다.

도성 서라벌에서 지방에 이르기까지 집과 담장이 나란히 이어져 있다. 초가란 한 채도 없고 풍악소리가 길거리에서 끊이지 않았고 바람과 비는 한 해 사계를 따라 순조로웠고. 대왕이 신하들과 함께 개운포로 놀이를 가는구나. 그래서, 어디 보자. 놀이를 끝내고 돌아오려고 물가에서 쉬는데 난데없이 구름과 안개가 자욱해오더니 지척을 분간할 수 없어 길을 잃을 정도로 캄캄해지도다. 그렇지. 왕이 이를 이상하게 여겨 좌우 신하들을 둘러보며 까닭을 묻는군.

그러자 나서는 일관(日官) 왈.

이것은 동해의 용이 부린 조화로소이다. 마땅히 좋은 일을 베풀어서 이 조화를 풀어야 할 것이로소이다.

이에 해당 관원에게 하명하는 왕.

용을 위해 가까운 곳에 절 하나를 지어주라.

명이 내리자마자 곧장 구름이 걷히고 안개가 흩어져 날은 다시 개이도다. 그래서 이곳을 개운포(開雲浦)라 하게 되었겠지. 그렇지 그래.

동해의 용은 매우 기뻐할 밖에. 일곱 아들을 데리고 임금 앞에 나타나서 그 덕을 찬양하여 춤추고 음악을 연주하였겠다. 음음. 동해 용의 일곱 아들 가운데 한 아들이 나설 때가 되었겠군. 그렇지. 나서야지. 왕의 행차를 따라 서라벌에 들어가는구나. 왕의 정사를 보좌하는 그의 이름은 처용이라. 왕은 아름다운 여자를 아내로 짝지어주고 또 급간이란 벼슬도 내려주는구나.

그의 아내는 빼어난 미인이다. 그렇게 씌어 있다. 아름다운 아내를 역신이 사모하게 되었다. 그것도 그렇게. 어느날 사람으로 변하여 밤중에 집으로 찾아오는 역신. 때마침 그는 나들이를 해 집에 없고, 옳거니 손바닥 치며 역신은 아내와 동침하는데. 하는데.

나들이에서 집으로 돌아오는 처용. 돌아와 보니, 잠자리에는 두 사람이 누워 있도다. 이걸 목격한 그가 노래를 부르고 춤을 추면서 물러나는데, 부른 노래야 다 알다시피.

서라벌 밝은 달에
밤늦게 노닐다

돌아와 자리를 보니
가랑이가 넷이어라.
둘은 내 것이고
둘은 누구 것인고.
본디 내 것이었다만
빼앗긴 것을 어찌 하리요.

노래 부르고 춤추며 물러나는 처용을 보고서 본디의 모습을 드러내어 무릎 꿇는 역신.

제가 공의 아내를 사모해 오다가 오늘 밤 범하고 말았습니다. 그런데도 공은 노여워하지 않으니 참으로 감동스럽고 아름답게 여겨집니다. 맹세컨대 이제부터는 공의 모습을 그린 것만 보아도 그 문에는 얼씬하지 않겠습니다.

이 일로 나라 사람들은 그의 모습을 문에 그려 붙여서 간사한 귀신을 물리치고 경사스러운 일을 맞이할 수 있었도다.

그래 그렇지. 그런데?

책장 앞에서 물러나 엎드렸다. 이런 책은 바닥에 뒹굴며 뒤적이는 게 제격이다. 20대 초입이었을 때는 간과해 버린 것들을 이제는 찾아낼 수 있을 듯한 기분. 처용가를 흥얼거리며 다른 곳을 뒤적인다.

한쪽에 책을 밀쳐두다가 눈길이 가 닿는 곳이 있다. 애써 외면하던 곳인데 붙들리고 만다. 몇 권의 책. 마음에 두고 있는 장편을 위해 읽은 것들이다. 1세기 무렵 유대의 역사가였던 요세푸스의 전집. 반쯤 읽었을까. 예수의 생애를 다룬 몇 사람의 책은 비교하며 읽을 만했지.

요세푸스 전집 가운데 꼼꼼하게 읽은 것은 그의 『유대전쟁사』였다. 66년부터 73년까지, 그러니까 예수가 죽고 한 세대쯤이 흐른 뒤 유대교 극성 민족주의자들이 반란을 일으켜 로마 총독을 내몰고 예루살렘에 새로운 정부를 세웠을 때 유대군의 갈릴리 지휘관이었던 요세푸스. 로마군에 의해 자신이 지키던 요새가 함락된 뒤 그는 로마에 협력하여 시민권을 얻고, 황제에게 연금과 토지를 하사받아 책을 쓰는 일에 몰두하여 75년부터 79년 사이에 『유대전쟁사』를 써냈다. 기원전 2세기 중반 이후의 유대 역사에서부터 자기 당대의 유대 반란까지 자세하게 기록한 그 책에서 그는 전향자답게 유대의 민족주의자들에 대한 부정적 시각을 드러내고 있으며 로마의 군사전략과 병법을 자세히 기술하고 있다.

올해 꼭 할 일로 잡은 것은 첫 장편을 쓰는 일이다.

오래 전부터 때가 오기를 기다렸던 가슴 벅찬 일. 예수와 그의 시대를 그리기 위해 소설을 썼다고 해도 과언이 아니다. 아아, 그런데. 잔뜩 읽기만 했을 뿐 아직 첫 문장도 만들지 못했으니. 자신에게 엄격한 재석인데도 이번에는 어찌할 수가 없었다. 그날 수영과의 일이 잘 풀렸다면 지금 이러고 있진 않을텐데. 괴롭다. 글쓰는 일이 괴롭다지만 못 쓰고 있을 때의 괴로움에 비하면 아무 것도 아니다. 그날부터 지금까지 도대체 뭘, 도대체 뭘 하고. 그때까지 구상해 놓았던 것마저도 풀풀 다 날아갔다.

예수는 고함을 지르고 있다. 빨리 막을 올려라.

그만 그런 게 아니다. 세례 요한은 요단강으로 가겠다고 난리다. 열심당의 지도자는 더 이상 못 참겠다며 오늘 저녁에라도 로마 병정들을 무찌르러 나가겠다고 으름장이다. 베드로는 아예 그물을 던져버렸다. 빌라도는 또 어떻고.

조금만 기다려 다오.

조금만.

편지를 다 쓰고 나니 모과나무의 그림자가 창턱에 닿을 정도로 해가 기울어 있다.

일요일 하루 종일을 혼자 지낸 셈이다. 오늘 하루뿐만이 아니지만 의식하게 되면 가끔씩 외로움에 젖기도 한다. 수영에게 사랑을 고백한 것도 다 이 외로움 때문인지 모른다. 혼자서 보낸 10년이 넘는 세월. 대학 진학과 함께 집을 떠난 뒤 혹심한 외로움에 시달릴 때도 그곳이 그립지는 않았다. 한사코 집에서 멀어지고자 하는데도 아버지와 어머니는 그의 귀가를 포기하지 않고 있다. 마을 안의 한 집이 아니라 마을 전체가 그의 집이다. 반석이란 뜻을 가진 베드로. 그게 마을의 이름이다. 베드로마을. 아버지는 가장이고 촌장이다. 아버지는 아들에게 촌장직을 물려주려고 하지만 아들은 돌아갈 마음이 없다. 마을의 법을 받아들이지 못하는 그가 쓰려는 소설에는 흔히 알려진 것과 많이 다를 예수가 등장한다.

베드로마을에서와는 다른 시각으로 예수를 보게 된 것은 대학에 들어간 그해, 그러니까 벌써 10년도 더 전부터의 일이었다. "뭘 믿지?" 하고 선배가 물은 그날은 그의 오랜 믿음에 최초의 균열이 가기 시작한 날이었다.

뭘 믿었던가.

뭘 믿지?

하숙집 식구이기도 한 과 선배가 그렇게 물은 것은 휴교령으로 하숙방에 주저앉아 있던 재석을 봄날 저녁 포장마차로 데려가서였다.

그날은 그의 오랜 믿음에 최초의 균열이 가기 시작한 날이었고, 뒷날 알게 되는 사실이지만 광주에서는 학살이 벌어진 날이었다. 한 잔의 술을 털어 넣고서 선배가 대답을 재촉하는 눈으로 쳐다보았다. 재석이 그에 대해 아는 사실이란 그가 사제의 길에 입문했다가 문학을 전공하기 위해 학교를 바꾼 것 정도가 전부였다.

신자라면 믿는 게 있을 것 아냐?

아, 네. 그러니까.

그러니까 우선 신의 존재를 믿겠군.

네.

고개까지 끄덕였다. 그리곤 자기 앞의 잔을 비웠다. 빈 잔을 채

위주며 선배가 중얼거리듯 말했다.

그럼 그걸, 신이 존재한다는 걸 나한테 증명해 보이라구.

좀전부터 투지 같은 게 꿈틀거리고 있던 재석은 그의 빈 잔에 술을 따르고는 입을 열었다.

그러죠.

그때까지도 자신만만했다. 경북 한 시골 고등학생이 서울의 대학생이 되면서 주눅들었던 것들을 일거에 만회할 수 있을 만큼. 한두 해 먼저 세상사에 눈을 뜬 선배들의 현란한 논변에 반론은커녕 뭐라고 물어볼 수도 없었지만 이번만은 달랐다.

신은 무소부재 무소불위의 존재입니다.

흔히들 그렇게 말하지. 신의 적극적 품성으로, 어디든지 있지 아니한 데가 없고 못할 일이 없다는.

그 말만 받아들인다면 신의 존재를 인정한 것이나 마찬가지라고 할 수 있잖습니까?

그렇다고도 할 수 있겠지. 하지만, 그건 신의 특성을 말하는 것이고, 내가 듣고 싶다고 했던 건 네가 신의 존재를 증명해 보이는 것이었잖아.

그건 어려운 일이 아니에요.

그래?

여기, 의자가 있잖아요. 우리가 앉은 이 의자.

그래, 우린 분명히 의자에 앉았다.

이 의자가 어떻게 여기에 있을 수 있게 되었을까요? 이건 어떤 목공이 만들었기 때문에 존재하는 겁니다. 우리 눈앞에 보이는 모든 것들은 누군가가 만든 사람이 있는 거예요. 그렇지 않고는 여기 이렇게 있을 수가 없는 거 아니겠어요. 이런 인공물이 그냥 존재했던 게 아니고 사람이 만든 것이듯 자연물과 사람을 만든 것이 바로 신이시죠. 신의 존재를 부정하는 것은 의자가 목공이 만들지 않았는데도 있었다고 하는 것과 다를 바가 없어요.

그가 한쪽 입꼬리를 비틀며 건배를 청해 왔다. 그 순간 재석은 논증이 미약했음을 깨닫고 또다른 증명을 시도해 보려 했다. 그러나 먼저 입을 연 것은 그였다.

그럼 말이야, 신은 도대체 누가 만들었을까?

무소부재 무소불위의 존재가 신이에요. 아무도 신을 만들지 않았어요.

자연물들 또한 스스로 존재하게 되었다고 볼 수는 없을까? 물론 이 의자야 목공이 만들었지만.

그때쯤 해서였다. 제 논리의 맹점을 어렴풋하게나마 느낀 것은. 균열은 거기에서부터 시작이었다.

마당을 온통 뒤덮은 잔디는 아직 제 빛을 찾지 못했다.

이웃에 사는 화가에게 가려고 밖으로 나온 재석은 기지개를 늘어지게 하고 있던 점박이에게 갔다. 단박에 녀석이 껑충거린다. 점박이는 포인터의 피가 섞인 잡종인데 모양이 묘하다. 어릴 적부터 얻어 길러온 녀석이 앞몸을 일으켜 세워 그에게 매달린다. 줄을 놓쳐 쩔쩔매던 수영이 잠깐 어른거린다. 재석은 운동도 시킬 겸해서 점박이를 데리고 집을 나섰다. 먼 곳에서 돼지가 꽤애액 하고 울어대는 소리가 두어 번 들려왔다.

솔숲 사이로 반듯반듯하게 난 길. 재석이 지금 살고 있는 집은 원래 이 일대 토박이들의 농가 같은 곳이 아니라 전원주택이다. 강원도와 충청북도가 모두 멀지 않은 이곳에 단지가 들어선 것은 꽤나 오래된 일이라 한다. 주위에 남한강의 지류인 솔내[松川]가 흐르고, 국도에서 들앉아 마치 숨어 있는 듯한 조폐공사 길평조폐창의 우뚝우뚝 서 있는 망루도 구경할 수 있는 이곳을 소개해 준 사람이 바로 지금 이웃에 살며 그림 작업을 하는 장미리였다. 첫 소설을 발표하고 직장생활을 그만둘까 고민하던 무렵, 운 좋게 그는 한 노화가의 별장인 셈인 전원주택을 빌려 서울을 떠나오게 된 것이다.

"수영이 만나러 간 줄 알았는데."

주인은 마침 집에 있다. 테라스에서 그녀는 겨우내 실내에 두었던 화분들을 내놓고서 물을 주고 있었다.

"봄기운이 얼굴에 도네요."

"뭐라고요?"

"예뻐졌다는 말입니다."

"늙어 가는 처녀 희롱하는구만."

그녀는 제법 눈을 흘기기까지 한다. 그리고 묻는다.

"서울은 왜 안 가고?"

"날씨도 좋고 해서 그냥 낮잠이나."

"누군 좋겠다. 신경 쓰지 않아도 될 정도로 꽈악 잡아놓았으니."

그는 애매한 미소를 짓곤 계단을 올라갔다. 그런 그를 지켜보던 그녀가 말한다.

"그래, 올해는 결혼 계획이라도 있겠죠?"

"웬 결혼?"

"두 사람 만난 지가 벌써 2년쯤 되지 않았나."

"그쯤."

"그럼 무슨 선언이 있어야 할 것 아닙니까. 결별이든 결혼이든. 남녀 사이라는 게 다 그렇게 가는 것 아닌가. 한 2년쯤 됐다면."

"박사 따로 없네."

"현장실습 점수가 모자라 그렇지. 그런데 두 사람 처음 만난 게 어떻게 해서였더라. 음, 우리집에 놀러온 수영이와 만났겠네 뭐. 그럼 두 사람이 결혼하면 나는 반 중매쟁이쯤 되는 것 아닌가."

"작업하고 있었어요?"

대답할 말도 궁한 터라 재석은 그렇게 화제를 돌리며 안으로 들어간다. 그녀의 처량한 목소리가 뒤따라 들어온다.

"일요일이라고 남들은 연애에 바쁠 텐데 작업은 무슨 작업. 멋진 남자 하나 소개시키고 그럽시다. 나도 현장실습 점수 좀 따게. 해줄 거죠?"

문득 떠오른 한 남자의 얼굴. 그녀와 꽤 가까운. 그러나 왠지 내놓고 만나는 눈치가 아니어서 재석은 입에 막 담긴 그의 이름을 내쉬는 숨과 함께 허공에 내려놓아 버렸다.

대신 풋풋 웃고 코를 실룩거렸다. 미리가 그의 집에 올 때면 책냄새가 난다고 했듯 그녀의 집에서는 항상 그림 냄새가 난다. 유화물감과 테레핀유와 린시드유. 뒤범벅된 그것들의 냄새가 마음을 푸근하게 한다.

그때 또 들렸다. 돼지 울음소리가. 이번에는 꽤 가까이서 길길이 날뛰며 울어대는 듯하다.

"어디서 돼지라도 잡나?"

"돼지가 우리를 뛰쳐나왔대요."

"돼지가요?"

"네, 돼지가."

둘은 잠시 마주보며 웃었다.

그녀가 서울에서 고속버스로 한 시간 거리쯤 떨어진 이곳에 산 지는 그보다 한 해가 더 된다. 수영과 사범대 국사학과 동기이긴 했으나 나이가 많았고 중도하차해버렸다. 엉뚱하게도 그림을 그리겠다면서. 괴짜예요, 괴짜. 수영이 그와 처음 만났을 때 그녀를 두고 한 말. 하지만 몇 해나 근처에 살면서 그녀의 괴짜 기질이 치기가 아니라 대단한 창작욕의 다른 이름임을 알고 있는 그다.

작업실을 둘러보던 재석은 문득 멈춰 선다. 수영이 지금까지 미리를 만나온 것도 호기심 때문인가 하는 생각에 부딪친 탓이다.

그는 가슴의 통증을 이기기 위해 얼굴을 잔뜩 찌푸려야만 했다.

언니 하면 회색빛 가죽가방이 먼저 떠올라요.
언젠가 수영은 미리를 두고 그렇게 말한 적이 있다.
열의 일고여덟은 망태기를 연상한 게 분명했다는 회색빛 가죽
가방. 대개의 동기들보다 세 살이나 많은 나이와 괴벽이 수영에겐
무슨 벽처럼 작용했는지라, 과 수업은 내팽개쳐두고 자기 작업실
에서 처박혀 지낸다는 소문과 그 후줄그레한 가죽가방만으로 그
녀와의 두 해는 지나갔다고 했지. 수영이 몹시 심하게 빈혈을 앓
느라 한 해를 쉬고 3학년으로 학교에 돌아왔을 때 미리는 수업을
빠뜨리지 않는 학생으로 변신해 있었다. 제대로 채우지 못한 학점
때문에 한 학년 뒤처졌던 그녀였다. 후배들에 섞여, 그러나 조금
쯤 외톨이가 돼 강의실을 찾아야 하면서부터 둘은 비로소 제대로
말을 주고받았을 테고, 알게 모르게 작용했던 벽이 조금씩 허물어
졌을 것이다. 누구나의 혀를 내두르게 할 만한 것들이 그때껏 줄
기차게 메고 다닌 가죽가방에서 툭툭 튀어나오곤 했다. 말라 비틀
어진 노가리며 반쯤 남은 패스포트, 공처럼 똘똘 말린 채 물감냄
새를 풍기던 양말. 포기했으려니 짐작했던 그림에 그녀는 더욱 몰
두하고 있었던 것.
여름이 제대로 시작되지도 않았는데 벌써부터 후끈하게 달아
있던 그 나지막한 2층 작업실에 들렀을 때 얼마나 놀랐다고요. 나

같은 문외한의 눈에도 취미 수준은 아니었어요.

하지만 참으로 놀라웠던 것은 그림이 아니었다. 그녀의 생활이었다. 물감 묻은 붓을 쓱쓱 닦은 티셔츠와 그리 넓지 못한 공간을 더욱 좁게 만들던 빈 병들, 거기에서 유추되는 자유로우면서도 한없이 위태로워 보이는 생활. 대학은 그냥 얌전히 졸업하기로 했다는 것. 부모는 없는 것이나 마찬가지라는 것. 참으로 하고 싶은 일은 그림이라는 것. 그날 미리는 술잔을 기울이는 사이사이 아마 그런 얘기를 수영에게 늘어놓았으리라. 대학생이 되어서도 미팅이나 축제나 한 해에 두 번 사적답사라는 명목으로 갖는 야유회 정도가 세상 체험의 전부이다시피 하던 그녀에게는 딴 세계에서 밀려오는 물결로 세례성사를 치른 날이었다. 수영은 분명 그 비슷한 표현을 썼다.

그리고 또 그녀는 말했다. 그때부터 미리 언니의 삶이 얼마나 다채롭게 보였는지 모른다고. 후줄그레하기 짝이 없는 가방도 온갖 보석으로 장식된 양 반짝여보였고, 그 안을 들여다보고 싶은 충동을 수시로 불러일으켰노라고.

그런데.

밤이다.

밤이고 혼자다. 혼자임을 사무치게 의식한 오늘 하루. 아, 어느새!

열두 시가 지난 것을 확인한 재석은 전기주전자로 물을 끓이고, 커피를 타고, 커피를 마시면서 아무래도 그 동안 조금 늘어난 듯한 테이프로, 나는요 비가 오면 추억 속에 잠겨요 어쩌구 하는 가성의 한없이 감상적인 노래를 듣고, 그러다가 바깥을 향해 귀를 안테나처럼 곤두세우고서는 모든 것이 약동할 계절이다라고 혼잣말로 중얼거리고, 또 그러다가 밤이고 혼자임을 깨닫는다. 또 그러다가 지난 겨울 막바지 추위 속의 그 일까지. 수영이 조그만 쐐기를 박는 바람에 벌어진 틈새에서 피냄새라도 맡은 하이에나처럼 달려든 정체불명의 수상쩍은 자가 다시 큼지막한 쐐기를 냉큼 박아넣으면서부터 자꾸만 뒤틀려가는 '소설가 한재석'이라는 구조물. 이런 걸 머릿속에 새겨보게 되었으니 이제 잠은 영영 달아나버렸다.

영영 잠이 달아나버린 밤에 할 일이라고는 책을 보는 것뿐. 펼쳐든 책은 이웃의 화가에게 가기 전에 보던 바로 그것이다. 달빛과 별빛으로 은은할 숲과 강과 길이 저마다의 그 얼굴 윤곽을 잃으면서, 7백여 년 전 한 스님의 붓끝에 의해 한국 고대의 신화며 설화며 노래가 천년 이상의 세월을 넘어 모양과 빛과 소리를 또렷하게 해가며 다가왔다. 용모가 빼어났던 수로부인은 깊은 산이나 큰 못을 지날 때면 번번이 신물(神物)들에게 붙들려가고. 조신은 한 그릇 조밥이 익기도 전에 한평생의 꿈을 꾸고. 어느날은 해가 둘이나 뜨고. 자루를 단 지팡이가 혼자서 탁발을 하고. 그 탁발길을 따라 휘적휘적 걸음을 옮기던 재석은 이윽고 법흥왕과 이차돈이 무릎을 맞댄 어전을 기웃거리게 되었다.

어전.

임금은 목숨을 바치겠다는 이차돈의 뜻이 갸륵하지만 불도(佛道)를 퍼뜨리려는 자신이 어찌 생목숨을 죽이랴 싶어 다시 그를 만류한다. 그러나 물러서지 않는 이차돈.

모든 것 중에 제일로 버리기 어려운 게 사람의 생명인 줄 아옵니다. 하지만 소신이 저녁에 죽어 아침에 불교가 행해진다면 불법이 융성하고 임금님께서도 길이 편안하게 될 터입니다.

임금은 높은 기개에 감복해 그의 뜻을 받아들이기로 한다. 이윽고 밀담은 끝나고, 사찰을 짓다가 귀족들의 반발로 곤경에 처한 법흥왕을 돕기 위해 이차돈이 제안한 묘책을 실행에 옮길 형틀이 서게 된다. 아항 이렇게 되는구나. 입이 절로 벌어진다. 이차돈의 순교로 신라에 불교가 들어오게 되었다고 했는데, 그건 거짓말이야 아닐지라도 납작한 지식에 지나지 않음은 분명타. 연대와 왕명과 사실로 엮어진 역사서에서는 풍기지 않던 냄새가 나는구나. 왕은 지금 군신들과 힘겨루기를 하고 있는 거야. 몹시 힘든. 절대왕정을 이루지 못한 왕이야 얼마나 불안했으랴. 골머리 썩일 일이어디 한두 가지랴. 자고로 권력자와 그 책사(策士)들이란 자는 누구나 음모꾼 아닌가. 예나 지금이나. 권좌를 노리는 정적에게 당하지 않으려면 하루도 쉴 새 없지. 공사다망토다. 왕이여, 권력이여. 저놈의 호족을 어떻게 내 손바닥 안에 묶어둔담. 공주야, 네가저 권문세가와 혼례를 치러야겠다. 그래야만 이 나라가. 각하, 새

야당을 창당하게 자금을 대주셔야 합니다. 물론 그 친구야 각하의 오랜 정적입니다만 지금은 새로운 정적이 등장하지 않았습니까. 아, 끝이 없도다. 두루마리 역사서를 아무리 늘려도 다 못 담겠구나.

정치음모극의 무대가 꾸며졌다.

무시무시한 형틀을 꾸며놓고 군신들을 불러모은다. 왕은 으리으리한 휘장 아래 버티고 서 있다. 아무래도 군신들은 움찔할 밖에. 여러 이해 관계로 신라 땅에 불교가 뿌리내리는 걸 반대해 왔던 군신들은 사찰이 세워지고 있어 왕에게 항의를 할 생각이었는데 선수를 당하게 된 것이다. 왕은 좌중을 둘러보고는 마침내 한껏 위엄 서린 목소리로 말한다.

그대들이 짐에게 몰려오려 했다는 게 사실인가! 짐은 언제나 그대들과 뜻을 나눠 나라를 이끌었는데 그대들은 골방에 끼리끼리 모여 쑥덕댔다니 심히 불쾌하오. 왕명을 어긴 자의 최후가 어떠한가를 보여주리라.

왕명을 중간에서 멋대로 바꿔 사찰을 지으려 했다는 죄로 이차돈에게는 참수형이 내려진다. 사찰을 세우고자 했던 왕의 뜻이 반대에 부딪히자 실무책임자인 이차돈이 왕을 곤경에서 건져내기 위해 뒤집어쓴 죄. 국면 대전환의 비책. 어차피 구하기 어려운 목숨이었다. 그러나 나는 이제 영원한 목숨을 얻게 된다. 이차돈은 나무관세음보살을 되풀이 외며 눈을 감고 있다. 빙글빙글 돌고 있는 망나니. 마침내 칼이 목으로 떨어졌다. 단칼에 머리는 바닥에 뒹굴고. 목에서는 흰젖 같은 피가 솟구쳤고. 사방이 어두워 저녁 햇살이 빛을 감추었고. 땅이 진동하며 빗방울이 떨어졌고.

흰젖 같은 피가 솟구쳤다?

진위를 놓고 천년 뒤에 왈가불가하는 것과는 아무런 상관없이 다음날 서라벌 거리에는 온통 그 소문이다. 처음에야 왕의 심복들이 퍼뜨렸겠지만 그놈은 조금만 자라도 제 발로 뛰어다니는 법 아닌가.

그럼 이젠 절이 세워지겠구면.

아니 왜요?

이놈의 여편네야, 그걸 모르겠어? 부처님의 신통력을 봤는데 불도를 안 받아들이겠느냐고.

그렇군요. 임금님도 신하들도 다 절을 세우게 허락하겠군요.

그럼. 들리는 소문에 의하면 사실 임금님은 오래 전부터 절을 세울 마음이 있었대. 신하들의 반대가 있어서 못했지만.

서라벌 어느 부부는 이런 대화를 나눴을지도 모른다.

행간마다에서 솔솔 피어오르는 이 냄새. 재석은 여태까지 보아온 역사서에서는 맡지 못하던 냄새에 취해버렸다. 이차돈 순교 사건의 뒷무대를 다녀온 셈 아닌가. 왕권강화가 그렇게 불교를 빌려 이루어졌던 거였어. 이차돈의 순교는 종교와 권력이 어떻게 공생하는가를 잘 극화한 연극이었다.

역사의 뒷무대에는 이렇게 숨겨진 게 많은 법이다. 뒷무대까지 육박하려면 세계를 사실대로 그린다는 방법으로는 어림없어. 오늘날에 와서는 더더욱. 사실의 조각이란 얼마나 초라한가. 사실주의의 맹신자들이 파편으로 짜 맞춰 놓은 저 도자기 꼴을 보람. 요강단지잖아. 그 파편이 고려청자의 한 부분이 아니란 게 아냐. 없어진 파편이 얼마나 많은가를 알라는 것이지. 자기가 끌어 모은 파편만으로 복원을 해놓고 이게 청자요 하니 웃음거리가 될 밖에. 저 요강단지 보면 누구나 알 수 있잖아. 그래 그렇지. 그러니까 상상력이 필요한 법. 재석은 드러누워 누구에게 말하듯 중얼거렸고, 크게 깨친 기분에 속마음으로 빙글거렸다. 청자를 요강단지로 뭉개버리지 않으려면 유실된 부분을 메워줄 진흙이 필요한 거야. 상상력이란 바로 그 진흙을 만드는 힘, 진흙을 주무르는 힘. 보라구. 청자 아닌 것을 끌어들임으로써 우린 비로소 청자를 보게 되는 거라구. 안 그러면 요강단지밖에 못 봐. 파편을 모두 찾으면 되지 않느냐고? 어림없는 소리. 한번 부서지면 없어지는 게 태반이란 걸 정말 몰라 그래? 비문은 비바람에 지워지고 몇백 년 내려오던 서책도 어느날 왕이 바뀌면 갑작스레 불태워지는 세상인데. 문학은 바로 그 가짜로 진짜를 말하는 기묘한 형식이라 하면 어떨까.

재석은 깨친 것을 중얼거려 머릿속에 새긴다. 그리고, 고려의 승려 일연이 합리적이고 현세적인 것만을 기록하는 방식을 버리고 신기한 일을 대폭 수용한 이 책을 남기지 않았다면 요즘 한국인의 상상세계란 너무나도 앙상하리란 생각을 하며, 머리맡에 두고 수시로 읽으리라 마음먹는다. 처용가의 뒷무대에서도 무슨 냄새가 나긴 날 텐데. 처용가의 뒷무대라. 아마 이차돈 순교 사건 쪽보다 더 많으면 많았지 적지는. 이야기가 덩굴째 뒹굴고 있을 그 곳이 조만간 드러나리란 기대를 하며 책을 덮는다. 순간 생각났다.

정말 까맣게 잊고 있던 일 하나.

한동안 그는 고도 경주며 신라의 혼에 관심을 쏟은 적이 있었다.

남산 기슭의 우물 나정에서 시작되어 남산 기슭 포석정에서 막을 내린 신라와 그 혼. 옛사람이 절은 하늘의 별처럼 많고 탑은 기러기처럼 솟아 있다고 한 그 땅의 사람들. 예컨대 성속을 넘나들며 원융무애한 삶을 산 대자유인 원효며 용서와 화해의 노래며 춤으로 삶의 비극성을 극복하고자 했던 처용을 작품화할 수 없을까 하며 경주를 들락거린 적이 있다. 그러나 작품노트에 몇 줄의 캐리커처만을 남긴 채 당시는 기억의 심연 속으로 사라져버리고 말았다. 그런데 몇 년만에 돌연 수면 위로 떠오른 거대한 빙산처럼 두둥실 솟구쳐 오른 것이다.

빙산처럼.

오전에 저 멀리 저수지 쪽에서 두어 번 들려온 돼지 울음소리가 점심을 막 먹고 났을 때 마당으로 와락 뛰어들었다.

꽤애애액!

어디 막 상처라도 입었을까. 아님 다급하게 쫓기기라도. 뱃속에서부터 끌어올린 소리를 제놈의 똥처럼 뚜둑뚜둑 떨어뜨리며 녀석은 마당을 가로질렀다. 그리고 엉성한 울타리 쪽으로 빠져나가는 것이었다.

황급히 베란다로 나가긴 했지만 재석은 놈의 허연 등짝을 얼핏 보았을 뿐이다. 그가 그 난데없는 소동에 약간 얼이 빠져 있는 사이 이번에는 전화벨이 울린다.

그임을 확인한 뒤 나오는 소리.

"용우다."

용우라면 이용우다.

"아, 그래 웬일?"

"얼굴 좀 보고 살자고."

"그래, 그렇게 되어버렸네."

"나도 마찬가지지 뭐. 너 책 나오고 나서 한번 보기로 해놓고서 그렇게 돼버렸지 뭐. 우리집 연락처는 알지? 서울 오면 연락해라. 직장으로 해도 되고."

"그럴게."

"아, 그리고 이번에 마을에 다녀왔다."

마을이라면 베드로마을이다. 그가 베드로마을의 식구가 된 것은 까까머리 중학생일 때였지 아마. 중고등학교 시절 한 식구로서 함께 보내고 대학으로 진학하면서 한 해 사이를 두고 둘 다 마을을 떠났다. 재석은 이곳에서 글을 쓰고 있고 용우는 서울에 자리를 잡았다. 베드로마을의 한 식구였던 그. 앞으로 마을을 이끌어야 할 새로운 세대에 대해 이야기할 작정인 모양이다.

　해가 떨어지기 전에 그곳으로 가 볼 작정이다.
　하루 내내 주위에서는 돼지 울음소리가 들렸다. 미리의 집으로
가는 길에 처음 들은 그 울음소리. 멀어졌다가 가까워지고 그러다
아예 잠잠해지기도 하면서 연 사흘째 일대를 부산스럽게 만들었
다. 그런데 오늘 아침부터는 지척의 거리에서 소리를 높였다 낮췄
다 하며 들려오기 시작했다. 남의 집 마당을 가로지르거나 숲을
마구 헤집고 다녔을 놈이 이제 우리로 삼고 있는 곳이 대략 어디
일지 그는 짐작할 수 있었다.
　줄에서 풀려난 점박이 녀석. 주인의 뜻을 알고 있다는 듯이 돼
지 울음소리가 들려오던 곳으로 뛴다. 휘파람을 불었다. 그러자
녀석이 덤불 사이로 경중경중 뛰어가다가 재빨리 돌아왔다. 그리
고는 금세 다시 앞장을. 그런 식으로 되풀이를 하며 녀석은 솔내
쪽으로 난 길로 들어섰다. 얼마 걷지 않아서였다. 그 길로 합류하
는 사람이 보였다. 옆길로 들어온 그 자. 양동이와 도끼를 쥔 채
앞서 걷는다. 점박이의 짖는 소리에 뒤돌아보는 사내. 그 순간 점
박이가 길을 버리고 숲으로 뛰어든다.
　그 사내를 다시 본 것은 바로 돼지와 점박이가 맞서 서로 목청
을 높이고 있을 때였다. 뒤늦게 나타난 사내는 맞서고 있는 둘 사
이로 거침없이 들어온다. 먼저 뜨거운 피를 가라앉힌 것은 점박이

쪽이다. 그가 휘파람을 불어 안정시키기도 했지만 사내의 몸짓에 움찔한 듯도 하다. 요크셔인가, 아니 햄프셔? 베드로마을 시절에는 한눈에도 척척 알아봤는데 이제 알쏭달쏭하기만 하다. 마을의 나이깨나 먹은 사내애들은 알고 보면 모두들 일종의 견습돼지치기, 새끼돼지의 젖떼는 시기와 젖떼는 방법을 어른들 못지 않게 알고 또 돼지들의 교배를 담 너머에서라도 참관하고 싶어 안달이던 견습돼지치기가 아니었던가. 그런데 요크셔인지 햄프셔인지도 제대로 분간하지 못하게 되다니. 돌아보면 어제 같지만 그 사이에는 많은 날들이 끼어있는 것이다. 돼지는, 여하튼 외래종인 것만은 틀림없는 눈앞의, 이 숲의 돼지는 약간 발그스레한 빛을 띠는 흰 몸통으로 뭐든 짓뭉개버리겠다는 기세로 날뛰고 있다. 괴물스러울 정도로 거대한 덩치는 아니다. 그러나 만만찮을 근수다. 사내는 그런 돼지를 향해 뭐라 중얼거리더니 양동이를 내려놓는다. 그러면서 거의 뒤로 휘두르듯이 해서 도끼를 나무에 내리친다. 굴참나무가 후드득 몸을 떨었다.

"돼지 잡는 것 본 적 있수?"

뭉툭한 코의 사내가 그를 돌아보며 하는 말이다.

뭐라 대답하기도 전에 그 자는 점퍼를 벗어 나뭇가지에 건다. 그리고 둥치에 박힌 도끼를 빼 들었다. 점박이는 재석의 좌우를 왔다갔다하고 있다. 돼지는 다시 목청을 높이며 이번에는 정말 제 왼쪽 뒷발을 묶고 있는 줄을 끊어버리겠다는 듯이 힘을 주어 달려들었다. 그러나 매번 그러했듯 땅바닥에 처박히고 만다. 일대는 녀석의 주둥이와 발길로 어지럽게 파헤쳐져 있다.

칼춤을 추듯 도끼로 허공을 갈라보던 사내가 돼지 곁으로 바싹 다가선다. 그때부터는 동작이 작아지는데 날뛰는 돼지가 멈춰서는 그런 순간을 노리는 듯. 도끼의 날 쪽이 아니라 머리로 내리칠 모양이다. 대치는 꽤나 오래 계속된다. 돼지치기 사내는 우리에서 뛰쳐나와 사흘씩이나 애를 먹이던 돼지를 즉결처분할 작정인 것이다.

도끼는 조금 의외의 순간에 날아갔다. 바싹 내밀고 있던 주둥이를 허공으로 치켜들며 돼지가 돌아서는 순간 사내가 도끼를 휘둘렀는데 정수리에서 비껴나가는 듯했다. 굴참나무가 우지끈 뽑힌 게 아닐까 싶은 소리는 그러나 돼지에게서 나온 것. 여전히 숲을 삼켜버릴 듯한 고함을 내지르며 놈이 비칠거리더니 무릎을 꿇는다. 마무리를 할 듯 머리 위로 치켜 올라간 도끼가 슬그머니 내려간다.

두 주먹을 꼭 쥔 그에게로 사내가 숨을 몰아쉬며 다가왔다.

"돼지 피도 괜찮수. 생각 있으면 한잔 하시우."

다시 돌아선 사내가 버둥대는 돼지를 한동안 지켜본다. 그리고 마구잡이에 가까운 도끼질. 양동이에서 식칼을 빼든 것은 돼지가 완전히 널브러진 다음이었다. 돼지의 목에서 더운피가 콸콸 쏟아지는 순간 재석은 두 눈을 질끈 감아버렸다.

"벌써 해치운 것 아냐?"라는 소리와 함께 돼지치기 사내의 동료인 듯한 한 패거리가 나타났다. 그들의 앞서거니 뒤서거니 하는

말들이 마른 나뭇잎이며 덤불을 버석버석 밟고 또 스적스적 스치
며 다가왔다.

"우, 저 씨발놈은 성질도 급하지. 혼자 다 처먹을 작정이야 뭐
야."

"이번에도 도끼로 타작을 했겠지 뭐."

"뭐든지 개 잡듯 잡는다니까."

숲에서 빠져나와 몇 걸음 옮기지 않았을 때부터 헛구역질이 시
작된다. 집 부근에 이르렀을 때 점심으로 먹은 것을 다 토해냈다.
도살 현장에서 재석을 돌아서게 한 것은 목에서 양동이로 쏟아지
던 피도, 배를 갈랐을 때 쏟아져나올 내장에 대한 상상도 아니었
다. 다만 마구잡이의 도끼질이었다.

그것이 더 이상 그곳에 버티고 있게 하지를 못한 것이다.

제2가

　—둥! 이 북소리가 들리는가. 그렇다면 귀 있는 자들이여, 이 두 번째 노래도 들어라!

　—전세계는 사랑이 무너지는 소리로 들썩이고 있어. 이 시점에서 주목할 것은, 사랑의 궤멸이 그 운영자의 미숙이나 실수 때문이 아니라 사랑 자체의 모순 때문이라는 점이야. 인류사의 온갖 질곡은 언제나 변형되어 나타났지만 하나같이 사랑의 깃발을 내세운 사상가들과 그들을 이용했던 권력자들 탓이었지. 저 거짓 복지국가를 파괴하고, 저 거짓 신성가족을 해체하는 것만이 구원의 길임을 명심하시라. 만국의 처용당 당원들이여, 단결! 단결!

됐어. 테이블에서 마지막으로 지도를 훑어본 뒤 재석은 흡족한 미소를 지으며 벽에 붙인다. 예수 당시의 이스라엘과 로마를 포함하는 전체 지도. 그리고 이스라엘 몇몇 지역의 지도.

이제 한 장만 더. 타자기가 놓인 커다란 테이블 앞 벽에는 오후 거의 내내 그린 지도 다섯 장이 나란히 붙어 있다. 소설의 배경이 되는 이스라엘 사해 바닷가 마사다 요새 일대의 지도를 방금 그렸고 남은 것은 마사다 요새다. 발굴 지도를 바탕으로 산마루에 있는 헤롯왕의 부성(浮城) 그리고 행정청사며 욕장, 저수지 따위를 하나씩 배치하면 될 것이다. 그리고 상상을 가미할 것. 바로 이곳이 소설의 중심 무대다. 구상이 구체화되면서도 점점 세밀해질 터이니 오늘 당장 완성하지 못해도 상관없다.

아홉 시를 넘겨 지도 그리기를 끝낸 그는 냉장고에서 콜라를 페트병째로 가져왔다.

그리고 텔레비전을 켰다.

"한국조폐공사 길평조폐창에서 지난 84년 개창한 이래 최종 인쇄된 지폐가 유출되는 사고가 처음으로 발생했습니다."

문득 소설의 첫 문장이 생각나 다시 테이블 쪽으로 의자를 돌려앉아 그것을 써보고 있을 때였다. 허리쯤에서 중단된 문장을 두고 재석은 텔레비전을 향해 돌아앉았다. 그리고 손을 더듬어 잔을 쥐었다. 아홉 시 뉴스의 앵커는 이제 막 다시 시청자가 된 그를 기다렸다는 듯이 말을 이어가고 있다.

"오늘 경기 길평경찰서에 따르면 길평조폐창측은 지난 13일 지폐 발행 최종 공정인 커트팩, 즉 절단 및 포장 작업 중 만 원권 이백스물네 장이 인쇄된 전지 일곱 장이 사라진 것을 발견, 경찰에 수사를 요청했습니다."

재석이 콜라를 한 모금 마시는 동안 '길평조폐창 관리처장'이라는 자막과 함께 나타난 남자는 기자가 내민 마이크 끝에다 대고 "지난 11일 오전 활판인쇄를 마친 만 원권 전지를 창고에 보관한 뒤 13일 커트팩 작업을 하다 전지 일곱 장이 없어진 것을 확인했습니다" 하고 말했다.

그리고는 다시 앵커였다.

"이에 따라 경찰은 길평조폐창측과 공동으로 직원 2백 명을 대상으로 봉투에 지폐를 넣어 달라며 봉투를 배포, 분실된 지폐의 회수를 기대했으나, 오늘 15일 정오까지 회수에 실패하자 본격적인 수사에 나섰습니다."

조폐창의 지폐 유출 사고 보도는, 경찰이 내부소행에 의한 유출로 보고 있다는 점과 분실된 지폐의 일련번호를 알려주는 것으로 끝이 났다. 이제 앵커는 몽골과 중국 화북 지방 그리고 발달한 저기압을 거론하며 이번의 극심한 황사 현상을 설명하고 있고, 그동안 텔레비전은 북한산 같은 곳에서 내려본 듯한 서울 시가의 뿌연 풍경을 화면 가득 내보내고 있다.

5백 미터나 될까. 지척이지만 평소 거의 의식하지 못한 조폐창

에서 사고가 발생하고 그게 아홉 시 뉴스에까지 보도되자 머릿속
에서는 그곳을 배경으로 한 추리소설 같은 것이 슬슬 씌어지려 했
다. 그는 국도에서 멀찍이 들앉은 조폐창의 경비 망루를 지도에
그려넣고 있는 자신을 잠깐 상상해봤다. 조폐창과 그 일대에서 벌
어지는 연쇄살인사건을 다룬 소설입니다. 한마디로 딱 이렇게 말
해버릴 수 있는 소설. 이렇게만 말해도 '아, 그것 꽤 재미있겠는데
요'라거나 '사건의 실마리가 하나씩 풀려나가면서 인간들의 추악
한 욕망이 드러나고 살인범과 형사 사이에 벌어지는 두뇌게임의
수준에서 성패가 날 작품이겠네요'라고 할. 그런데 그가 지금 써
야 하는 소설은 그렇게 한마디로 쉽게 요약이 되지 않는 소설이
다. 굳이 요약한다면, 예수와 그의 시대를 다룬 소설이지요. 이건
너무 밋밋하잖은가. 로마에 반란을 일으켜 마사다 요새에서 최후
의 저항을 하는 유대인들 가운데 아흔 살의 한 노인에 의해 회고
되는 예수와 그의 시대에 대한 소설이지요. 이게 좀 낫겠다. 그래
도 조폐창과 그 일대에서 일어나는 연쇄살인사건만큼 독자들에게
쉽고 또 강렬한 인상을 줄 듯하지는 않단 말이야. 하지만, 어쩔 수
없지 뭐. 내가 쓰려는 소설은 광장으로 우르르 몰려나와 롤러 스
케이트를 타는 뭐 그런 사람들을 위한 게 아니니까.

    이곳 천연성새 마사다에 여자와 아이들을 포함한 열심당원
    960명이 목숨을 걸고 들어온 것은 2년 전의 일이었다. 960명
    열심당원 가운데는 이제 아흔 살 늙은이인 나 또한 분명히 포

함되어 있었다.

타자기로 첫 문장에 이어 두 번째 문장까지 써놓고 그는 몇 번이나 거듭 읽어본다. 오늘은 소득이 많다.

답답하던 심사가 조금씩 풀리고 장편소설에 진척이 있은 것은 한 문예지로부터 20일쯤 전 급히 청탁받은 단편소설을 쓰면서였다. 작품집을 낸 뒤 처음 발표하게 되는 단편소설인데 고료보다 더 많은 가외의 소득을 가져온 것이다. 암벽 같은 장편소설과 마주앉아 있던 그에게 이번의 단편소설은 아주 쉽게 해치울 수 있는 일거리에 지나지 않았다. 닷새 정도만에 탈고할 수 있었는데 내일 다시 한번 읽어본 뒤 모레 원고를 가지고 직접 서울의 잡지사에 들를 작정이었다.

우편으로 보내는 게 편하지만. 그래도. 겸사겸사.

오랜만의 서울 나들이였다. 이제는 볼일을 다 보고 내려가는 길. 퇴근길 회사원들로 북적댈 무렵은 지났다. 그러나 지하철 안은 여전히 혼잡하다. 4월이고 금요일이다.

별로 기대하지 않았는데 수영과 통화할 수 있었다. 오후 세 시쯤. 주저하다 전화를 걸어 '홍수영 선생님'을 찾았더니 전데요, 하는 대답이 나왔다. 마침 수업이 비어 교무실에 자리를 지키고 있었던 것이다.

내일 토요일 길평에 놀러갈 생각이었는데.

그녀는 의외이게도 그렇게 말했다.

다음 역에 이르러서야 비로소 적당한 자리를 잡아 손잡이에 매달릴 수 있었다. 한숨을 돌린다. 전철이 멎고, 승객이 교체되고, 새로 탄 사람들이 좀전의 자기처럼 버둥대는 모습을 재석은 한동안 넋놓고 지켜본다. 언제나와 같은 풍경이다, 언제나와 같은. 혼잡한 와중에서도 내일 조간의 주요뉴스를 외치는 신문판매원. 좌석을 차지한 승객들은 그래도 여유가 있어서일까. 아니면 아예 내릴 때까지 딴 일에는 신경을 쓰지 않겠다는 심사에서인가. 신문에다 눈알을 빠뜨려놓았다.

진바지의 젊은 여자. 그녀가 보고 있는 스포츠 신문. 재석은 무심히 여자의 바른쪽 옆자리로 시선을 돌리다가 한 승객의 무릎에 놓인 이상한 책을 발견한다. 『처용어록』이라. 초현실주의자들이 이질적인 요소들을 결합시켜놓던 만큼은 아니라도 양복바지를 배경으로 한 그 책이 시선을 끈다. 모택동이나 김일성 따위의 이름이 박혀 있었다면 되레 지나쳤을지도 모를 일이다. 천년 전 설화의 인물보다는 가려져 있던 저쪽 세계의 지도자들이 더 낯설지 않을 요즈음 아닌가. 그런데도 그걸 눈여겨보는 이는 없다.

마흔 앞뒤로 보이는 그는 한참 졸고 있었다. 여자가 신문을 접는 사이 나타나는 한 아이. 먹장구름 사이로 부신 햇빛과 마주친 느낌이다. 아이는 다시 신문에 가려진다. 여자와 남자 사이에 끼여 있었던 것이다. 머리는 박박. 아마 그랬으리라. 아이와는 달리 남자는 잘 보인다. 무릎에 놓인 책도. 표지에는 제목이 활자체로 박혀 있다. 그러나 출판사명은 보이지 않는다. 한 권의 책으로 묶을 만큼 처용이 말한 게 있긴 있나. 그가 알기로 처용이 뭐라 지껄인 것은, 마누라를 역신에게 빼앗기고는 그 현장에서 부른 노래 정도가 전부인데.

혹시!

미치광이에게 혼을 팔고 만 자가 아닐까. 유심히 살핀다. 그는 처음과 다름없다. 허리를 꼿꼿이 해 눈을 감고. 팔짱도 꼈다. 마치 책이 남들에게 잘 보이라고 일부러 그러고 있는 것만 같다. 지쳐 조는 것 같기도 하고 달콤한 꿈에 취한 듯도 해 언뜻 짐작이 가지 않는다.

환승역이 가까워지고 있다. 지하철을 갈아타야 했으므로 재석은 내릴 차비를 하고 그 남자에게서 떨어져 나왔다.

다시 움직이기 시작한다. 그새 새로운 손님으로 가득해져서. 여기까지 오는 내내 부대껴야 했던 터라 온몸이 땀에 흥건히 젖어 있다. 재석은 지하철의 길고 매끄러운 몸체가 어둠 속으로 파고들어 완전히 사라지는 걸 지켜본다. 그 동안 함께 내린 사람들은 우르르 몰려가 버렸다. 어느새 한산해진 그곳에서 안내판을 찾아 시선을 돌린다.

"어이쿠, 죄송합니다."

어깨가 부딪히는 것과 동시에 들려온 소리. 바로 그 남자다.

앞뒤 잴 여유도 없이 불렀다. 급히 두어 걸음 나아가던 그가 돌아서서 미안하다는 표정을 짓는다.

"다친 데는 없습니까?"

"네."

"급하게 가느라."

"괜찮습니다. 그건 그렇고, 특이한 책을 가지고 계시던데요."

"아, 이것!"

그가 책을 들어 보인다.

재석은 고개를 끄덕인다. 그러고서 사내의 두 눈을 똑바로 바라본다. 우뚝 솟은 코와 짙은 눈썹 때문인지 눈은 움푹 꺼져 보인다. 동굴에서 밖을 노려보는 야행성 동물들의 그것처럼 빛을 내는 두 눈.

그는 부근의 앉을 곳으로 갔다. 큰 기둥 주위로 빙 둘러가며 의자가 놓인 곳이다. 머리를 싹 밀어버려, 이중섭의 동자상을 연상시키는 아이가 다가오다 그의 손짓에 자판기 쪽으로 갔다. 부자관계이리라. 그렇게 생각되었다. 눈빛 때문일까.

"졸고 있는 걸 다 보셨군요. 허허. 까딱했으면 여기서 내리지도 못할 뻔했습니다. 그러고 보니 노형도 처용 선생에 대해 관심이 많으신 모양이죠. 요즘 시대에는 사랑의 본질을 제대로 깨쳐야 합니다. 젊은이라면 특히 더 깨쳐야지요. 그걸 깨치지 못하면 헛사는 것이나 진배없지 않겠습니까."

한동안 이야기보다는 입술에 신경이 쓰인다. 그는 입술을 움직이지 않고 말을 한다는 복화술을 구사하고 있었다. 책에서야 봤지만 직접 목격하기는 처음이다. 재석이 그런 걸 따지는 동안에도 그는 이야기에 열중이었다. 입술을 전혀 움직이지 않고. 좀전의 피로한 기색을 말끔히 씻어낸 채였다. 난데없는 열성이 난감했다. 그러나 들어보는 수밖에. 아이는 콜라를 홀짝거리며 이쪽을 건너다보고 있다.

"노형도 바쁠 테고 저도 바쁩니다. 하지만 이 얘기는 꼭 해야겠습니다. 노형도 관심을 보인 바 있는 이 책! 이 책 마지막에 뭐라고 적혀 있는지 아십니까?"

금방이라도 책을 펼칠 기세다. 그러나 대답을 기다리지도, 책을 펼치지도 않고 말을 이었다.

"내 말을 땅끝까지 퍼뜨려라, 바로 이겁니다. 그러니 제가 바쁘지만 노형에게 이 얘길 않을 수가 없죠. 제 얘기는 꿈 이야깁니다. 아, 하지만 꿈이라고 해서!"

일장춘몽에 지나지 않는다면 남의 귀한 시간을 붙들 리가 없잖느냐, 역설하고는 그는 이야기를 늘어놓았다.

어느날, 퇴근을 한 그는 회사 동료들과 늦게까지 술을 마시고 집으로 갔다. 텅 빈 골목길에서 콧노래를 부르며 팔자걸음으로 마침내 대문 앞에 섰다. 벨소리가 몇 번 울려 나갔는데도 열리지 않는 문. 화가 난 마누라가 일부러 그러는가 싶었다. 그는 술 취했을 때의 버릇대로 오래 기다리지 않고 담을 넘었다. 호기롭게 담을 넘고, 마침내 방문을 열었다. 그런데 그곳에서는 눈알이 튀어나올 일이 벌어지고 있었다.

"마누라가 죽어 있더냐고요? 강도가 마누라를 인질로 삼고 있더냐고요? 그런 게 아닙니다. 가랑이 네 개! 네 개가 뒤엉켜 있잖겠습니까."

묵묵히 듣고 있던 재석은 당신이 처용이냐는 항변이 목젖까지 치밀었다. 그는 자신이 받은 충격을 헤아려 보기라도 하라는 듯 잠시 틈을 두었다가 이야기를 잇는다.

"마누라가 웬 놈팡이와 홀레를 붙고 있는데 눈알이 튀어나오지 않을 수 있겠어요. 교성을 질러대는 마누라 위에서 그 놈팡이가 몸을 일으키더니 처용가를 홍얼거리더군요. 허허. 부르더라도 내가 불러야 하는 것 아닙니까. 마누라가 옷가지를 급히 걸치고 도망가고 나니까 처용이라고 자신을 밝힌 그 놈팡이가 이런 말을 합디다. 당신 아내는 몸은 다른 사내에게 팔고 화대는 당신에게서 받고 있다고요. 말하지 않아도 알 수 있는 일이죠. 바로 거기가 현장이잖겠습니까. 마누라를 겁탈한 놈이 그런 말을 하니 성질이 얼마나 나는지. 주먹이라도 날리려는데 몸이 말을 들어야죠. 버둥대다 깨니 꿈이더라 이 말씀입니다. 그러나, 허황한 얘기라고 치부하지 마십시오. 그 꿈 뒤로 내가 잘 조사해 보니 마누라에게 그런 낌새가 있더군요. 이젠 진짜 현장을."

"그럼 지금은 현장을 덮치러 가는 길입니까?"

"아, 지금은 아닙니다. 사랑이라는 가면을 뒤집어쓰고 저질러지는 온갖 부정한 현장들, 그걸 선생께서 카메라에 담아두셨는데, 그게 이번 주에 공개됩니다. 오늘은."

"꿈 얘기를 하고 계시는군요."

목소리에는 여태까지 꾹 눌러놓은 냉소가 고스란히 담겨 있다. 얼굴에 엷은 비웃음까지 띠었는지 모른다.

"아닙니다. 꿈 얘기는 벌써 끝났잖습니까."

"그런가요."

"처용 선생은 내 마누라의 부정을 알려주기 위해 꿈에 나타나셨 습니다. 처음엔 말예요. 그후 그분을 현실에서 다시 만나게 된 건 내 인생 최대의 행운입니다. 엄연히 현존하십니다. 선생은. 며칠 전부터 이 『처용어록』을 강설하고 계시죠. 한 달 간 계속될 겁니 다. 사랑의 허구성을 통쾌하게 설파하고 계십니다. 노형은 젊으니 까 사랑이 한없이 숭고하고 아름답게 보일지도 모릅니다. 그러나 속지 마십시오. 선생의 강설을 몇 번만 들어보신다면 노형의 애인 도 결국에는 내 마누라와 같다는 걸 아시게 될 겁니다."

역시!

저번엔 자칭 처용이란 자가 수작을 걸더니. 이번엔 그에게 혼을 판 자가 아닌가. 이건 분명 정신의 전염병 같은 것이다. 활자 대신 병균이 득시글대는 책을 상상하자 숨이 콱 막혀 온다.

혼을 파십시오, 혼을. 중얼대던 소리가 옆자리인 듯 되살아났 다. 이잔 혼을 도려낼 반달칼을 주머니에서 만지작거리고 있을지 도 모를 일야. 주 너의 하나님을 시험치 말라. 천하만국과 그 영광으로 나를 유혹치 말라. 주 너의 하나님께 경배하고 그를 섬겨라. 광야에서 40일을 금식한 예수가 악마에게 외치던 말을 주워 섬겼다.

그리고 떨리는 목소리로 되뇐다. 도망가자고.

"자, 같이 갑시다."

의지와는 달리 멍해진 채 그에게 이끌려 자리에서 일어나고 있다.

역신을 관용으로 물리치던 처용. 이제는 종말의 사도가 되어 세상 사람들의 꿈과 망상 속에 나타나야 할 정도로 이 시대가 타락한 것인가. 머릿속이 어지럽다.

불빛들이 어지럽게 안겨 온다. 대형 광고탑과 상점의 간판에서 내쏘는 불빛이다. 그러나 재석은 평소와는 달리 그 불빛들에 오히려 정신을 어느 정도 수습할 수 있었다.

지하철역에서 사내에게 이끌려 일어날 때부터 발길은 허공에서인 듯 허우적대기만 했다. 지상으로 올라온 여태까지 그렇다. 놓아라 놓아. 붙들린 팔을 흔들지만 끈끈이라도 칠해졌는지 꼼짝도. 그가 놓아주지 않으려 용을 쓰고 있는 것도 아니다. 앙탈 부리는 어린애를 데리고 가는 어른의 몸짓이다. 박박머리 애도 늙은이처럼 히죽히죽 웃으며 달래는 표정을 짓는다. 이렇게 끌려가면 끝장이다. 바락 악을 썼다. 도와줘. 이 치는 미쳤어. 미쳤다니깐. 납치

당했단 말야. 남의 일에는 상관 않겠다는 평소 신념을 실천하는지 아무도 달려오지 않았다. 뒤돌아보지 않는 바로 앞의 청년. 아예 들리지도 않는다는 듯. 구경거리 정도는 될 텐데도. 이건 아무래도 이상하다. 포승줄에 묶이지도 않았는데 뜻대로는 한 발짝도 움직일 수 없다니. 이미 반쯤 혼을 빼앗기기라도 했단 말인가.

"이제 다 왔어요."

아이가 말한다.

남자가 턱짓으로 골목길을 가리킨다. 시종 웃음띤 표정. 재석이 다시 구원을 요청하지만 행인들은 마냥 행인이었다.

바로 그때 나타나는 미니스커트. 놓쳐서는 안될 기회다.

나는 끌려가고 있어. 누구한테라도 알려줘. 위험에 빠졌단 말야. 도와줘. 그러나 여자는 빨간 입술로 뜻모를 미소만 짓고는 쇼핑백을 들여다본다. 가스총이 들어 있을지도 모른다! 그 한 가닥 희망을 여자는 구겨버렸다. 쇼핑백을 추스르고 그냥 지나치는 것이다. 순간적으로 재석은 몸을 홱 비틀어, 평소라면 상상도 못하던 최후의 방법으로 미니스커트의 엉덩이를 냅다 걷어찼다.

아, 그런데 이게 무슨 일.

어지간히도 세게 걷어차였을 엉덩이를 먼지 털듯 매만지고는 그냥 가버리는 게 아닌가. 온몸에서 힘이 쏙 빠져나간다. 하마터면 주저앉을 뻔한다.

"언제나 배반당하죠. 사랑으로부터는. 좋은 경험하셨습니다."

남자가 하는 말이다. 발길을 재촉하며. 다음 순간 그들은 골목으로 들어서고 있다.

보안등 아래를 지나자 급격히 어두워졌다.

주위의 집들은 따로 등화관제훈련이라도 하는 걸까. 얼마를 그렇게 어둠을 헤쳐 나가자 불 밝힌 창이 나타난다. 재석은 어느새 놓여난 자신을 깨닫는다.

"돌아가시려면 지금이라도. 저로선 우리 처용 선생의 강설을 권유하는 바입니다. 하지만 억지로 듣게 할 생각은. 말을 냇가까지는 몰고 가도 물까지 억지로 마시게 할 순 없다는 옛말도 있잖습니까. 사실 강제로 노형을 이곳까지 모셔온 것도 아니고. 자 마음대로."

아이를 불러 손잡은 그가 뚜벅뚜벅 2층 건물로 들어간다.

망설임 끝에 재석은 자신을 무력한 존재로 만들어버린 그들에 대한 오기로 뒤따라가 2층으로 오르는 계단을 밟았다. 허겁지겁 도망치는 꼴을 보여 줄 필요는 없잖은가. 마음대로 돌아갈 수만 있다면.

대학의 대형 강의실 같다.

그런 곳에 사람들이 빽빽이 앉아 잡담을 나누고 있다. 예상치 못한 많은 숫자다. 재석은 뒤편의 구석진 자리에 가 앉는다. 대형 스크린이 내려오고 장내가 정돈되는 동안 연단 주위에서 귀엣말 나누던 청년 가운데 하나가 마이크를 잡았다. 숙연해진 장내에 그 청년의 목소리가 울리기 시작한다.

"방금 전, 처용 선생이 중앙경찰서에 연행되셨다는 연락이 제게
왔습니다. 평소보다 일찍 집을 나섰다는데 30분 전까지도 도착하
지 않으시기에 우리 청년부에서 몇 사람이 백방으로 알아본 결과
밝혀낸 사실입니다."

장내는 단번에 우우 하고 함성이 인다. 자리에서 벌떡 일어나는
사람들도 있고 여자들 중에서는 알아듣기 힘든 목소리로 노래를
부르기도 한다. 재석은 예기치 못한 난동에라도 휩쓸리지 않나 싶
어 마음이 조마조마했다. 평소 종교든 정치든 대중의 집회에서 내
뿜는 광적인 열기를 거의 막무가내다시피 싫어하는 그. 무한대로
불어나려는 속성을 지닌 군중이란 언제나 폭력과 소요를 연상시
킨다. 그의 군중에 대한 인식의 연원은 어린 시절에 그 뿌리가 닿
아 있다. 엄밀한 의미에서 가족 또한 사회이지만 보통 말하는 사
회의 모지락스러움과는 대칭되는 곳에서 안온함 같은 걸 내포하
고 있음도 사실일 터이다. 그러나 그는 그러한 정감을 가족 관계
에서 거의 맛보지 못하고 자랐다. 그 까닭을 그는 가족의 구성원
이 너무 많았던 탓이라고 여기고 있다. 질시와 이탈로 가족 전체
가 아예 붕괴된 몇 번의 짤막한 시기를 빼고는 구성원이 서른 명
아래로 떨어진 적은 없었다. 누군가가 무엇을 깨뜨리기라도 하면,
그 파열음이 크면 클수록 난폭성은 빠르게 퍼져나가지 않던가. 모
두가 애써 가꾸던 꽃밭을 짓밟고 분노를 터뜨릴 상대를 찾아 몰려
가고.

"아, 모두들 진정하십시오. 우리 당을 와해시키려는 세력들의 모함으로 경찰에서 조사를 하겠다고 나섰다는 겁니다. 선생님은 우리들에게 행동을 자제하라는 메시지를 전하셨습니다. 우리를 험담하는 세력의 논리를 철저하게 논박할 기회도 될 수 있으리라 기대해 봅니다. 만약 경찰이 섣부른 짓을 할 조짐이 보인다면 저희 청년부에서 구출작전을 펼칠 예정입니다. 특공대는 이미 비상대기에 돌입했습니다. 선생님은 어쩌면 오늘의 이 사태를 내다보셨던 모양입니다. 예정에 없던 영화상영을 이번 주에 하겠다고 하셨을 때부터 이미. 미뤄 모두들 짐작하시리라 믿습니다. 충분히. 탄압의 조짐이 구체화되고 있는 이즈음입니다. 더욱더 믿음을 굳건히 해야겠습니다. 모두들 투쟁의 의지를 다지며 준비된 영화를 관람해 주시기 바랍니다."

연단에서 청년이 내려가고. 잠시 술렁거리던 장내가 다시 조용해진다.

화면이 밝아진 대신 천장의 조명은 꺼진다. 재석은 문득 생각나 시계를 보았다. 막차를 타기에 여유 있던 시간은 오히려 촉박해져 있었다.

내일 수영이 길평에 내려오기로 약속돼 있다.

그러나 그가 막차로라도 꼭 길평에 가야만 해서 자리를 뜰 생각을 한 것은 아니었다. 머뭇대다 엉뚱스런 난동에 휩쓸리는 낭패를 당하고 싶지 않았다.

박박머리 아이와 남자는 얼른 보이지 않는다.

목을 빼 장내를 둘러보던 재석은 꿈에서 깨어나듯 자리에서 일어난다. 하지만 이 밤의 일이 꿈이 아님은 그 자신이 너무도 분명하게 알고 있다.

2층짜리 건물에서 빠져나온 순간 머리끝이 쭈뼛했다. 들어갈 때 분명 계단을 밟아올라갔으니 나올 때는 계단을 밟아내려와야 할 터. 그런데 방금 전 그는 지하에서 올라오지 않았는가. 어두운 골목을 완전히 빠져나올 때까지 아무도 잡지 않는다.

한길로 나오자 양의 창자 속을 빠져나온 기분이었다. 후유. 그는 골목의 입구를 한동안 바라보았다.

고백 이후 처음으로 만난 수영과 찻집에 들렀다. 대화가 끊겼을 때 재석은 전날 일을 이야기할 뻔했다.

찻집은 2층이었다. 그녀는 처음 담임이 된 감회를 털어놓았는데 그 감회는 지난번 편지에서도 들었던 것. 시킨 차가 나오고 한동안 그녀가 비둘기처럼 종알대고 그는 가끔씩 고개를 주억거리며 듣고 그러다 침묵이 내려앉은 것이다. 한없이 어색한. 전과는 왠지 다른 느낌의. 두 달만의 만남임을 의식한 때문이었을까. 그녀의 눈빛은 그에게 침묵을 몰아 내주길 바랐다. 마주친 눈을 돌려 그녀가 토요일 오후의 거리를 내려다봤다. 따라 고개를 돌리던 그에게 전날 일이 떠오른 것이다.

해볼까. 이리저리 요량해봤다. 그러나 곧 고개가 내저어졌다.

믿지 못하리라. 사실 그에게도 잘 믿어지지 않는 일이었으니.

대화는 힘겹게 이어졌다. 구상중인 장편소설을 끄집어내면서. 수영은 재미있는 동화를 듣는 유치원생처럼 탁자에 바싹 붙어 앉아 가끔씩 눈을 깜박거렸다. 그가 쓰고 있거나 구상중인 작품에 관한 얘기를 할 때만큼 그녀의 눈빛이 빛날 때는 없다. 그는 그 눈빛에 끌려 완성도 안된, 혹은 먼 훗날에나 씌어질 작품 이야기를 하는 것이다. 다른 사람들에게는 결코 안 하던 그런 이야기를 해놓고도 열없음을 감내할 수 있었던 것도 모두 그녀의 눈빛 때문이었다. 그 투명한 열정과 관심 그리고 감동. 그런데 그녀는 자신의 그 눈빛을 호기심으로 격하시킨 바 있다. 난데없이 당시의 그 말이 귓가의 모기처럼 앵앵거리지 않았다면 이야기는 꽤 길게 계속될 뻔했다. 대화가 끊긴 것은 이로써 두 번이었다. 찻집을 나와 버스를 타러 가는 동안 두 사람 사이에는 아무런 말이 오가지 않았다. 이럴 필요가 없다는 의지와는 달리 그의 귀는 서울 커피숍에서의 그녀의 단호한 목소리만 듣고 있었다.

"저기!"

그녀가 낚시점을 가리켰다. 그때서야 비로소 귓가에서 앵앵거리던 모기가 물러났다.

두 사람이 떡밥과 건전지를 사서 버스를 탄 것은 얼마 뒤다. 단지 내의 그가 빌려 살고 있는 집은 읍내에서 버스로 20분 거리에 있다.

미리가 수영을 환대하고. 둘이 어린애들처럼 짓까분다.

두 사람이 서로의 안부를 나누는 사이 재석은 작업실로 슬그머니 들어갔다. 그곳은 집안에 배어 있는 냄새의 진원지. 빈 정면 벽에는 슬라이드가 비춰져, 바스키아의 「전기의자」가 영화 포스터처럼 붙어 있다. 요즘 그녀가 특히 마음이 간다는 흑인 화가 바스키아. 비극적인 삶 속에서 생존의 본능이나 절규 같은 것이 번뜩이는 충격적이고도 또 다분히 충동적인 작품을 남겼다는 장 미쉘 바스키아. 그리고 환등기 옆에는 굵은 붓질로 단순화시킨 여자 얼굴을 담은 30호짜리 캔버스가 이젤에 놓여 있다.

미리가 손을 풀고 있던 중이었다며 그를 밖으로 몰아냈다.

그들이 장비를 갖춰 자전거에 싣고 가까운 강가로 나온 것은 저녁을 서둘러 먹은 다음이었다. 날이 어두워지기 전이었다. 주말 낚시꾼들이 군데군데 자리를 잡아 밤샘을 준비하고 있다. 4월 봄 날씨답지 않게 높이 올라간 기온도 해와 함께 알맞게 떨어진 터라 선들선들 부는 바람은 기분 좋게 얼굴에 와 닿는다. 차차 명암의 구분이 지워지던 강가의 풍경에 어느새인가 달빛이 은은한 조명을 비추고, 지상에서도 사람들이 어둠에 잠기는 대신 모닥불 따위의 불빛이 여기저기서 한 점 두 점 돋아 오르기 시작한다. 그리고 때로 힘센 가물치 같은 놈이 적막은 제가 못 견디겠다는 듯이 물 위로 잠깐씩 몸을 솟구치느라 풍덩거리는 소리가 들린다.

밤이 이슥토록 낚싯대는 잠잠하다. 처음에는 부지런히 떡밥을 갈기도 했지만 점점 거기에는 신경을 덜 쓰게 된다. 이런저런 이야기의 막간에 침묵이 끼어들어 좀 길어진다 싶으면 미리가 기지를 발휘해 웃음이 터져나오게 하곤 했다.

"어, 맥주가 두 병밖에 안 남았네."

그의 빈 잔을 채우려던 미리가 한 손에 한 병씩 들어 보인다.

"벌써 그렇게 마셨나?"

"많이 마셨잖아요."

그렇게 끼어든 것은 수영이다. 그러고 보니 그 동안 미리와 재석은 충분하리라며 사온 맥주를 정말 부지런히도 마셔버려 이젠 부족할 것이 분명하게 된 것이다.

"새로운 소식 없어?"라고 미리가 수영에게 묻는 소리가 이제 눅눅해진 종이컵을 빈 병에 덮어씌우던 그를 잠깐 멈칫하게 했다.

"무슨 소식요?"

수영의 목소리는 심상하다.

"어째 두 사람은 알다가도 모르겠네. 지난번에 재석 씨한테 물었을 때도 그렇고."

"무슨 일 있었는데요?"

수영이 그에게 묻는 말이다.

"모르겠는데."

대꾸는 그렇게 했다. 하지만 그는 미리가 무슨 말을 하고 있는지 짐작하고 있다. 그새 그녀는 말을 더 돌리지 않고 제 생각을 이야기한다.

"두 사람은 가만 보면 지금이라도 당장 우리 언제언제 결혼합니다 하고 청첩장 같은 걸 내밀 사이인 듯도 한데, 또 어떨 때 보면 키스는 한번 해봤을까, 아니아니 손이라도 한번 제대로 잡아봤을까 싶은 사이처럼도 보이고 그래. 헷갈려. 나만 그런가. 그래 두 사람 진짜 사이는 어떤 거야?"

그때 둘을 구한 것은 낚싯대의 다급한 방울소리다.

때맞춰 미끼를 물어준 놈을 시작으로 두 시간 가량 서툰 그들의 솜씨도 마다 않고 물고기가 잡혀주었다. 열 마리가 채 되지 않았지만 구사일생 도망간 놈이며 입질만 하고 물러난 놈으로 두 시간 동안 그들은 거의 정신을 차릴 수 없을 지경이다. 그렇게 기분 좋게 손맛이라는 걸 보여준 물고기들은 어느 순간부터 입질조차 하지 않았다. 비로소 그들은 숨을 몰아쉬며 수확을 계산하고 긴장을 풀 수 있었다.

그리고 남은 맥주 두 병. 한 시간 정도 그들은 이야기꽃을 피웠다.

"나 먼저 들어갈게."

자리에서 몸을 일으킨 것은 시간이 두 시가 가까워진 것을 확인하고서 하품을 해대던 미리다. 그녀는 랜턴을 들어 보이며 재석을 제자리에 앉혔다. 그리고 그것을 켰다가 끄는 것으로 인사를 대신했다.

"5월에 수학여행 가요."

둘만이 남게 된 뒤 수영이 처음으로 한 말이었다.

“어디?”

“경주 갔다가, 동해안을 따라 설악산, 대관령을 넘어 다시 서울로. 뭐 대충 그럴 거예요. 경주는 학교 때 이후론 처음이에요. 재석 씨도 여행 좀 다니고 하세요.”

“나야 학생도 선생도 아닌 걸 뭐. 그러니 수학여행을 갈 수도 없는 노릇이고.”

그렇게 얼버무리려던 그는 확정되진 않았다면서 덧붙인다.

“일본을 다녀올지 모르겠어.”

“일본요?”

“응. 유학 가 있는 친구도 만나고 소설 자료도 구하기 위해.”

“소설 자료라면.”

다시 찻집에서의 화제이던 소설에 관해 이야기하게 된다.

그녀의 목소리에 좀전까지와는 다른 생기가 돌기 시작했다. 그녀의 눈빛이 어둠 속에서도 충분히 감지되었다. 그는 이번엔 중간에서 막을 내리지 않았다. 그녀 자신이 호기심이라고 폄하해 표현했던 눈빛이 진실을 담고 있으리라는 생각에 마음은 불꽃놀이라도 하는 듯 오래도록 환했다.

하늘 가득 밤별들이 빛나는 동안 강물은 쉼없이 흘렀다. 이제 그는 믿음에 균열이 가기 시작한 저 10년도 더 전의 일에 대해 이야기할 때가 되었음을 의식하고 있다.

"신의 존재를 증명할 수 없다는 생각은, 단 며칠만에 신이 존재하지 않으리라는 불안감을 몰고 왔어. 당황하기 시작했지."

논리의 맹점이 명백하게 보인 것은 그날 하숙집으로 돌아온 다음이었다.

선배로부터 받은 책. 포장마차에서 선배에게 해 보인 증명은 그 책에 의하자면 제1원인에 의한 증명법이었다. 가장 단순하고, 가장 이해하기 쉬운. 의자에는 그걸 만든 목공이 있듯 우리가 이 세상에서 볼 수 있는 만물에는 모두 원인이 있으며, 이 원인의 연쇄를 더듬어 올라가면 마침내 최초의 원인에 도달하는데 이 제1원인을 신이라 부른다.

"그러니까 난 그걸로 충분히 신의 존재가 증명된다고 믿는 세계에서 살았던 것이지. 아냐, 어쩌면 아예 그런 문제에 의문을 가질 필요도 없는 세계에 살았다고 해야 할지 모르겠어. 그래, 그게 더 정확할 것 같은데."

"다른 증명법도 있겠네요?"

묵묵히 듣고 있던 수영이 그렇게 한마디했다.

"있지."

"어떤 것?"

"많아. 내가 그날 선배에게 해 보인 증명법에 대한 그 책의 반론은 이러했어. 만약 만물에 모두 원인이 있어야 한다고 하면 신도 원인이 있어야 할 것이 아닌가. 그렇지?"

"그렇겠네."

하나같이 논리의 맹점이 있었다. 자연계의 법칙제정자로서의 신의 존재, 이를 증명하는 자연법칙에 의한 증명법. 그리고 이 세계에 질서와 조화를 부여하는 합목적성으로서의 신의 존재를 증명하는 목적론적 증명법. 또 도덕적 증명법이며 불공평에 대한 보상으로서의 증명법까지도. 그 모두가 경험계에서만 통용되는 것으로 본체계를 설명하고 있었다. 아니면 존재해야 한다는 희망을 존재한다는 당위로 착각하는 오류를 범하고 있었다. 그러나 그 당장 기존의 모든 믿음을 폐기한 것은 결코 아니었다. 그해 연말 하나의 만남이 기다리고 있었다.

학살과 폭력이 난무하는 곳. 민희철과의 만남은 세계를 보는 눈을 확 바꿔버렸다.

그해 광주에서의 일을 애써 부정하던 재석에게 민은 움직일 수 없는 증거로 작용했다. 그 움직일 수 없는 증거가 나타난 것은 그해가 저물던, 1979년 가을에서 겨울까지의 정치적 격변이 다음해 그리고 그 다음 연대에 다시 어떤 식의 독재와 저항을 불러들이는지 알 리 없이 고3으로서 입시 준비에 여념이 없는 그가 마침내 대학에서의 첫 학년을 마무리짓던 무렵이었다. 시험기간 언제인가부터 그 선배 방에 낯선 얼굴이 와 머물렀다. 선배는 사제의 길에 입문했다가 문학을 전공하기 위해 학교를 바꾼 터라 나이는 학년 차보다 훨씬 더 많이 났다. 낯선 얼굴은 선배가 가톨릭 계열의 대학교에 다닐 때의 동료라고 했다. 선배의 옛 동료가 그해 광주의 현장에 있었다는 사실을 알게 되는 것은 기말고사가 끝나면서 갑작스레 하숙집이 썰렁해진 느낌을 주던 어느날이었다.

무슨 일인가로 그가 선배의 방을 노크했을 때, 방주인과 민희철은 무슨 심각한 이야기를 나누고 있는 눈치였다. 아주 짧은 순간 여러 가지를 헤아려보는 표정이던 선배가 들어오라는 눈짓을 했다. 민도 자리를 내주었다.

방주인은 그에게 술을 따라주고는 말했다.

계속해라.

그에게 한 말이 아니었다. 술잔을 기울이던 그는 민의 탐색하는 눈길이 재빨리 얼굴을 훑고 지나가는 것을 느낄 수 있었다.

민의 이야기가 이어졌다. 집권을 위한 신군부의 치밀한 시나리오에 의해 일이 벌어졌다는 설에 대한 언급, 그 설이 사실이든 그렇지 않든 사태 수습에서 보인 만행만으로도 그들이 국민을 위한 군대가 아니라고 여길 만했지 않겠느냐는 조심스런 의견개진. 그렇다면 시민들이 총을 들고 맞서 싸운 것은 정당성을 충분히 확보할 수 있으며, 아니 어쩌면 적극적인 의미부여가 있어야 할지도 모른다는 주장. 한 걸음 더 나아가자면 총을 들고 끝까지 싸웠어야 했지 않겠느냐는 물음. 방주인은 고개를 끄덕이고만 있었는데, 화제는 그러니까 대학 1학년의 재석에게는 당시까지도 소문의 영역에 속하던 그해 5월 광주였다.

민은 거기에서 그해 어느 봄날, 제대하여 고향집에 돌아온 날로 거슬러 올라, 두 학기가 남은 학업과 그 뒤의 서품 그리고 사제로서의 길을 설계하던 며칠을 비감한 어조로 그려내고는 5월 19일

금남로의 분노한 시민들 속에 섰다. 비상계엄의 확대와 민주인사들의 연행에 대한 항의시위에서 공수특전단의 무자비한 진압으로 일어났던 참상이 그곳에 모인 사람들 모두의 귀에 들어가 있었다. 전날까지는 학생들 위주의 시위였지만 그때부터는 달라졌다. 언뜻 보아도 학생 아닌 이들이 어디서들 쏟아져 나왔는지 엄청나게 모여 계엄철폐를 외쳐대었다. 노동자들이었고 행상인들이었고 가게 종업원들이었다. 만행에 격분한 그들은 쇠파이프와 각목을 잡고 맞섰다. 누가 이끈 것도 밀어 넣은 것도 아닌데. 다시 공수특전단의 만행이 있었으나, 그 만행은 오히려 시민들을 결집시켰고, 두려움을 떨쳐내고 증오로 불타게 했을 뿐이었다. 그런 가운데 오후가 되었고 시위군중은 점점 불어났다.

민은 주먹을 쥐고 있었다. 그때까지 가끔씩 고개를 끄덕이며 듣고 있던 방주인이 끼어들었다.

그리고 언제부터인가 총소리가 들리기 시작했겠지.

총소리. 그건 어디 먼 데서 들려온 것도, 소문에 실려온 것도 아니었어. 내 눈앞에서, 눈앞에서 투석하던 학생들을 고꾸라뜨리며 날아왔던 거야. 내가 시위에 참가한 둘쨋날이었으니까, 20일 그날 밤이야. 불덩이가 된 트럭이 돌진하던 모습은 지금도 눈에 선합니다. 바리케이드를 부수고 내달려 분수대에 부딪혀 폭발하면서 치솟는 불기둥에서 나는 넋을 놓았어. 그때 우리가 보았던 건 무엇이었을까? 어쩌면 나도 제대로 설명해낼 수 없을지도 모를 일이지. 그건 너무 짧은 순간이었으니까. 귀청을 찢는 총소리가 들려왔고 나는 흩어지는 물방울처럼 달아났어. 우리 시위대가 다시 모여들면 계엄군은 총을 쏘아댔어. 공포가 아니었어. 그건 사살해버리기 위한 것이었어.

민의 내면에서는 격렬한 전투가 벌어지고 있었다. 재석에게는 그렇게 느껴졌다. 잠시 끊겼던 민의 열정적인 고백은 다시 이어져 있었다.

각목을 쥐었고 돌을 쥐었지만 총 앞에서는 무력한 거야. 역전에서 깨졌지. 쓰러진 사람들을 구해오지도 못한 채. 그 길로 난 찾아갔어. 어릴 때부터 다녔던 성당의 신부님을. 그분 앞에 무릎 꿇고 쓰러지며 어떻게 해야 하느냐고 물었어. 그리고 울었지. 그런데, 그런데. 신부님은 사죄경(赦罪經)을, 사죄경의 몇 구절을 낭독하는 게 아니겠어. 만행자들에게, 만행자들에게 낭독하신 것이겠지. 신부님도 달리 어쩌겠어. 그 순간에야, 그러나 난, 누구의 죄를 사하는 것이냐고, 내가 고해를 했던 것이냐고 따졌지. 그리고 격앙하여 한참 고함을 질러댔을 거야. 고함을. 정신 차려보니, 나는 그때 다시는 하나님나라의 사도가 될 수 없는 독신(瀆神)의 죄를 저지르고 있었어. 누누히 들어온 하나님의 공의는 너무도 무력한 것이군요, 라고 그랬을 거야. 그리고, 그것만이 아니었어.

이야기가 뚝 끊겼다.

더 이상 민에게서 광주의 일을 들을 수가 없었다. 그러나 민은 이제 국가가 그 국민을 학살했다는 믿어지지 않는 소문의 움직일 수 없는 증거가 되어 있었다.

　이 세상이 학살과 폭력이 난무하는 곳이라는 사실을 깨달은 그 날부터 머릿속에서는 의문들이 서로 손을 맞잡고 빙글빙글 원무를 추는 거야.

　신의 존재는 증명될 수 없는 것일까?

　아예 신은 존재하지 않는 것일까?

　그 두 가지 의문에 신은 왜 악을 허용하는가라는 새로운 의문이 더해져 결국 베드로마을에서 얘기하던 야훼 하나님을 앗아가는 대신 새로운 신을 찾아 나서게 했지. 예수를 다른 시각으로 보게 된 것도 바로 그 탐색과정에서였어.

　2천 년의 기독교 역사에서 수많은 신자들과 신학자들이 맞서야만 한 의문. 그 가운데 으뜸에 꼽힐 수 있는 것 중 하나는, 선한 하나님이 왜 자신이 직접 창조한 이 세상에 악을 허용해놓았는가 하는 문제일 것이다. 왜 하와가 뱀의 유혹에 넘어가게 하였으며 아벨이 형 카인의 돌에 맞아 쓰러지도록 내버려두었는가. 하나님은 나치당원이 유대인을 가두어두고 독가스 밸브를 여는 동안엔 왜 잠깐 한눈을 팔았으며 신군부의 총검이 광주의 5월을 피로 물들이는 동안에는 왜 잠들어 있었던가. 왜 히틀러가 자살하기 전에 신학자 디트리히 본 회퍼를 사형당하게 만들었으며 공수특전단의 발포에 경악한 한 신학도가 마침내 독신의 죄를 저지르도록 하고 말았는가.

"뒷날 알게 된 사실이지만, 그날 하숙집 선배와 내가 포장마차에서 신의 존재 문제를 놓고 얘기하고 있던 그 시각 공교롭게도, 정말 공교롭게도 광주에서는 학살이 벌어지고 있었지. 그리고 한 신학도가 시위대의 해산을 위한 공포가 아니라 사살을 목적으로 한 총질을 목격하고 있었어. 그날 밤 성당으로 달려간 그는 왜 하나님은 보고만 계시냐고 통곡하다가 하나님의 적극적인 품성으로 꼽히는 공의는, 선악의 제재를 공평하게 한다는 공의는 허구에 지나지 않는다고 외치고 말았지. 사제의 길을 걷고자 했던 신학도의 돌이킬 수 없는 독신이었어. 하나님이 학살을 허용함으로써 신학도가 독신하고 만 밤이었어."

독신의 신학도는 약 보름간 그들 하숙집에 머물렀다. 그와 선배가 괴롭게 나눈 대화가 저 밑바닥에서부터 울려내던 물음은 바로 신에 의한 악의 허용이란 문제로 요약될 수 있었다. 그들은 신학적 난제의 대답으로 이미 주어진 자유의지로 대답해버리고 말자니 너무도 무력했을 테고 괴로웠으리라.

"그들의 괴로움은 고스란히 내 것이기도 했어. 민희철 그 사람 이야기는 「지하미사」라는 단편에서 다뤘지. 내 작품집에서 봤을 걸. 그 하숙방을 독서토론회가 열리는 지하방 정도로 바꿨을 뿐 거의 사실 그대로야. 나중에 알게 되는데 이름이 가명이었더라고. 그래서 소설에서는 따로 작명하지 않고 민희철이라는 이름을 그대로 썼어."

"본명은요?"

"잊었어. 그는 나한테는 민희철로 계속 남아 있겠지. 여하튼 그
들의 괴로움은 고스란히 내 것이었어."

고스란히 그의 것이기도 했던 괴로움. 조금 뒤 이야기하게 되는
것은 베드로마을과 그곳을 떠나서의 방황이다. 이런 이야기를 그
녀에게 제대로 하는 것은 이번이 처음이었다.

"그런 의문에 교회는 보통 어떤 식으로 대답하는데요?"

그의 이야기를 그저 귓가로 흘리지 않은 수영이 벌써부터 만지
작거리고 있었을 제 의문을 그렇게 내밀었다.

"뭐? 아, 이 세상에 왜 악이 존재하는가 어쩌는가 하는 질문. 혹
은 의문 말이지. 음, 대답이야 하지. 아주 멋지게."

"어떻게요?"

"자유의지."

"자유의지라면?"

"베드로마을에서 나는 이렇게 배웠어. 하나님은 인간에게 선과
악을 택할 수 있는 자유의지를 부여하였다고. 죄는 악마의 유혹에
대한 인간의 자발적인 굴복이라고. 그렇게 배웠어. 그게 기독교와
교회의 대답이야. 그런 대답으로 모든 문제를 해결해버렸던, 아니
사실 제대로 문제에 부딪혀보지도 못했던 나는 민희철을 만난 후
부터 자유의지에 의해 펼쳐진 드넓은 죄와 악의 세계를 보게 되었
고 전율했어. 하나님의 은총이 감싸고 있던 요람에서 단 한 순간
에 공의도 섭리도 기대할 수 없을 것 같은 자유의지의 대양에 던
져진 거야. 시퍼렇게 몸을 뒤채는 바다에서 이젠 스스로 죄를 심

판하고 악을 징계하는 것으로 노를 삼아 헤쳐 나가야만 하게 된 것이지. 그런데도 내가 끝끝내 무신(無神)으로 귀착하지 않은 것은 오로지 새로운 신에 대한 탐구열 덕분이었지 않나 싶어. 터툴리안 같은 사람은 불합리하기 때문에 믿는다고 했어. 하지만 나는 터툴리안을 추종하기엔 너무 젊었고, 무신에 기반을 두거나 신의 존재 유무와는 별 상관이 없는 사상체계들에서도 아무런 위안을 받을 수 없었던 거야. 그러니까 신 없이는 살 수 없는 부류의 인간인 모양이야, 나는. 불합리하기 짝이 없는, 믿기 위하여 믿는 신이 아니라 섬겨 마땅할 신이, 삶과 죽음을 함께 설명해 줄 수 있는 신이 내게는 필요했던 거야."

오랫동안 탐구한 새로운 신. 어렴풋하게나마 계시되기 시작한 이즈음이다. 성서를 교리로 해석하기를 포기하면서 열리기 시작한 길.

이제 그는 더 이상 교회의 사람이 아니다. 그런데도 성서는 여전히 성서로서의 권위를 잃지 않았다. 거기엔 비록 온갖 왜곡과 환상이 난무하고 있지만 신을 향한 발걸음 또한 뚜렷했다. 바울이, 다마스쿠스에서의 환상을 지어낸 그 지각생이 설사 예수상(象) 위에 개칠을 해버렸다고 하더라도 하나님의 아들이 사라진 것은 아니었다. 하나님의 아들이자 사람의 아들인 예수의 복음 또한 회멸(灰滅)된 것이 아니라 참으로 기쁜 소식으로 재선포되기를 기다리고 있었다. 그가 파악하기로, 너희들 또한 하나님의 아들이라는 것이 예수가 선포한 복음의 핵심이었고, 육체 부활의 교리와 여기가 아닌 딴 세상으로서의 천국 교리가 제정되고 교회가 그것을 고수하면서 변조되었지만 조금만 크게 귀를 열면 예수의 목소리는 되살아날 수 있었다.

"음, 예수의 목소리가 담긴 책이 성서 말고도 있다는 걸 알게 된 건 제법 오래였어. 그러나 당시에는 성서에 대한 불신감이 한창 뜨겁게 타오르던 때였지. 그래서 그것 또한 불합리하기 짝이 없으리라고만 여겼어. 성서에서 복음이 재선포되기를 기다리고 있다는 걸 깨닫기 시작하면서 비로소 그곳에서도 예수의 복음을 발견할 수 있으리라는 희망과 기독교 탄생의 비밀까지도 어느 정도 알게 되리라는 믿음을 품기 시작했지. 사해라고 있잖아. 염분이 많아 사람이 둥둥 뜬다는. 그곳 사해 해변 언덕의 동굴에서 예수 시대의 두루마기들이 발견된 거야. 1945년인가에. 미국에서 그것들 중 상당 부분을 묶어 『또다른 성서』로 간행했지. 읽을 기회가 오겠지 했는데 최근 일역판이 나왔다더군. 7월에 일본으로 갈 예정이야. 그 책을 구하기 위해서라고 딱 잘라 말하긴 그렇지만 어쨌든, 겸사겸사 다녀올 생각이야."

두 사람은 강가에서 새벽을 맞았다.

예수와 그의 시대를 다룬 소설에서 촉발된 이야기는 대학 시절 하숙집 선배를 끌어들이면서 눈앞의 강물처럼 쉼없이 흘러가, 두 사람이 자리를 털고 일어났을 때는 사방이 희부윰하게 밝아오고 있었던 것이다. 자전거를 끌면서 재석은 돌아가는 길을 밟는다. 자전거를 사이에 두고 수영도 나란히 걷고 있다. 바퀴 구르는 소리와 둘의 약간 무거워진 발걸음 소리. 그리고 숲에서 무슨 새인가가 부우부우 울어대는 소리만이 박명의 길 위로 퍼져나간다.

"신은 뭐죠?"

수영이 그렇게 입을 연 것은 단지의 잘 닦인 길로 접어든 다음이다.

순간 재석은 가슴이 답답해온다. 한 시간에 걸친 상세한 대답을 마친 그 즉시 학생으로부터 다시 똑같은 질문을 받는 선생처럼. 그러나 막상 입을 열려던 그는 자신도 마땅히 할 말이 없다는 걸 깨닫는다.

"우연의 소용돌이에 휘말려 있는 이 세계에 필연의 질서를 부여하는 분이라 할까, 유한한 우리에게 영원성을 깨닫게 하고 마침내 그것이 되게 하는 그 무엇이라 할까."

"어렵네."

"말한 나도 어렵네."

둘은 가볍게 웃는다.

"나 태우고도 달릴 수 있어요?"

"되겠지."

"될까 몰라."

"해보지 뭐."

그렇게 해서 그녀를 태우고 페달을 밟는다.

비칠비칠하던 자전거는 곧 균형을 잡고 굴러가기 시작한다. 걷는 것보다 그다지 빠르달 수도 없다. 하지만 자전거는 새벽 공기를 가르며 착실하게 굴렀다.

"보트 타봤어요?"

그녀가 그의 허리를 잡은 채 물었다.

"아, 얼마 전에 보트장이 생겼던데. 아니."

"레스토랑도 생긴 것 같던데."

"모텔에 딸린. 다 한 사람이 주인이라는 말이 있던데. 보트장도."

"보트 탈 수 있어요?"

"못 탈 것 없지."

"노 젓는 보트던데."

"될 거야."

"그럼 언제 우리 타봐요."

"그럴까."

"재석 씨는 패러글라이딩엔 관심 없어요?"

"패러글라이딩? 행글라이더 타는 것?"

"그것하고는 좀 달라요. 낙하산과 행글라이딩의 합성어지만. 행글라이더는 금속제 틀이 있는데 이건 배낭에 쏙 넣어 산 능선에 가지고 갈 수 있는, 낙하산에 가까워요. 정상이나 능선에서 조금만 도움닫기하면 비행할 수 있다던데요. 시속 20에서 40킬로미터 정도로."

"보트 타는 것하고는 비교할 바가 아니네."

"방학되면 배워볼 생각이에요. 하늘을 나는 그 기분!"

"오늘은 육해공 삼군이 다 출동했군."

"네?"

"보트에 패러글라이딩에 지금 이 자전거에."

"그러네요."

하하. 둘의 웃음소리가 가볍게 날아간다. 자전거는 여전히 뒤뚱거리긴 하지만 잘 굴러가고 있다. 그는 힘줘 페달을 밟는다. 그 소리만이 한동안 이어지고 그것에 귀를 기울이고 있는 듯하던 수영이 보트와도 패러글라이더와도 한참 거리가 먼 것에 대해 입을 열었다.

"신성을 느낄 때가 있어요?"

"신성?"

"네."

"문득 별을 발견할 때. 혹은 눈을 감고 침묵하는 어느 순간."

"그렇다면 나도 느낄 수 있겠네."

"물론."

바퀴는 힘차게 구른다. 그는 페달을 두어 번 더 밟은 다음 다시 말한다.

"일본에 유학가 있는 친구가 있다고 했잖아. 그 친구가 바깥바람을 쐬라고 오랫동안 부추긴 것이 적지 않게 작용했어. 돈만 좀 넉넉하게 있으면 성서의 현장으로 날아갔을 텐데. 그럴 형편은 안

되고. 그 친구가, 그 책 번역자, 기존 교회에서 벗어나 성서를 해석해 왔다는데 그 일본어 번역자와 만나게 해주겠다고도 하고.”

그리고 한동안은 바퀴 소리만이 길을 갈랐다. 무슨 말이든 해야지. 문득 생각하고 입을 열었을 때 그는 전혀 의식하고 있지 않다고 생각하고 있던 것에 대해 이야기하고 있다.

“처용이라고 있잖아. 처용가의 그 처용 말이야. 역사적 자료 같은 게 있는지 모르겠어.”

“역사적 자료라면?”

“설화를 뒷받쳐주는 역사적 기록 같은 것 말이야.”

“있어요.”

냉큼 나온 말이었다.

“있다고?”

“네.”

“어디?”

“처용설화는 『삼국유사』에 나오잖아요. 그런데 삼국의 정사인 『삼국사기』에 아, 바로 이것이다 싶은 사건이 하나 기록되어 있어요. 헌강왕 시대, 그러니까 동해 용을 만났다는 헌강왕의 동쪽 지방 순행길에서 옷차림과 형색이 이상한 사람들과 만나는 대목이 나와요. 『삼국사기』에서는요.”

“『유사』에서는 용으로 나오고 『사기』에서는 이상한 사람들로 나온다?”

“네. 『사기』에는 당시 사람들이 그 이상한 형색의 사람들을 산

해정령(山海精靈)으로 불렀다고 나오는가 그래요. 그렇더라고
요."

"이상한 형색의 사람이라? 아니, 그런데 그런 건 다 어떻게 알
았어? 국사 선생님 정도면 다 아는 사실인가?"

"아뇨. 최근에 우연히. 그런데 왜요? 소설 쓸려고요?"

"뭐? 아니아니."

그는 고개까지 내젓는다. 벌써부터 그는 골똘히 생각에 잠겨 있
다. 처용이 설화의 인물만이 아니라 역사에까지 흐릿하게나마 흔
적을 남긴 인물이라고 했겠다.

그 생각에 너무 몰두한 까닭이었을까. 목적지인 미리의 집이 가
까워졌을 때 큰 돌부리 같은 것에 자전거 바퀴가 걸리고 만다. 나
동그라진 정도까지는 아니지만 둘은 옆으로 넘어지고 자전거 바
퀴는 순간 누운 채 맹렬하게 헛돈다.

"괜찮아?"

어디 부딪히기라도 했는지 무릎 아래를 움켜쥔 채 그녀가 주저
앉아 있다.

"네."

그러면서도 일어나지를 못한다. 그녀가 몸을 일으킨 것은 그의
손을 잡고서다.

"이제 우리도 제대로 손을 잡아본 건가?"

그녀가 미소를 지은 얼굴로 그를 바라본다.

그때 막 손을 놓으려던 재석은 남은 왼손으로 수영의 등을 감았

다. 두 사람의 입술이 닿았다.

　미리의 집에서 잠시 눈을 붙인 수영이 서울로 돌아가 다시 혼자
가 된 그날 저녁 재석은 점박이에게 밥을 주려고 밖으로 나왔다가
베란다 계단 난간에 놓인, 벽돌 한 장을 신문지로 싸놓은 것 같은
뭉치를 발견했다.
　풀어보니 만원권 지폐 다발이다. 토스터에서 방금 튀어오른 식
빵 같은, 사람의 손때 따위는 조금도 묻어 있지 않을 것 같은 지
폐. 유출된 지폐가 회수되었다거나 범인이 체포되었다는 뉴스를
들은 기억이 없다. 그는 누가 왔다갔느냐고 물어볼 수도 없는 점
박이에게 밥을 주고는 자전거를 몰아 단지 입구의 슈퍼마켓으로
단숨에 달려간다. 신문을 구하러. 유출된 지폐의 장수와 일련번호
가 나와 있을 신문 기사. 그런데. 단골 슈퍼마켓의 주인 사내 얼굴
을 보는 순간 그는 헛걸음을 했다는 사실을 깨달았다. 기사가 났
다면 3일, 그래 3일 전 목요일일 텐데 그 신문이 일요일인 오늘까
지 판매대에 꽂혀 있을 리 없는 일이었다.
　엉뚱한 날짜의 스포츠 신문 한 장을 사서 그는 그곳에서 나왔는
데, "조폐공사 직원들 요사이 죽을 맛인 모양이야"라던 주인 사내
의 말을 예사롭게 넘겨버릴 수가 없었다. 주인 사내가 일대의 소
식통임을 자임하며 귀동냥에 누구보다 부지런하고 그렇게 얻은
소식을 퍼뜨리는 것에서 또 즐거움을 얻는 자라는 사실을 잘 알고

있었지만 그 순간에는 그랬다.

베란다 계단 난간에 그대로 두고 나온 지폐 다발이 조폐창에서 유출된 바로 그 지폐일 것이라는 추측은 손쉽게, 그러나 꽤나 충격적이게 사실로 밝혀졌다.

지폐 다발을 싼 신문지가 바로 목요일자 신문이었고 거기에 길평조폐창이 개창한 이래 지폐가 유출된 최초의 사고에 대한 기사가 있었다. 사라진 만원권 지폐의 장수와 일련번호가 나와 있는 것은 물론이었다.

그때부터 그는 쓸데없는 의혹 따위를 받지 않고 지폐를 처리할 방안을 고민해야 했다.

벽면은 몇 초 간격으로 새로운 화면이 되다가 「전기의자」에서 멈춘다. 장 미셸 바스키아 작품 슬라이드의 마지막, 고압의 전류가 몸에 흐르고 있는 사형수는 화면의 오른쪽에 배치되어 있고 주위에는 그림 못 그리는 애들의 낙서 같은 것들이 깔려 있다. 난필의 글귀들 중에 'HALF SMOKES' 가 제일 먼저 눈에 들어왔다. 그저 휘갈긴 걸까. 혹시 반 토막 담배나 반밖에 못 피운 담배로 사형수의 인생을 표현해 보고자 한 걸까. 그렇다면 'MOTHER' 가 뭘 뜻하는지 자명해진다. 하지만 'LINK SAUSAGE' 가 뭔지는 모르겠다. 말뜻이야 줄줄이 소시지나 사슬 소시지쯤 되겠지만.

미리는 환등기의 작동 버튼을 오래도록 눌러 슬라이드를 되돌린다. 그녀는 바스키아의 작품에서 전기에 감전된 듯한 모습의 사람들이 유독 눈에 띄는 것을 발견했다며, 어린이용 만화에서 흔히 처리하듯 섬광 가운데 해골이 드러나는 그들은 부랑자들이나 주변부 인생들이 현실로부터 받는 극적인 충격을 표현하고 있는지도 모르겠다고 한다. 재석은 고개를 끄덕였다. 평소 현대미술의 핵은 추상 속에 있다고 믿는 그녀이지만 자유구상 계열에 속할 바스키아의 꾸밈 없는 감정의 발산이 싫지 않은 모양이다. 되돌려지던 화면은 바스키아와 앤디 워홀의 두 초상이 나란히 그려진 작품에서 멈춘다.

"1960년생일 걸요."

바스키아를 두고 미리가 하는 말.

"몇 살에 죽었다고 했죠?"

"27세. 우리 나이로 28세. 일찌감치 떴죠. 20세 때부터. 뉴욕 지하철역 같은 데서 낙서화를 그리던 바스키아가 뉴욕 화단 중심에 진출하는 데 저 팝아트의 대부 앤디 워홀의 도움이 컸었죠. 빠른 성공. 그리고 죽음. 그것도 예술가답게 마약 중독으로."

"예술가답게."

"흑인 부랑아로 옥살이나 잔뜩 하다가 생을 마감했을지도 모르는데 뉴욕 화단에 진출했고 마침내 현대미술사에 흔적을 남겼으니 더 바랄 게 뭐 있겠어요. 그쯤에서 예술가답게 잘 죽은 거죠. 우리한테는 왜 앤디 워홀 같은 선생님이 안 나타나는지 몰라."

"나타나면?"

"설사 마약을 해야하더라도 안겨야죠."

비장한 낯빛으로 하는 대답이다. 후후. 재석은 그 흑인과 백인, 제자와 스승 사이쯤 되는 두 사람을 다시 바라본다. 그리고 순간 검은 얼굴에 머리카락이 쭈뻣쭈뻣 솟구친 바스키아가 꼭 서태지처럼 보여 혼자서 빙글 웃는다.

그때 미리가 물었다.

"유혹이 오면요?"

"무슨?"

"뭐든."

순간 웃음 지은 두 사람이 서로를 바라봤고, 다음 순간 미리는 약간 비장한 낯빛으로 또 그는 쑥스러워하는 낯빛으로 옮겨갔다.

"아, 이건 좀 다른 종류의 유혹인데요."

그는 요며칠 밤이면 걸려오는 전화에 대해 이야기할 참이었다.

"무슨?"

"미리 씨는 한밤에 이상한 전화 같은 것 받아본 적 없어요?"

"전화라고요?"

"남자의."

"그럼 여자한테?"

그는 고개를 끄덕였다. 입가로는 왠지 자꾸 비실거리는 웃음이 새나왔다. 그 여자를 상대할 때는 결코 이렇게 웃음이 나오지 않았다.

"무슨 외국 영화 보고 흉내내는 것도 아니고."

“도대체 어떻게요?”

“포르노 수준이라고 생각하면 딱이에요.”

구체적인 통화 내용을 캐묻던 미리는 그가 몇 대목을 사실에 가깝게 전해주자 “포르노네, 정말 포르노네”라고 했다. 그런 그녀가 얼마 뒤부터는 미지의 그 이상한 여자가 그를 너무 사랑한 때문일 테니 좋게 생각하란다. 좋게.

그는 문득 생각해봤다. 지폐 다발 이야기까지 털어놓으면? 그러면 화가는 그 미지의 여자가 불타는 사랑으로 궁핍한 소설가 한재석을 도우려 한 것이라고 할까?

설마.

여자 목소리가 “네, 기독서원입니다”라고 받는다.

“이용우 씨 자리에 있습니까?”

“잠시만요.”

그리고 정말 잠시 뒤 남자 목소리가 “전화 바꿨습니다”라고 받는다.

“용우야, 재석이다.”

“아, 그래. 어디?”

“서울.”

“아, 서울.”

“하고도 종로.”

"볼일 있었구나."

"그래. 너도 한번 볼겸."

"오랜만이다만 이것 어떡하지."

"왜?"

"하필 오늘 야근할 일이 생겼어."

"바쁘구나."

"좀. 가끔 야근할 때가 있는데 오늘 마침."

"할 수 없지 뭐."

용우에게 연락할 생각하고 서울로 온 것은 아니었다. 그런데도 일이 이렇게 되자 마음먹고 찾아왔는데 만나지 못하게 된 듯이나 아쉬움이 가슴을 훑고 지나갔다. 미안해하며 저쪽에서는 다음엔 꼭 미리 전화하고 오라는 말을 하고 그는 알았다고 하고. 그러면서 둘의 통화는 끝난다.

공중전화 박스에 그대로 서서 재석은 잠시 차도를 내다본다. 그리고 출판사 편집부에서 바쁘게 일하는 친구의 모습을 잠깐 그려 보았다. 그러자 그 모습 위에 그와 어울려 들판을 쏘다니던 날들이 사금파리처럼 빛을 반사하며 어른거리는 것이었다.

용우네가 베드로마을의 문을 두드린 것은 그가 국민학교 6학년 때였다. 동갑이지만 그때 재석은 중학생이었다. 그가 나이보다 한 학년 아래라는 걸 알게 되기까지는 오랜 시간이 걸리지 않았다. 용우는 베드로마을을 자신의 살과 뼈가 이뤄진 곳일 뿐더러 영혼이 성장할 수 있었던 터전이라는 믿음을 한시도 잊지 않았다고 했다. 그 생각은 여태껏도 변함이 없어. 그가 그런 말을 한 것은 그가 대학 4학년일 때고 재석이 제대하여 한동안 마을에 머물 때다. 졸업 뒤의 진로를 마을 어른들과 의논할 겸 온 그가 마침 제대하여 와 있던 재석에게 제의하여 둘이 마을 뒷산으로 기도를 하러 갔을 때. 베드로마을을 제외하고는 지금의 날 상상도 할 수 없어. 그때 그는 그런 말을 했다. 하나님을 받드는 신실한 삶을 이루고 못 이루고를 떠나 이렇게 목숨이 붙어 있을지도 의문일 지경으로, 지금 누리고 있는 삶이 한없는 기쁨으로 여겨질 때면 아버지의 악마 같은 행태도 다 하나님의 속 깊은 생각이었다고 치장되고, 그리하여 아버지 또한 하나님의 유용한 도구로 격상되곤 한다고 했다.

아버지에게 내몰림당해 용우가 어머니며 두 동생과 함께 베드로마을로 찾아들었을 때만 해도 삶의 막장에 던져진 듯한 불안만이 그를 들쑤시고 있었다. 보따리 몇 개를 들고 집을 나와야 했을 때 그에겐 술 취한 아버지가 낫을 들고 설치던 초가가 마치 낙원처럼 여겨질 지경이었다. 푸르딩딩하게 부어오른 어머니의 눈두덩과 당장이라도 양잿물을 삼켜버릴 것만 같던 절망의 눈빛만 아니었다면 그는 집에 머물러보자고 했을 것이었다. 그 무렵의 그에게 베드로마을은 오갈 데 없는 늙은이나 버려진 아이들이 우글거리는 곳일 뿐. 천사나 찬송 따위의 고상한 말들을 믿을 수 없었는데에다, 삶이 황금빛 낙원과는 거리가 멀다는 것, 어쩌면 지독한 고통으로만 채워진 것일지도 모른다는, 아이답지 않은 눈뜸까지

겹쳐 베드로마을을 무슨 강제수용소처럼 보게 되었는지도 몰랐다. 그곳 사람들과 상견례를 끝내고 보따리를 풀면서부터 우선 아버지의 폭력과 낯뜨거운 행태에서 벗어날 수 있었지만 그가 두 동생들처럼 얼굴 가득 웃음을 떠올리기는 여러모로 무리였다. 한동안 기도는 그곳 밥을 먹기 위해 어쩔 수 없이 치러야 하는 의식에 불과했다. 두 동생이 제법 기쁨에 넘친 낯빛으로 찬송하고 하나님께 아버지의 회개와 용서를 빌 때면 속으로 이죽거려주곤 하던 그였다. 하지만 하나님은 그를 불러 하늘의 뜻을 펼 사람으로 삼았다.

가브리엘 천사가 최초로 나타난 것은 그가 처음으로 택함을 받았을 때로 거슬러 오른다. 하나님의 사자로서 가브리엘 천사가 그를 부른 것은 마을의 주민이면서도 여전히 이방인이었던 그가 중학교 2학년이 되고 며칠 뒤 폐렴 증세로 학교를 빠지고 있을 무렵이었다. 가슴이 으스러지는 듯한 고통에 눈을 떠보니 낯선 사람이 그를 내려다보고 있던 순간부터는, 뒷날까지 잊히지 않고 또렷하게 떠오르곤 하는, 야훼 하나님의 은총이 그에게 다다른 놀라운 대목이었다. 실낱처럼 떼어진 눈에 흐리마리하게 비치던 건장한 어른이 한걸음 성큼 다가올 때까지만 해도 그는 하나님이 역사(力事)하시는 순간이리라고는 짐작도 못하고 있었다.

담임 선생님이구나 싶어 몸을 일으키려 눈을 질끈 감아 한참 용을 쓰던 그는 얼핏 떠오르는 게 있어 황급히 눈을 떴고, 등에서 접혀져 아래로 내려뜨려진 날개를 보고는 팔을 뻗었다.

가브리엘 천사님이시죠?

그러하노라. 나는 마리아에게 예수님의 수태를 알렸던 가브리엘이니라. 오늘은 너를 건강케 하고, 내일은 너를 하나님의 일꾼으로 삼고자 왔노라.

흰 날개가 용우의 몸 위로 천천히 내려오면서 통증은 사라졌고, 그는 잠에서 깨어났다.

흥분된 외침을 듣고 달려온 어머니에게 용우가 가브리엘 천사가 다녀갔노라고 다급하게 주워섬겼더니 어머니는 눈이 휘둥그레져서 그의 이마를 짚었다. 이미 그때 그는 씻은 듯이 나은 몸이었다.

흰 날개를 단 가브리엘 천사가 하나님의 소명을 내려준 아주 짤막한 순간 이후 베드로마을을 보는 눈은 완전히 달라져, 마치 새로이 천지창조가 이루어지기라도 한 듯 마을의 어느 한 귀퉁이도 광채가 나지 않는 곳이 없었다. 대학에 입학할 때까지 그가 보인 열성은 또래를 넘어 마을의 주민들 누구에게 할 것 없이 모범이었다. 마을을 떠나면서도 그는 학교를 마치는 대로 돌아와야 할 곳으로 베드로마을을 새겨두고 있었다. 어린 마음에도 자신의 영혼을 깨어나게 하고 성장하게 한 그곳에서 하나님의 종으로 봉사하는 것만큼 영광스러운 일은 없을 듯하다고 여겼던 것이다.

많은 날이 흘렀고, 아직 베드로마을에서 봉사하지는 못하고 기독교 전문 출판사인 기독서원에서 직장생활을 하고 있지만 그는 그때의 그 부름받은 영혼을 고스란히 간직하고 있다. 재석은 그런 그와, 대학 신입생 시절부터 혼돈과 의혹의 나날들을 보내며 베드로마을에서 멀리 흘러가버린 자신을 나란히 놓아보며 씁쓰레한 미소를 지었다. 벌써부터 공중전화 박스에서 나와 젊은이들의 거리를 걷고 있었다. 5월이다. 그는 건성 손목시계를 본다.

밥이라도 먹어두자.

다시 그 골목에 발 들여놓은 건 그날, 5월의 그날 밤.

양의 창자 속을 빠져나온 기분으로 골목의 입구를 한동안 바라보던 때, 한 달쯤 전 그때만 해도 그는 제 발로 그곳에 다시 들어서게 될 줄은 까맣게 몰랐다. 까맣게. 여유가 생겨서 예정에도 없던 일을 감행하게 된 걸까. 이곳에 올 생각이 난 것은 택시에 오른 다음의 일이었다. 이곳에 오기 전 그는 종로에 있었다. 거리의 젊은이들. 짧은 옷차림들. 요 며칠 계속 때 이른 여름 날씨였다. 식당의 유리창으로 오가는 사람들을 내다보며 그는 늦은 저녁을 먹었다. 마을의 한 식구였던 용우를 만날 수 없게 된 뒤 혼자 먹는 밥이었다. 식사를 마칠 때쯤 해서 옆 탁자에서 신문을 집었다. 요즘엔 신문을 펼쳐 들 때마다, 자신이 처용병이라고 이름 붙인 전염병을 많은 사람들이 앓고 있다는 기사가 실리지 않았나 먼저 살피게 된다.

그러나 여태껏 그런 기사는 없었다.

골목이 끝나고 환한 건물이 나타난다. 위로 들어갔는데 아래에서 나오게 되던 그 출입구 앞에 다시 서서, 이곳이 온갖 마물(魔物)들이 모여 음모를 꾸미고 있는 전당이라 생각하자 얼음물을 뒤집어쓴 듯 온몸이 긴장된다. 가슴은 벌써부터 쿵쾅거리고 있다. 하지만 내친걸음이었다. 한 달 기한의 강설이 끝났을지도 모른다고 생각했으나 계단을 따라 마이크에서 울려나오는 소리가 또렷하게 들린다.

2층으로 올라갔다. 이미 시작된 모양이었다. 그처럼 늦게 온 사람만 뒤쪽 벽에 기대 있고 모두들 자리에 앉아 진지한 표정으로 귀를 기울이고 있다. 두루마기를 입은 연단의 사내가 낯이 익다. 바로 그 자다. 지난 겨울 끄트머리의. 바바리코트에서 두루마기로 완전히 바뀌었는데도 단박 알 수 있다. 그러고 보면 사내는 자칭 처용인 것만은 아니다. 여기 몰려와 있는 이들 모두 처용 선생이라고 떠받들고 있을 테니.

"오늘 나 처용은 가슴이 몹시 떨린다는 걸 감출 수가 없군요. 여러분과 함께 강독한 이『처용어록』이 앞으로는 어떤 일이 있어도 불태워지지 않을 힘을 얻게 되었기 때문입니다. 위정자를 충동해 우리의 경전을 법으로 묶으려던 자들이 뜻대로 안 되자 출간되는 즉시 몽땅 사들여 불태우던 일을 기억하시겠지요. 놈들의 경거망동으로 더 많은 분들이 이 경전을 접하지 못하고 있는 실정입니다. 그러나 오늘 이 시간 이후로 탄압은 더 이상 실효를 거두지 못할 것입니다. 이젠 우리의 대대적인 반격의 때가 도래한 것입니다. 어떤 무리들의 시기와 음모에도 불태워지지 않을 힘. 그 힘의 원천은 바로 여러분입니다. 하루도 빠짐없이 귀 기울여 주신 여러분들이신 겁니다. 이젠 용이 다 그려졌다고 할 수 있습니다. 일점만 찍으면 말입니다. 어제로 대단원의 막을 내릴 수 있었음에도 마지막 한 구절을 남겨두었습니다. 이제 그 이유를 밝힐까 합니다. 그런데 누구 그 마지막 구절을 아시는 분 있으시면 큰 소리로 외쳐보십시오."

"땅끝까지 퍼뜨려라!"

벼락 같은 소리다. 바로 옆에서 그렇게 크게 외칠 줄이야.

"네, 그렇습니다. 이 단 한 구절을 저는 오늘로 넘겨 두었던 겁니다. 이 구절을 실행에 옮기지 못한다면 이 책은 한낱 휴지뭉치에 지나지 않게 될 운명입니다. 이미 지난 한 달 동안 구구히 설명한 바 있기도 합니다만, 다시 한번 강조하고자 합니다. 우리가 깨친 진리가 사랑을 내걸고 오가는 돈과 뚜쟁이들의 치맛자락에 다시 뒤덮여버려도 괜찮다고 생각하시는 분은 아마 없을 겁니다. 네, 그럴 순 없지요. 여러분과 제가 그린 거대한, 이 거대한 용에 걸맞은 눈알을 얻을 수 있겠다는 확신이 드는군요. 뱀다리가 아니라 용의 눈알을 그려 넣자면 여러분의 맹세가 필요합니다. 우리의 진리를 실행에 옮기겠다고 맹세하실 수 있겠습니까?"

이전에도 외쳐보았는지 맹세한다는 구호가 정연하게 나온다.

움찔하던 재석은 주위의 외침에 저절로 입술을 달싹여 따라 되뇐다. 그것을 깨닫는 순간 그는 지난번 수작을 걸어올 때의 어딘가 마약을 원하는 중독자의 애절한 매달림 같은 게 스며 있던 말투와는 아주 거리가 먼, 선동가의 말투를 의식했다.

"자, 이제 용은 비상을 합니다. 우리의 경전은 어떤 정치권력과 금력에도 불태워지지 않을 힘을 얻었습니다. 우린 승리할 것입니다. 감개무량한 순간입니다. 모두들 흥분을 가라앉히시고. 물론 저의 강설은 다 끝났습니다만, 여러분의 질문을 받도록 하겠습니다."

구호가 외쳐질 때와는 달리 질문은 재빨리 나오지 않는다. 그 자가 큰 눈알을 끔벅이며 좌중을 둘러보자 앞쪽 자리에서 커트 머리의 젊은 여자가 일어났다. 좌중의 시선이 그 여자에게로 몰린다.

"저는 선생님의 강설에 참가하게 된 것을 큰 영광으로 생각하고 있습니다. 제 머리를 뒤덮고 있던 먹구름이 싹 걷혀버린 기분입니다. 기분만이 아니라 사실이 그렇기도 합니다. 그런데, 저는 아직 결혼하지 않았는데, 저에게는 3년째 연애중인 남자가 있습니다. 지금 양가에서 혼담이 오가고 있습니다. 어떻게 해야 좋을는지요. 고견을 듣고 싶습니다."

"남자분은 이곳에 참석하지 않은 모양이신데, 먼저 아가씨는 우리들의 진리를 알려주도록 하십시오. 혹 그 남자가 진리를 받아들이지 않는다면 관계를 더 이상 유지하지 마십시오. 사랑이란 마법으로 맺어진 남녀들의 실상을 보셨잖습니까. 우리의 진리에는 어떤 예외도 없습니다. 이미 결혼하신 남녀들은 지금의 배우자에게도 예외 없이 적용하십시오. 우리의 이론과 실천 사이에는 아무런 간극이 없습니다. 추호도 흔들릴 필요가 없는 것입니다. 사랑에 속지 마시고, 사랑으로 속이지 마십시오. 다시 한번 말씀드립니다만, 진리에는 예외가 없는 법입니다.”

이어 대학생쯤으로 보이는 젊은 청년이다. 그는 일어나며 자기는 『처용어록』의 예언 부분에 무척 놀랐노라고 말머리를 열고는 두어 번의 헛기침 뒤 계속했다.

“역사상 중요한 대목의 일들을 선생님은 천년 전에 이미 훤히 알고 계셨습니다. 그리고 그걸 낱낱이 기록해 두셨습니다. 다른 부분에서 보이신 선생님의 능력을 생각하자면 당연한 일이겠지만, 그래도 저희로서는 놀라지 않을 수 없었습니다. 혀를 내두를 정도로요. 초원에서 일어난 몽고족의 세계 제패. 콜럼버스의 아메리카 탐험. 서구 제국주의의 동양 침탈. 그리고 이 땅에서 서양에 맞서, 서학에 맞서 사람이 곧 하늘임을 선언한 동학과 그 운동 등등. 선생님이 기록한 그대로 되지 않은 일이 없습니다. 마치 이렇게 되어라 하고 기록을 남기신 것만 같습니다. 역사의 법칙을 연구하는 사람이라도 이런 식으로 예측할 수는 없는 일일 것입니다. 하나같이 놀랍습니다만 저희로서는 이 시대와 관련된 대목에서 특히 놀라지 않을 수 없습니다. 예언이 성취된 대목으로 미루어 보자면 우리 시대의 일도 자명한 것이지만 그래도 정말 이럴까 싶은 대목이 눈에 많이 띕니다. 동구가 붕괴된 것, 이어 소연방이 해체된 것. 또 올해 초에 쇠투구 쓴 장수, 이젠 누구라도 알고 있을 그 자가 선생님 어록에서는 ‘통령(統領)’이라고 적고 있는, 바로 그 우리나라 최고 수장의 자리에 오른 것까지."

연단의 처용은 고개를 끄덕이는 한편 손짓으로 청년을 앉혔다.
그리고 말을 시작했다.

"누구나 자기 당대에 관심이 더 가는 법이지요. 이해가 갑니다.
우리 시대와 관련된 예언에 의심이나 의혹이라 할까 뭐 그런 게
생기는 것도 이해가 가는 바입니다. 그러나 분명하게 말씀드립니
다만, 이전의 모든 예언이 그러했듯 앞으로의 모든 예언도 반드시
성취됩니다. 비록 상징적인 언어로 기록되었지만 몇몇 대목을 제
가 해석한 것에 비추어 보면 여러분도 어렵지 않게 풀어볼 수 있
지 않을까 합니다. 그러니까, 세 가마니의 쌀로 밥을 지은 가마솥
에서 쇠투구를 쓴 장수가 나와 다섯 해를 군림한다는 부분이 바로
3당 합당과 그 김가의 대통령 당선을 말함도 해석해 드리지 않았
습니까. 바로 그런 식으로 여러분께서 풀어보십시오.

말이 나온 김에 좀더 풀어드리지요. 여러분은 내년 상반기에 남
쪽의 김가와 북쪽의 김가가 서로 만나기로 했다는 당국의 발표를
듣게 될 것입니다. 남북정상회담이 평양에서 전격적으로 열린다
는 말씀입니다. 분단된 이 땅에 여러 가지 변화를 가져올 회담이
내년에 예정되어 있다, 이 소립니다. 그러나!

그러나 여러분, 이 회담은 이루어지지 않습니다. 한 사람의 돌
연한 사망으로 회담은 취소되고 맙니다. 어느쪽 김가가 사망하는
지까지 기록되어 있으니 굳이 여기서는 말씀드리지 않겠습니다.
읽어보십시오. 읽고 해석해 보면 여러분 누구나 아시게 될 것입니

다. 이미 시작된 풍요와 소비의 바람이 앞으로 몇 해 더 온 나라 땅을 더욱 거세게 휩쓴다는 것, 그리고 도적처럼 궁핍의 세월이 들이닥쳐 유민이 거리를 메우게 된다는 것. 동란 후 최대의 국난이라고 뒤늦게 호들갑을 떨 사건이 일어날 것입니다. 장수의 자리가 바뀌는 시기에 일어나는 사건이라 했으니 그것이 언제 일일지는 아시리라 믿습니다. 그때 대권을 잡는 자도 쇠투구를 쓴 자요. 그때도 기록된 대로 모두 이루어질 것입니다.

거듭 말씀드립니다만 우리 시대에 대한 여러분의 관심은 이해가 가는 바입니다. 그러나 여러분이 지난 시대와 우리 시대만으로 관심을 좁혀서는 곤란합니다. 그것은 이 예언의 참뜻과는 거리가 먼 것. 여러분은 예언의 최종적인 성취에 집중해야 할 것입니다. 사랑이라는 허구투성이의 이데올로기로 유지되던 이 세계가 더 이상 버티지 못하고 무너지게 되는, 그 최후의 순간을 직시하며 오늘 여러분의 삶의 태도를 전면적으로 변화시켜야 할 것입니다.

이미 결정적인 시기가 시작되었나니!"

박수가 터져나온다. 처용의 손짓에 박수는 처음 기세와는 달리 길게 이어지지 않는다. 처용은 청년을 바라보며 대답이 충분했는지를 확인한다. 그리고 다시 좌중을 둘러보며 질문할 사람을 찾았다.

약간의 틈을 두었다가 이번에는 풍채 좋은 중년 남자가 일어선다.

"이미 결혼을 했고 아이도 둘씩이나 있는 직장인입니다. 사랑이라는 허구투성이의 이데올로기 아래 살아온 우리가 이제 전면적으로 변화되어야 한다는 말씀에 온몸으로 공감합니다. 제가 질문하고자 하는 바도 바로 그 허구투성이의 사랑과 관련된 것인데, 처와는 어떻게 해야 하나 하는 의문은 좀전 여자분의 질문과 선생님의 고견으로 모두 풀렸습니다. 그런데, 저에게는 거의 한 달 내내 의문이, 이래서는 안 되는데 싶은데도 드는 것이었습니다. 우리의 진리는 사랑의 파괴를 가르치고 있습니다. 그런데 우리는 진정으로 사랑 없이 살 수 있는 존재가 아니잖습니까. 물론 저도 사랑의 허구성에 대해선 잘 알고 있긴 합니다. 사랑을 파괴해야 한다는 말은 충분한 설득력을 갖추고 있기도 하고요. 사랑이 심히 왜곡된 현실이니까요. 그런데 사랑의 파괴에만 그치고 참사랑을 얻지 못한다면 우리의 삶은 결국 불구화하고 말지 않을까 하는 게 저의 고민입니다. 선생님의 고견을 듣고 싶습니다.”

　들고 있던 재석은 그 중년이 그래도 여기에선 제정신이 박힌 사람이구나 싶었다. 그런 생각을 하는 사이 다시 처용이 오른손 검지를 치켜들어 보이고는 말하기 시작했다.

　“지난 한 달간의 강설에서 소생은 남녀간의 사랑에서부터 거의 모든 이야기를 풀어나갔습니다. 그러나 그것만에 초점을 맞춰 이해하여서는 곤란하다는 점, 이 강설의 주제가 남녀간의 사랑을 포함하지만 결코 그것에만 국한된 좁은 것이 아니라 이 세계 전체와 관련된 것이라는 점은 거듭 강조하여야겠습니다. 혹 오해가 있을지도 몰라 드리는 말씀입니다.

여하튼 작금의 현실은 사랑이 오염된 정도, 뭐 이런 정도가 아니라는 걸 명심하십시오. 명심해주십시오. 지금은 사랑을 폐기처분해야 할 시점, 원전에 오염된 물건보다도 독성이 강하기 때문에 콘크리트를 덮어씌워 영원히 세상에는 나타나지 않게 해야 할 시점인 것입니다. 그것을 부활시키기 위해 참이란 말을 붙였습니다만, 이미 그 참까지 거짓으로 바꿔버릴 만큼 독성이 강하다는 걸 깊이 인식하기 바랍니다. 사랑에게는 이제 사형선고가 내려졌습니다. 사면은 절대 없습니다. 처형된 뒤에도 복권은 결코 이뤄지지 않을 겁니다.

사랑을 모두 몰아낸 그날, 그날에 우리는 지금으로서는 이름 붙일 수 없는 그 무엇과 만나게 됩니다. 그 무엇이 사랑을 대신할 겁니다. 이번 질문은 개량주의로 빠질 위험이 있는 많은 분들에게 도움이 될 차원 높은 것이었습니다.

이제 모든 의구심은 풀렸으리라 믿습니다."

그리고 약간의 틈을 두고서 마무리를 지었다.

"지난 한 달 동안 저의 강설을 들어주신 여러분! 여러분 모두에게 감사드립니다!"

박수가 터져 나오고 처용이 연단에서 물러났다.

청중들이 웅성거리며 자리에서 일어나는 가운데 한 청년이 황급히 올라와 마이크를 잡는다. 한 달 전 처용의 연행 소식을 알려주었던 바로 그 청년이다. 그는 한강 둔치에서 조그만 잔치가 있을 거라고 알려준다. 시루떡과 막걸리가 준비돼 있으며 금세기에는 마지막으로 처용이 춤을 출 예정이라고 했다. 궁정에서 흉내내던 처용가무가 아니라 신라 서라벌 거리에서 추던 바로 그 춤을. 밤이 늦었지만 한 사람도 빠짐없이 참석하기를 바란다는 말을 끝으로 마이크가 꺼진다.

앞자리에서부터 어두워온다. 성큼성큼. 어두워지는 속도에 뒤지지 않게 빠져나가는 사람들. 홀린 것처럼 멍하니 서 있던 재석은 비로소 그들 사이에 섞인다. 입구에서 천 조각 같은 걸 받아 쥐었는데 사람 얼굴이 그려져 있다. 좀전까지 연단에서 강설하던 처용의 얼굴이다.

"탈입니다. 필요할 때가 있을 겁니다."

한길로 나온 뒤 탈을 뒤집어쓰고 낄낄대는 사람들에게서 재석은 슬금슬금 떨어져나온다.

약국에 들어가 드링크제를 천천히 마시면서 그들이 사라지기를 기다렸다. 충동에 이끌려 이곳에 오지 않았다면 그는 벌써 여관에 누워 있을 것이다. 내일은 서점을 둘러보고 한가롭게 글벗들이나 만나면 된다.

저녁에는 수영과의 약속이 있다. 키스를 한 그 새벽에서 벌써 한 달 가량이 지났다.

내일 수영과의 만남.

그 자리에서도 강가의 그날 밤처럼 일본행이 주된 화젯거리가 되리라. 그리고 또 작품 이야기. 그날 조만간 집필에 착수할 것이라 한 바로 그 작품으로 오늘 출판 계약을 했다. 지난 연말 작품집을 묶어준 바로 그 출판사와. 하숙집 선배가 그의 머리에 뿌려놓은 씨앗이 두 개의 가지를 뻗으며 자라나 이제 열매 맺을 계절을 기다리게 된 것이다. 드링크를 마시면서 재석은 그런 일들을 가만 떠올려 본다. 그리고 내일 만날 약속을 하면서 수영이 여름방학 때 국립무용단의 처용가무 공연을 보러가자고 한 말도.

이윽고 약국에서 나와 다시 거리를 걷는다. 몰려간 사람들과는 반대 방향으로.

5월이고 밤이다.

무슨 말소리가 들렸나. 착각이려니 치부하고 발걸음을 재촉했다. 그런데 다시 말소리가 들린다. 그때껏 우연히 나란하게 가게 된 것으로만 여겼던 여자가 그에게 하는, 바로 옆에서 부르는 소리다.

"왜 따로 떨어져 나오셨죠?"

늘씬한 키의 여자다. 오목조목한 얼굴이 아니라 아름답다고 할 정도로 이목구비가 또렷이 균형 잡힌 얼굴. 청순미가 아니라 옆으로 다가오면 마구 가슴이 뛸 그런 아름다움. 사지는 살이 붙을 곳과 빠질 곳이 제대로 지켜져 안으면 요동치며 빠져나갈 물고기를 연상시킨다. 그는 순간적으로 멈칫한 발걸음을 다시 내디뎠다. 여자가 바싹 다가온다.

"믿음이 약하더니 결국 이탈하고 마시는군요."

귓가에 대고 하는 속삭임은 계속된다.

"지금이라도 늦지 않았어요."

"아가씨도 저 미친 무리요?"

그는 여자와 시선이 마주쳤다가 황급히 고개를 돌리고 만다. 서늘한 눈빛에 빨려 드는 기분에다 난데없이 목까지 타는 것이다.

"아름답지 않은가요?"

여자가 손을 잡아왔다. 살짝 눈웃음을 치며 신축성 있는 셔츠를 끌어당겨 가슴을 드러낸다. 그는 저도 모르게 침을 삼킨다.

"지금 여관으로 가는 길이죠? 저를 유혹하세요. 그리고 데리고 가는 겁니다. 사랑한다고 속여서 강간해버려요. 그리고 침 뱉고 걷어차세요."

"미쳤군."

형체가 또렷치 않은 두려움에 쫓겨 엉겁결에 내뱉고는 팔을 홱 뿌리친다. 조폐창에서 유출된 지폐가 그의 집 베란다 계단 난간에서 발견되었을 때의 충격, 그리고 며칠 동안 미지의 여자가 밤 열한시쯤이면 전화해서 브래지어를 풀고 있는 자신을 만나러 오라고 할 때의 당혹감과 섬뜩함이 한 촉의 독화살에 모아져 목을 꿰뚫는 듯했다. 이제 그녀는 목소리만으로 뒤를 따라온다.

"언젠가는 저를 그렇게 냉정히 차버릴 수 있을 거예요."

잰 발걸음을 따라오는 또 한마디.

"용기를 가지세요."

제3가

— 둥! 이 북소리가 들리는가. 그렇다면 귀 있는 자들이여, 이 세 번째 노래도 들어라!

— 오늘 여러분은 과거로의 여행 — 시간과 공간을 초월하는, 당연히 흔히 있을 수 없는 유쾌한 여행을 하게 됩니다. 내가 이 세상과 처음으로 관계 맺었던 그곳, 천년 전 그곳에서 여러분은 나 처용이의 사상체계에 일대변혁이 일어난 이유의 배경 정황을 조금쯤은 아시게 될 겁니다. 그러니까, 처음엔 다른 사상가들과 오십보 백보였던 내가 오늘날 가장 진보적인 사상을 가지게 된 까닭의 배경을 말입니다. 신라의 서라벌로 갑시다.

눈매가 너무도 낯익다. 재석은 스튜어디스에게 등을 드러낸 채 골똘히 생각에 잠겼다. 기억의 갈피를 한 장씩 넘겨보아도 언뜻 떠오르지 않고, 그것이 이상하게도 별리의 아픔을 감내할 때처럼 가슴을 저민다.

이내 자욱하던 사위가 빠르게 어두워진다 싶더니 낙하산을 타고 내렸던 맞은편 언덕은 어느새 산 그림자 대신 어둠으로 뒤덮이고 말았다. 좀전 이곳으로 왔던 그가 신음을 듣고 그녀를 찾아냈는데, 착지 때의 충격으로 왼발의 발목은 보기 흉하게 부어오르고 정강이는 손가락 길이 정도로 찢어져 있다. 상처는 그에게도 있다. 나뭇가지에 심하게 등을 긁힌 것. 발목을 내맡기고 있던 그녀에게 상처가 발견되었을 때, 그의 등은 이미 피로 흥건하게 젖어 있었다. 지금은 그녀가 그의 환부를 보살펴주고 있다.

다시 한번 역할을 교대하는 사이 어둠이 그들 주위도 캄캄하게 만든다. 하늘엔 잔별들만이 박혀 떨고 있을 뿐. 점심을 먹고 곧장 도쿄를 출발했는데 벌써 밤이라니. 스튜어디스가 이곳이 경주 남산이라고 알려준다. 착 가라앉은 목소리로. 그리고

"경주 남산이 아니라 서라벌 남산이라고 해야 옳겠네요."

"서라벌?"

"우린 멀리, 아주 멀리 왔어요. 통일신라의 서라벌 남산으로."

제정신이 아니군. 충격이 가라앉아야 뭘. 잠시 이렇게 쉬다 내려가자. 그렇게 험한 산은 아니니까 근처에 마을이 있겠지.

하, 모든 게 꿈만 같다.

도쿄 상공으로 날아오른 지 얼마 만이었을까. 아마 현해탄은 건너고 난 뒤였으리라.

구름 위를 날고 있던 여객기가 요동했을 때, 탑승 경험이 거의 없는 재석은 순간적으로 사고가 아닌가 싶어 마음 졸였다. 안내방송에서는 기층이 불안정한 곳을 빠져나가는 중이라 했다. 지시에 따라 승객들은 하네다 공항을 이륙하고는 재빨리 풀어놓았던 안전띠를 다시 맸다. 한 주일 전 도쿄로 가는 길에서는 곧 정상운항이 되었다. 그때처럼 되려니 했다. 그런데 다시 안내방송이 나와 단 한 사람도 빠짐없이 안전띠를 매라고 했다. 다급함이 전해져 오는 목소리에 주위가 술렁거리기 시작했다. 기체는 자갈투성이 길을 달리는 시골 버스처럼 심하게 요동을 해댔다. 그때쯤 해서 여유 있게 기내를 돌아다니던 스튜어디스들도 당황한 표정이 돼 우르르 몰려갔으리라.

그때부터 비상착륙을 한다는 안내방송이 나오기까지에 걸린 시간이라고는 열 손가락을 접었다 펴는 정도에 불과했다. 자리를 박차고 일어난 몇몇 승객들이 비칠거리며 기장실로 향했다. 비상착륙이란 절대 있을 수 없다며 고함쳤다. 다른 승객들도 하나같이 호응했다. 어쩌자고. 안내방송은 촉박하다며 지시에 따라줄 것을 명령했으나 자리를 박차고 일어나는 승객은 더 늘어났다. 선택의 여지가 있긴 있나. 재석이 어리둥절해져 주위를 둘러보는데 한 스튜어디스가 다가왔다.

당신밖에 없어요.

그녀는 다가올 때 이상으로 다급히 그를 일으켜 세웠다.

조금의 위험, 조금의 수고가 싫어 난동을 부리는 거예요. 눈앞에 빤히 파국이 보이는데도. 자 이쪽으로 나오세요.

엉겁결에 일어난 그의 손은 스튜어디스에게 잡혀 있었다.

머릿속에선 회오리가 쳤다. 거의 끌리다시피 하며 뛰었다. 살기 등등한 승객들의 눈빛을 헤쳐 기내 뒤편의 방에 닿아, 건네주는 조끼를 입었다.

비상착륙을 해야 하는 게 아니냐고 따졌다. 스튜어디스는 설득 작업이 계속되고 있으나 기다리고 있을 수만은 없어 뜻에 따르는 탑승객을 하나라도 먼저 구출하기로 결정을 보았다고 했다. 그리고는 배낭같이 생긴 걸 내밀며 낙하산이라고 했다. 뭐라고 반문할 사이도 없이 한쪽 문이 덜컹 열리고, 두 사람은 아래로 떨어졌다. 재석은 그녀가 자신의 손을 꼭 잡고 있는 걸 발견하고서야 터져나오던 비명을 간신히 삼킬 수 있었다. 아찔한 추락이 한동안 계속된 뒤 알려주는 대로 하자 갑자기 몸이 떠오르는 듯했다. 그새 손을 놓고 멀어진 그녀의 등에서는 낙하산이 연꽃처럼 피어올랐다. 그는 곧 자신의 몸도 낙하산에 의지하고 있음을 알았다.

그래도 여유를 찾았던지 착지 순간 그는 이 무슨 만화 같은 일인가 생각하는 한편, 조금의 시차를 두고 그녀가 맞은편 언덕에 내리는 걸 확인할 수 있었다. 그는 귀가 먹먹해 머리를 내젓다가 안도의 한숨을 내쉬며 땅에 얼굴을 대고 쓰러져 얼마를 그대로 있었다. 흙 냄새와 함께 살았구나 하는 생각을 모든 감각으로 움켜쥐었다.

허청대며, 덤불에 걸리고 가시에 찔리며 이쪽 언덕으로 건너온 것이 불과 얼마 전이다.

급작스런 사고에서 탈출에 이르는 짧고 긴박했던 순간. 재석이 그때를 떠올린 동안 잠든 듯 고른 숨을 내쉬던 여자가 문득 이렇게 말한다.

"선생님이 무사히 탈출하셨는지 모르겠어요."

약간의 틈을 두고 그는 입을 연다.

"순간적으로 이성을 잃었지만 결국 지시에 따랐겠죠. 아마."

"이 나라가 풍전등화임을 뻔히 보면서도 자신의 이해관계에선 결코. 물에 빠져서도 금궤를 움켜쥐고 있는 꼴이죠."

아직 정신을 찾지 못했나. 아님 비유를 쓰는 건가. 그녀는 반듯이 누운 채 말을 이었다.

"진골 귀족은 왕권쟁탈에 여념 없고 지방 호족들은 중앙정부의 영향력이 약해진 틈을 타 사병을 늘리더니 마음대로 세금까지 거두고. 또 거기다 금란가사 걸친 중들은 어떻고. 중생제도는 팽개치고 귀족들 태평무사나 빌어주며 푼돈을 얻고 있지요. 이러니 구주 오소경 어디 할 것 없이 역병이 창궐하지 않을 수가. 나라를 구하기 위해 선생님이 서라벌로 오서 개혁조치를 추진하시는데 그들이야 제 주머니에 들어오던 것 줄어들까 봐 온갖 음모질이죠. 사모님을 갖은 재물로 꼬여내어 간통을 하더니 이젠 선생님을 직접 위해하려고까지. 자객을 따돌리셨는지 걱정이어요. 우린 이렇게 용케 빠져나왔지만."

몸을 반쯤 일으킨 그는 그녀를 보며 속으로 되뇌었다. 헛소리라고. 이건 헛소리라도 대단한 헛소리라고. 수영이처럼 반쯤은 역사를 전공한 모양이지. 엉뚱하게도 여기서 줄줄 쏟아지는구나. 도대체 선생님이란 분이 누구냐고 묻던 재석은 그녀가 윗몸을 벌떡 일으키는 의외의 반응에 깜짝 놀라고 만다.

"당신은 지금. 설마, 설마 우리 처용 선생님을 부정하시는 건 아니겠죠? 그럴 순 없어요, 그럴 수는. 절대로. 비록 미천한 신분의 우리들이지만 저 하늘의 눈으로 보았을 때는 진골이네 성골이네 하는 사람들과 조금도 다를 바가 없다는 사실을 일깨워주신 분이잖아요. 이전에 누가 그런 말을 해주던가요? 그분이 없었다면 우리는 평생을 종살이나 다름없을 삶으로 마감했을 거예요. 비록 지금 어려운 처지에 떨어졌지만 좋은 날이 올 거예요. 누구보다 야심이 컸던 당신이잖아요. 박해받을 때일수록 믿음을 튼튼히 해야만 해요. 꿈에라도 그런 생각은 다시."

여자를 자리에 눕힌다. 좀더 쉬라며. 아무 말 하지 마라며. 누운 채로 빤히 그의 얼굴을 올려다보던 스튜어디스가 눈을 감는다. 속눈썹이 파르르 오래도록 떨린다. 기장을 두고 그런 줄 알았는데.

가엾은 여자. 이렇게 서늘한 눈매의 여자가 어쩌다 그런 몹쓸 병에. 재석은 그녀가 왠지 낯설지 않게 여겨진 이유를 이미 알고 있다. 5월이었던가. 『처용어록』 강설의 마지막 날, 이 여자가 무리에서 빠져나온 그에게 다가와 자신을 능욕하라고 한 게. 어쩌면 이 스튜어디스는 스탠드바 마르테의 여급일 때부터 한 걸음 한 걸음 접근을 시도한 것일지도 모르겠다 싶은 생각이 들더니 금방 바위 같은 확신이 되었다.

　바쁜 여행 일정 중에도 머릿속을 떠나지 않은 일이 있었다. 급박한 사고로 한동안 몸을 숨겼던 그것이 다시 두 눈을 둘레둘레 굴리기 시작했다. 그가 김포공항에서 비행기에 탑승할 때까지도 지폐가 회수되었다는 뉴스는 나오지 않았다. 그의 집 베란다 계단 난간에서 발견된 지폐 다발이 바로 조폐창에서 유출된 문제의 지폐들이라는 것을 안 순간부터 꼬박 이틀 머리를 쥐어짜 취한 조치는 아무런 성과도 거두지 못한 것이다. 그는 자신을 추적할 단서를 남기지 않도록 온갖 경우를 따져가며 수사본부 앞으로 보내는 편지를 썼다. 우연히 지폐 뭉치 발견. 신분의 노출을 피하고 싶어 다음과 같은 방법을 취하게 되었음. 43번지 뒷숲의 가장 큰 왕벚나무 가지에 걸린 비닐 봉지. 왼손으로 비뚤비뚤 쓴 편지를 그는 그날의 마감시간이 지난 서울 광화문 부근의 우체통에 넣었다. 그리고 곧장 길평으로 달려온 그는 다음날 새벽 검은 비닐 봉지에 넣은 지폐 다발을 가지고 미리 봐둔 왕벚나무를 찾아갔다. 그런데 어떻게 된 일인지 뉴스 시간마다 텔레비전을 켜보아도 앵커는 지폐를 회수했다거나 아니면 제보 편지를 받았다거나 하는 소리를 하지 않았다. 그렇다고 왕벚나무가 있는 43번지 뒷숲으로 가볼 수도 없는 일이었다. 섣부르게 움직였다가는 정말 어찌할 수 없는 음모의 덫에 걸리고 말 터이니.

되새기니 가슴이 답답할 지경으로 분노가 솟구친다. 재석은 여자에게, 이 일도 당신네들이 술수를 부려 저지른 짓이 아니냐고 따지려다가 고개를 내저었다. 그녀가 제정신이 아니라는, 지금으로서는 더 큰 생각이 입을 막은 것이다.

둘둘 뭉쳐진 채 내팽개쳐진 낙하산을 잘 수습한다. 바닥에 깔고 또 덮을 수 있도록. 아무런 말없이 여자는 재석이 하는 대로 몸을 내맡긴다. 그리고는 그에게 낙하산을 어떻게 했느냐고 묻는다. 그는 낙하산을 벗어두고 그런 것에는 신경도 쓰지 못하고 이곳으로 왔다. 그녀는 애써 웃음을 띠곤 새벽이 되면 추울 것이라며 옆자리로 들어오라고 했다.

"7월인데 새벽인들 추우면 얼마나 춥겠습니까."

"5월엔 아직 추워요."

뭐라고 하려다 재석은 입을 닫았다. 아직도, 제정신이. 서라벌 남산이라더니 이젠 5월이라.

미쳤군. 쓴물처럼 입에 고여드는 말. 그녀가 가슴을 드러내 보이며 유혹해왔을 때 그가 씹어뱉듯 한 말이다. 꿀꺽 그걸 되삼킨다. 그러자 연민의 감정이 잔잔히. 머리카락이 어수선하게 흐트러져 있다. 이마를 쓸어준다. 자고 나면. 이젠 조용히 잠에 들라, 여인이여. 자장가라도 불러주듯 그렇게 오랫동안 되뇌다가 저도 모르게 불쑥 이름을 묻고 만다.

윗몸을 낙하산에서 끄집어낸 스튜어디스가 자신의 가슴을 흘깃 본다. 재석의 눈길은 봉긋 솟아오른 가슴께로 쏠린다. 왼편 가슴에 나비처럼 앉은 이름표를 건네 받으리라 기대하는데, 그것은 저 아래 검은 숲으로 날아갔다.

"애랑이라고 해요."

재석은 묵묵히 그녀를 바라보기만. 아무런 말도 찾아낼 수가. 그 어색한 침묵을 견디다 잠이 들었으리라.

부신 빛살이 초록의 나뭇잎 사이로 떨어지고 있다. 여자가 어깨를 흔들던 손을 이마로 가져온다. 악몽에서라도 깨어났을 때처럼 재석은 길게 숨을 내쉬다가 지난밤 그녀와 함께 낙하산을 덮고 잠이 들었음을 깨닫는다.

그를 깨워놓곤 줄곧 큰 나무둥치를 붙든 채 주위를 살피던 애랑이 달려왔다. 막 일어나던 그를 덮치듯 되눕혔다. 그리고는 가까이 와 속삭이는 것이었다. 귓가에 숨결이 느껴질 정도로. 횡설수설이란 생각만 드는 소리다. 지금 혼례를 치르러 가는 길이라고? 처용을 추적하는 자객들에게 그렇게 말하라고? 그는 울컥 심사가 뒤틀렸지만 설득하는 표정을 짓고, 구원을 청하자고 했다. 그러면서 거의 반사적으로 일어나다 움찔 굳어버렸다. 옛적 전쟁터에서

나 쓰였을 칼을 든 사내와 눈이 마주친 것이다. 차림새도 아주 군졸 꼴.

그 자의 고함에 같은 차림의 사내들이 우르르 몰려들어 둘을 에워싼다. 그 사이를 비집고 우두머리가 짧은 채찍을 휘둘렀다.

"무엇하는 작자들이냐?"

눈매가 갈고리다. 머뭇거리자 더 깊숙이 파고드는.

"처용이 놈의 똘마니들이 아니냐! 입은 옷꼴도 그렇고."

"아니옵니다. 저희들은 토함산 아래 가난한 마을의 남녀들로 혼례를 치르기 위해 절을 찾아 나섰다가 길을 잃고 헤매는 중이었습니다."

둘을 처음 발견했던 사내가 칼로 낙하산을 찔러본다. 재석은 그 칼이 목으로 날아올 것만 같아 움찔하며 여자를 따라 주워섬긴다.

"네, 저희들은 혼약을 알아줄 부모도 없는."

"미천한 것들 혼례를 치러줄 절도 다 있다더냐! 부처님 자비가 너희들같이 무지몽매한 자들에게까지 미친다는 말은 내 아직 이 신라 땅에서는 들어보지 못했다. 채찍맛을 보기 전에 바른대로 털어놓으렷다!"

가죽채찍이 날아든다. 고개를 들던 재석에게. 그는 외마디 비명을 내지르며 몸을 굴린다. 살갗이 찢어지는 아픔. 당황한 중에서도 사극의 한 장면이 퍼뜩 떠올랐으나 이젠 더 이상 그런 여유도. 다시 채찍이 날아오려니 싶어 몸을 옹송그리는데 낯선 소리가 끼어들었다.

"나으리! 그 두 사람은 혼례를 치르기 위해 소승의 절을 찾던 자들이 맞사옵니다."

누더기 장삼을 걸친 노승과 동자승이 다가오고 있었다.

"그대들은 어느 절의 중인가?"

"어찌 이름 있는 사찰의 중이 이 행색이겠습니까. 하찮은 중들이라 미천한 백성들 혼례를 치러주기도 하는 것 아니겠습니까. 부디 중생심을 발원하셔서 용서해 주십시오."

다행히 그들은 곧 물러날 기색을 보인다. 하지만 물러나기 직전 우두머리 사내는 또 한번 갈고리눈으로 노려봤다. 그에겐 조세를 거부하고 산적이 된 자는 아니냐며 추궁하고는, 부정하자 자신의 사병이 될 생각은 없느냐 물었다. 애랑에겐 자신의 시중을 들 의향이 없는지를 물었다. 재석은 어서 결혼해 농사짓는 게 모든 꿈이라며 거듭 고개를 조아렸는데, 애랑의 대답도 마찬가지였다.

산 아래로 내려가는 그들을 보고 있자니 노승이 다가와 처용을 따르던 자들이 아니냐며 반겼다. 생기를 찾은 애랑은 처용 선생님이 어떻게 됐는지 걱정이 태산이라 아뢰었고. 그녀를 안심시킨 건 동자승이었다. 빙그레 웃으며 처용의 행방을 알려주는 것이다. 재석은 척척 말이 맞아 들어가는 그들 앞에서 완전히 혼란에 빠진다. 출구를 찾지 못한 비명이 목잘린 닭처럼 길길이 날뛰기 시작했으나 꼼짝할 수가 없었다.

비탈길.

행렬의 꽁무니를 따르면서 재석은 동자승이 흘린 웃음의 잔상에 매달린 채 기억의 갈피를 뒤적인다. 손에 잡힐 듯한 생각이 꼬리를 자꾸만 숨기며 달아난다. 애가 탄다.

이윽고 기암괴석의 봉우리에 자리 잡은 암자가 눈에 들어왔다.

그곳에서는 너무도 뜻밖의 인물이 기다리고 있었다. 바위 위에서 누더기 장삼자락을 휘날리며 먼 곳을 바라보던 사내가 동자승의 부름에 고개를 돌렸는데, 놀랍게도 『처용어록』을 강설하던 바로 그 사내 아닌가! 곱슬수염이 턱을 뒤덮고 있지만 단번에 알아볼 수 있었다. 그와 대면하는 순간 재석은 노승과 동자승의 정체도 알 수 있었다. 노승의 얼굴은 지하철에서 우연히 만났던 남자와 겹쳐졌다. 그리고 동자승도 박박머리 아이와 한 치의 어긋남도 없다.

순간 노승의 눈길이 느껴져 재석은 고개를 돌렸다. 노승은 그의 마음속을 다 헤아리고 있다는 듯한 미소를 짓고 있었다.

두루마기를 수습하며 바위 위의 사내가 훌쩍 몸을 날렸다.

"고생들 많았소. 당분간 이곳에 숨어 지내야 할 듯하오. 내 처를 내가 단속 못했으니 내밀 낯이 없소이다. 많은 진골 귀족들과 금란가사승들이 나를 해임하라고 임금님께 간언을 올리고 있다 하오. 말이 간언이지 사실 엄청난 압력일 겝니다. 어서 들어가서 두 분 우선 몸조리를."

사내는 수심 어린 표정으로 여자와 재석에게 그렇게 말했다. 그리고는 재석의 맥살 없는 손을 꼭 잡아준다.

그때까지도 그의 눈길은 노승에게 붙들려 있다.

흰 눈썹 아래 쑥 들어간 눈. 엄청난 나이 차에도 불구하고 예전에 만났을 때와 달라진 게 없지 않은가.

눈을 뜬다. 애랑의 목에서 어깨로 이어지는 곡선. 이불 아래의 그녀는 알몸이다. 그도 알몸. 맨 살갗에 닿는 이불의 이 감촉. 그는 고개를 들어 창밖을 보았다.

날이 밝아오고 있다. 그러나 해가 떠올라 이 암자까지 비치려면 아직 많은 시간이 남았을 터. 그는 머리맡의 사발로 손을 뻗어 냉수를 마셨다. 그리고 다시 이불 속으로 몸을 눕히며 눈을 감았다. 그러자 애랑의 알몸을 으스러지게 안았을 때의 감각이 오롯이 살아났다.

지난밤. 뻐꾸기 울음이 이 골에서 저 골로 오가며 지새울 듯하던 지난밤. 그들은 도성의 소식을 알아보러 아침 일찍 암자를 떠난 처용을 기다리고 있었다.

여자가 등잔불을 불어 끄고 돌아앉았다.

서방님.

피를 토하던 뻐꾸기 울음이 잠시 뜸해졌을 때다. 여자의 그런 호칭에 그는 별다른 의식을 하지 않았다. 여자가 제정신을 잃은 것이라는 생각을 버린 지도 오래다. 누가 미치고 누가 안 미친 게 아니라 세상 전체가 영문 모를 일만 일으키고 있다고 생각할 수밖에 없는 노릇이었다. 넋 잃은 표정으로 바라보던 그. 어느새 웃고

름을 풀어주고 있었다. 새삼 목이 타오름을 느끼며. 종이창을 흐리마리하게 뚫고 온 달빛이 젖무덤에서 빛을 뿜으며 하얗게 흩어졌다.

그는 불붙은 나무. 애랑의 몸에 불을 옮기기 위해 안간힘을 썼다. 그러나 능숙한 쪽은 애랑이었다. 그는 불이었으나, 그 불의 세기와 방향을 조절해 준 풀무는 그녀였다. 온몸으로 애랑의 몸을 오르내렸다. 그들은 정말 혼례를 치른 초야의 남녀들처럼 골짝과 언덕을 오르내리며 밤을 보냈다. 새벽까지 내내 두 사람 사이를 날아다니던 뻐꾸기. 그리고 뻐꾸기 울음.

둘의 상처는 말끔히 나았다. 그 동안 기온이며 주변의 꽃나무들로 재석은 7월이 아님을 알게 되었으며, 애랑으로부터는 서방님이라 불렸다.

"이보게들! 그만 일어나시게!"

살짝 잠이 들었다 싶었는데 창이 환하다. 문밖에서 소리쳐 부른 사람은 처용이었다.

돌아온 그는 수심을 어느 구석에도 가지고 있지 않았다. 산책을 하고 돌아오던 노승에게도 느껴지는지 세상을 다 얻은 표정이라고 덕담을 했다. 그러자 처용은 세상을 다 얻은 건 아니나 도성의 백성들이 자신을 버리지 않았다는 사실을 알게 되었노라고 감격해 하며 허리를 조아렸다. 두 사람에게 자신의 소신을 밀고 나가는 데 지대한 도움을 줄 후원세력을 얻었노라고 할 때까지도 감격의 빛이 지워지지 않았다. 처용이 그 동안의 고마움을 표하며 다시 머리를 조아리자 노승은 예를 갖춰 나무관세음보살을 되뇌었다.

"어서 옷들 갈아입으시게."

두 사람에게 처용이 하는 말이다. 그는 서두르고 있었다.

그로부터 한 시간도 지나지 않아 둘은 그가 구해온 옷으로 바꿔 입고 남산을 내려가게 되었다.

지게꾼이 관을 진 초라한 장의 행렬이 멀어지자 이번에는 물가에서 누더기 입성을 빨던 거지 무리가 보인다. 도성으로 가는 길이다.

서라벌로부터 변방에 이르기까지 집과 담장이 나란히 잇닿아 있으며 초가라곤 하나도 없던 옛 기록과는 많이도 다르다. 어느 마을은 움막 수준의 집들밖에 보이지 않기도 했다. 처용이나 애랑과는 달리 재석은 정탐 나온 군졸처럼 조심스럽고 세심하게 주위를 살피고 있다. 옷을 갈아입던 순간 그는 처용가의 뒷무대에 뛰어들게 되리라는 강한 예감을 가졌다. 그리고 자신이 그 운명을 껴안게 되리라는 예감까지. 암자에서 닷새를 지내고 내려온 길이었다.

남천이 가까워지자 비로소 어엿한 기와집들이 눈에 띄기 시작했다.

내를 건너기 전에 처용은 한길을 버리고 둑길로 방향을 잡았다.

그리고는 올망졸망한 초가들로 이뤄진 마을의 좁은 골목으로 그
들을 이끄는 것이었다. 마을의 여느 집처럼 작고 나지막한, 궁상
스런 느낌의 한 초가에 이르러 드디어 걸음을 멈춘다. 그가 가리
키는 곳으로 재석의 눈길이 간다. 놀라는 목소리를 낸 쪽은 애랑
이다.

"이 얼굴은!"

"그렇소이다. 관가에서 내다 붙인 게 아니라 도성의 백성들이
역신을 막기 위해 붙인 것이랍니다. 이 처용이의 낯짝만 그려놓아
도 그 집에는 역신이 침입하지 못한다고 소문이 났다 하오."

모든 게 한 손에 쥐어지는 벅찬 감동. 재석은 속으로 박수를 쳤
다. 여기가 바로 처용가의 뒷무대로군. 이쪽엔 또 이런 권력투쟁
이 있을 줄이야. 처 하나를 단속하지 못해 권위를 떨어뜨렸다며
어전회의에서 권신(權臣)들이 왕에게 그의 해임을 요구하더니 아
예 자객마저 풀어 설쳐대던 요 며칠이었다지 않던가. 그런데 상황
이 완전히 역전되었으니 얼굴에서 수심이 사라질 밖에. 처용은 몇
집 더 돌며 제 얼굴 그림이 붙은 걸 보여주곤 아이들을 불러 이 화
상(畵像)이 도대체 누구냐고 의뭉스레 물어 지금 자신이 어떤 존
재임을 두 사람이 분명하게 알도록 해 주었다. 그 동안 내내 애랑
은 거듭 믿어지지 않는다는 표정만을 짓고 있었다.

아이들이 다투듯 들려주는 이야기가 끝나자 처용이 노래를 가
르친다. 바로 그 처용가를.

"도대체 어이 된 일인지요?"

애랑이 아이들의 노래가 멀어지자 입을 떼었다.

이젠 누구도 그녀를 스튜어디스라고는 짐작 못할 것이다. 변하기는 재석도 마찬가지. 누가 그를 취재여행 다녀오다 사고를 당해 낙하산으로 탈출한 소설가라고 믿겠는가.

일본행은 출판사로부터 계약금조로 받은 여행비로 이뤄졌다. 장편의 초판 예상 인세에서 절반을 미리 준 것인데 뻔할 형편의 문학 전문 출판사로서 신인 작가에 대한 대접치고는 나쁘지 않은 것이었다. 하네다 공항을 이륙하면서 그는 그 동안의 작품 구상에 살을 붙여보고 있었다. 일주일 동안의 일본 체류에서 제법 많은 자료를 얻은 터라 장편을 반쯤은 쓴 기분이었다.

마사다. 사해 해변 배 모양의 구릉을 이용한 천연의 성채인 마사다는 하스몬가의 지배자에 의하여 축조되고 BC 35년에 유대의 헤롯 대왕에 의해 개축되었다. 로마군 주둔지로 사용되기도 한 이곳은, 66-73년의 제1차 유대전쟁 최종기에 여자와 아이들을 포함한 960명의 열심당원이 로마군에 맞선 거점으로 유명하다. 예루살렘이 함락된 후에도 저항을 계속하던 마사다의 열심당원들은 끝내 로마군에게 항복하지 않고 전원 집단자살을 택했다. 이야기는 바로 당시 마사다에서 한 유대 늙은이의 회고로 시작된다.

이 정도 아우트라인에, 몇몇 인물과 장소에 대한 제법 상세한 묘사 그리고 서두의 문단 몇 개 정도를 만든 채 그 동안 주저앉아 있던 이야기가 누군가가 잡아당겨 주기라도 한 듯이 쭉쭉 풀려나가고 있었다. 단연 힘이 된 것은 국내에는 아직껏 번역된 바가 없는 『또다른 성서』의 풍성한 자료와 그것이 가슴에 불어넣어준 용기였다. 영화 공부를 위해 유학가 있는 친구가 이끄는 대로 바깥바람을 쐬며 가벼운 마음으로 보내보려 한 일주일. 하지만 일본행의 주목적이 바로 그 책을 입수하는 것이라는 사실을 그는 잊지 않고 있었다. 1945년 이집트의 나그 함마다 마을에서 발견되어 처음에는 불쏘시개로 쓰이던 고대 문헌과 1947년 이스라엘 사해 해변의 쿰란 동굴에서 잃어버린 염소를 찾던 목동에 의해 발견된 두루마리들을 편집해 『또다른 성서』라는 제목으로 세상에 나온 책. 기독교와 혈연관계에 상당하는 모습을 보여주면서도 기독교 교의를 뒷받침해주지 않는 구절들로 가득해, 교의의 틀을 벗어나 예수의 삶을 그려보려는 그에게는 영감의 주요한 원천인 셈이었다. 397년의 카르타고 공의회에서 성서가 확정되기 전 오늘날의 성서 문서들과 한때는 치열한 경쟁을 했을, 만일 역사의 물줄기가 조금만 방향을 달리 틀었더라면 나날이 읽히게 되었을 수도 있었을 문서들의 묶음인 그 책의 존재를 알았을 때 그는 당장 읽어보지 못해 몸살이 날 지경이었다. 바로 그 책을 입수하는 한편 재석은 일본어 번역자를 그가 운영하는 신학연구소로 찾아가 깊이 의견을 나누기도 했다. 그러는 중에 자기가 취한 입장이 터무니없는 것이 아니라는 데 도달했고, 해볼 만한 일이라는 확신까지 가진 채 돌아오는 비행기에 오를 수 있었다.

그런데 터무니없는 사고가 들이닥친 것이다. 이런저런 사정을 요량하며 집필 계획을 짜고 있을 때였다. 그리고 꿈 같은 탈출이었다.

　며칠 전의 사고와 허공으로 날아가 버린 자료들. 재석이 먼 옛 일처럼 떠올리고 있는 동안 처용도 혼자만의 생각거리가 있는지 묵묵히 걷기만 했다. 그런 그가 문득 입을 떼더니 백성들의 힘이었음을 강조했다. 마음속으로 재석은 고개를 끄덕인다. 그렇지. 이건 백성들의 힘이고 말고. 처용이 그래도 자신들을 위한다는 걸 안 때문이리라. 누굴 믿으랴. 금란가사승들이야 중생제도의 길을 외면하고, 귀족들이야 권력으로 백성들의 노동력을 수취해 저택이나 짓고 있으니. 한 백성을 두고 몇 곳에서 세금을 거두어들이니 어떻게 견디랴. 폭정에 시달리다 농사 내팽개치고 무리 지어 도적질로 나선 자가 어디 한둘. 이런 현실을 타개하기 위해 헌강왕은 처용을 서라벌로 데려왔을 터이다. 귀족들과 금란가사승들이 눈엣가시로 여긴다는 사실을 도성의 백성들이 왜 몰랐겠으며, 그의 처가 외간남자와 정을 통한 사건이 금입택(金入宅)에 사병을 거느린 부호대가(富豪大家)의 기득권을 인정치 않고 급간이라는 보좌왕정 자리를 통해 압박해오는 그를 제거하려는 음모임을 왜 백성들이 모르랴. 음모를 눈치챈 그들이 곧장 소문을 퍼뜨렸을 것이다. 처를 범한 역신을 손 한번 쓰지 않고 노래로 물리치고 항복까지 받아냈다고. 패배해 쫓기던 그를 단번에 승리자로 만든 것이다. 백성들은 노래로 패배와 좌절의 기억을 역전시키는 힘을 가지고 있다. 그들의 힘이 다시 처용을 도성으로 부른 것이다. 재석은 처용가의 뒷무대를 대충 그렇게 짐작해본다.

아니나 다를까.

처용이 애랑에게 들려주는 이야기는 재석의 짐작대로다. 그리고.

"백성들의 부름을 어찌 외면하겠소. 자객이 목을 노리더라도. 그들에게 내가 보답할 수 있는 길은 지금까지의 개혁조치를 끝까지 밀고 나가는 것. 지금 곧바로 전하를 뵈러 가야겠소."

그때부터 부푼 마음에 걸음을 서두르자 불과 얼마 뒤 그들은 궁에 들어와 있게 되었다.

대궐로 오는 길.

귀족들만 놓고 보자면 옛 기록도 일리가 있겠다.

재석은 그런 생각을 했다. 커다란 기와집 어디에나 고기 굽는 연기와 악기 타는 소리가 넘쳐나지 않았으랴. 도성 밖 초가와는 비교가 되지 않는 고대광실들을 지나며 여기가 바로 진골 성골 하는 귀족네들 동네구나 싶어 유심히 살피게 되었다.

하대 신라 서라벌의 풍경만으로도 이미 흥분될 대로 된 터였다. 대궐 안을 둘러보는 눈길은 황홀경에 빠진 자의 그것이었다. 규모나 장엄함보다는 이게 천년 전 신라의 왕궁이구나 하는 생각이 앞선다.

이곳이 경주 어디쯤일까. 궁금해 애랑을 찾았다. "아가씨" 하고. 연못가에서 물고기들을 내려다보며 시름을 잊고 어린애처럼 즐거워하는 그녀다. 그런 그녀가 고개를 돌리더니 한숨을.

그리고.

"서방님. 어찌 저를 그렇게 부르시는지요. 혼례를 치르시고도."

애잔한 눈빛에 그는 이상한 감동을 느꼈다.

말마따나 두 사람은 혼례를 치렀다. 어찌 혼례라 하지 않을 수 있으랴. 뻐꾸기 울음이 이 골에서 저 골로 오가며 지새울 듯 오래 계속된 지난밤.

우울해하고 있는 애랑 앞에서 그는 고개를 떨군다.

먼저 미안하다는 말. 그리고 요 며칠은 제 머리로는 감당하기 어려운 일들이 거듭되어 뭐가 어떻게 돌아가는지 모르겠다고 솔직히 털어놓는 것을 잊지 않는다. 그렇게 말하는 동안, 그녀보다 처용에 대해 더 많이 안다는 자부심으로 부풀어올랐던 마음은 바람 빠진 풍선이 돼버렸다.

"충분히 이해해요. 그러나 이럴 때일수록 믿음을 굳건히 하셔야 지만."

"왜 여기 와 있게 되었는지부터."

하던 말도 마저 끝맺지 못한 채 그는 고개를 설레설레 내저었다.

또다시 무슨 엉뚱한 충고를 하리라 싶은데 여자가 다가오더니 귀엣말을 한다. 왕과 처용이 나오고 있다고. 고개를 들어 조심스레 왕을 찾았다. 처용보다 반 발짝쯤 앞에서 비단옷을 입은 왕이 느릿느릿 걸어오고 있다. 힘이 빠진 행색이다. 아, 저자가 바로 헌강왕이겠군. 개운포의 처용을 서라벌로 데려와 급간이란 벼슬을 내리고 보좌왕정을 맡긴. 왕이 연못 저쪽 편에서 정자께로 천천히 걸음을 옮기며 처용이 돌아온 사실과 거기에다 개혁조치를 강력하게 실행할 묘책까지 얻게 돼 한량없이 기쁘다고 하는 소리가 물오른 나뭇가지 사이로 들려온다.

"어서 그 묘책을."

왕이 자리에서 앉으며 하는 말이다.

곧이어 앉는 처용. 연못 건너편 정자다. 애랑과 재석은 감히 빤히 바라볼 수가 없어 몸을 돌려 두 사람 사이에 오가는 말을 들으려고 귀를 세운다. 처용은 자객에게 당할 뻔한 이야기를 먼저 털어놓았다. 그리고는 이었다.

"제 한 목숨이야 어찌 아깝겠습니까. 제가 그놈들에게 목을 내주어 이 나라를 구할 수 있다면 초개같이 버렸을 겁니다. 하지만 그들은 나라의 쇠망을 재촉하고 있는 자들이올습니다. 삼국을 통일하고 대국 당나라와 맞서 대등한 관계를 유지했던 우리 신라가 아니옵니까. 헌데 오늘날 진골 귀족들은 왕권에 도전하고 있습니다. 물론 이런 사태는 전하 당대에 시작된 게 아니고 경덕왕 시절부터 조짐이 있었던 겁니다. 그때부터 권좌가 얼마나 많이 바뀌었나이까."

이어 이 왕궁에서 일어난 피비린내 나는 사건까지 이야기되기 시작했다. 일길찬 신홍인가 누구인가를 비롯 무수한 이름이 입에 올랐는데 방금 처용가의 뒷무대로 막 올라왔을 따름인 재석으로

서는 얼른 어떤 역사적 사건을 두고 말하는 것인지 감을 잡을 수
는 없었다. 궁에서 내쫓길 때 눈을 다쳤다는 한 왕자의 이야기도.
어느 정도 거리를 둔 채 귀동냥을 하는 처지인지라 더 자세한 파
악은 어려웠지만 난국의 근원을 진골 귀족들이 자신의 이해관계
에 따라 왕위를 옹립하고자 한 때문인 점을 처용이 지적하고자 한
다는 맥락만은 분명하게 알 수 있었다.

흥분한 것인가. 처용이 목소리를 높인다.

"도덕은 땅에 떨어졌고 무력만이 활개를 치고 있는 현실입니다.
전하께옵서 이런 현실을 타개하기 위해 저 개운포 골짜기의 소인
을 발탁해 이 나라를 중흥케 하려고 노심초사하셨음을 제가 어찌
모르겠나이까. 골품에 얽매이지 않고 요소요소에 적인을 기용하
신 것에서부터 시작해 녹읍제 대신 정전제를 실험하신 것은 전대
의 어떤 제왕도 감히 시도하지 못했던 조치였습니다. 그러나 지금
큰 난관에 봉착한 것도 사실입니다. 기득권을 쥐고 있는 귀족들
때문이라는 점은 이미 잘 알고 계실 겁니다. 한동안 은밀히 소인
의 처에게 금붙이며 비단을 바쳐 소인을 조정해보고자 한 일에서
부터 근래 결국 소인의 처를 입에 담기 민망한 사건으로 옭아맨
후 소인을 제거하려 한 일까지. 그 자들의 저항은 간교하기 그지
없는 것이었습니다. 그들은 전하에게 저항한 것이옵니다.

그들을 누르지 않고 시행되는 개혁조치란 사상누각에 지나지
않음이 판명되었습니다. 타개책은 전하의 권세가 더욱 강성하여
지는 수밖에 없음이 분명하옵니다. 그들의 힘을 빼앗을 조치를 전

격적으로 실시하여야 할 것이고 또 한편으로는 흐트러진 세상을 바로 세울 새로운 사상의 틀을 분명하게 제시하여야 할 것이옵니다. 우리 신라에는 현묘한 도가 있는데 이를 풍류(風流)라고 하지 않사옵니까. 삼한 가운데 가장 뒤늦게 일어났으나, 융합의 원리로 삼한의 온갖 대립·갈등의 요소들을, 그리고 혹은 밖에서 들어오고 혹은 안에서 생겨난 온갖 다양한 사상을 아울러 마침내 통일을 이뤄 찬란한 문화를 꽃피운 신라의 힘은 바로 그것에서 나왔다고들 모두가 말합니다. 이미 유불선(儒佛仙) 삼교를 포함하고 있다는 풍류. 그러나 이 풍류도 그 현묘함을 잃은 지 오래이지 않습니까. 한시 바삐 새로운 사상의 틀을, 여러 세력들을 통합할 새로운 사상의 틀을 제시하여야만 할 것이옵니다.

그러기 위해서는 먼저 혈통의 높고 낮음에 따라 관직 진출에서부터 혼인·의복·가옥 등 온갖 생활의 전반에 걸쳐 규제를 하고 있는 골품제를 정비하고. 아니 골품제를 근본에서부터 다시 생각하여."

"아, 그 모두 얼마나 어려운 문제요."

굳은 얼굴의 왕이 그렇게 받은 뒤 말을 잇는다.

"하지만 오늘은 그대가 그 묘책을 가지고 왔다니, 어서 말해보시오."

처용의 목소리는 한참 뜸을 들여 흘러나온다.

"전하께옵서 춤을 추셔야겠습니다."

"춤이라?"

"그러하옵니다. 남산에 올라 춤을 추며 남산신(南山神)의 말씀을 전하시면 됩니다."

왕에게 남산에서 춤출 것을 권하면서 털어놓기 시작한 묘책은, 그것을 멀찍이서 대강이나마 듣는 순간부터 처용에게 다시 자세히 듣는 동안까지 재석이 몇 번이나 마음속으로 제 무릎을 치게 했다. 설화의 역사적 배경이 딱 밝혀진 까닭이기도 했지만 묘책 그 자체로서도 절묘하다 싶었던 것이다.

"이제 날을 잡아 남산 포석정에서 연회를 열게 될 것이오. 문무백관은 물론 사리사욕에 눈먼 이 나라의 많은 귀족들을 초대하는 연회를. 그 자리에서 전하께서는 개혁조치를 막을 경우 망국의 위험이 있음을 경고할 것이오. 그냥 말씀하시면 한쪽 귀로 듣고 또 다른 한쪽 귀로 흘려버릴 작자들. 그러니 그것이 남산신의 말씀임을 가장해야만 효과를 얻을 수 있을 것이라고 소생이 진언한 것 아니겠소. 남산신이 전하에게 나타나 전한 것을 전하께옵서 신들려 여러 신하들에게 들려주는 형식으로 말이오. 전하의 앞에 나타난 남산신의 춤과 노래. 그것을 흉내내었노라고 밝히신다면 눈과 귀가 막힌 작자들일지라도 반응이 있을 터. 우리 신라의 영산(靈山)인 남산의 신이 한 참언마저도 받아들이지 않는다면 입에 담기 참담한 일이지만 앞으로 이 나라가 백년을 더 지탱한다고도 감히 장담하지 못할 것. 마지막 비책을 전하께 말씀드린 것이오. 전하는 어찌 거짓으로라고 하시며 주저하셨지만, 순리로 치세하는 게 성왕의 도리이긴 하지만 천하가 몹시도 탁해졌을 때에는 비상

수단이 동원되어야 한다고, 저 법흥왕께옵서도 공공연히 왕권에
도전하던 권신들을 이차돈 순교 사건을 만들어 제압한 바가 있노
라고, 백성을 위한 길이니 조금 치의 부정함도 없노라고 결심을
재촉했지 않겠소. 그리고 전하는 수락하시었고!"
　애랑과 재석이 이제부터 도와주어야 할 일에 대해 당부하기 전
에 처용이 흥분을 감추지 못하며 하는 이야기였다.

　뒤통수에 둔탁하게 여겨지는 흉기로 일격을 당하고 풀썩 꼬꾸
라진 것은 이날 저녁이었다.
　머리가 으스러지는 듯한 통증에 눈을 뜬 것은 그로부터 반 시간
이 족히 흐르고서다. 그는 곧 두 팔이 뒤로 돌려져 기둥을 감싸안
은 채 묶여 있는 것을 깨달을 수 있었다. 얼마의 시간이 더 흐르고
는 희미하게 비치는 달빛으로 자신이 갇힌 데가 광 같은 곳임도.
그러나 어떻게 해서 이렇게 되었는지, 애랑은 어디로 가버렸는지
알 수 없었다. 처용으로부터 지시를 받은 두 사람이 궁궐에서 물
러나 어느 골목길로 들어서다가 일이 터진 것이다. 가만 생각해보
니 일격을 당하기 전에 애랑의 외침을 들은 듯도.
　"포박은 단단히 해놓았으렷다?"
　"물론입지요, 나리."
　왁작거리는 소리에 그는 깜짝 놀라며 눈을 떴다. 어느새 저도
모르게 깜빡 잠이 들었던 모양이다.

문짝이 덜거덕거리는 소리. 이어 횃불이 나타났다. 그리고 도깨비 같은 사내들이었다.

"야 이놈아, 어디서 눈깔을 치켜 뜨느냐!"

윽박지름과 함께 가벼운 발길이 그의 어깨를 친다. 그러나 공포로 인해 그는 심하게 움찔한다.

"어디 보자."

다가오는 횃불. 그 동안 어떤 손길 하나가 머리채를 움켜쥐더니 뒤통수가 기둥에 부딪히도록 꺾는다.

"네놈이었구나."

그자가 그를 알아본 순간 그 또한 그자를 알아보았다. 그러나 다음 순간 둘의 처지는 딴판이다. 그는 발길질에 뺨이 차여 고개가 홱 돌아간 대신 그자는 득의만면한 낯빛으로 내려다보고 있다.

"저번엔 잘도 속였다. 이번에는 또 뭐라고 둘러댈 테냐?"

남산에서 채찍을 휘두르던 바로 그, 눈매가 갈고리 같던 사내가 하는 말이다.

"왜, 왜 이러시는지요?"

그는 더 이상 참지 못하고 애원조로 중얼거린다.

"왜? 왜냐구? 이놈이, 이놈이 아직도 무슨 죄를 저질렀는지를 모르는구나. 어디서 굴러들었는지도 분명찮은 이방인의 하수가 되어 우리 신라의 근간을 뒤흔들 반역을 꾸미고 있는 네놈의 죄를 모르겠다고?"

"처용을 두고 하시는 말씀 같은데 나는 그와는 우연히 만나게 되었을 뿐이지 반역에 가담하고 있지는 않습니다."

"이놈이 이젠 능청을 떨기로 작정을 했구나. 교류를 가지긴 했으나 뜻을 같이 한 것은 아니다, 이 소리렷다? 남산에 은거했다면 목숨은 구할 수 있었을 텐데 다시 도성 안으로 들어오다니 네놈도 어지간히 간덩이가 큰 놈인 모양이구나. 오늘 네놈의 간덩이 맛을 보고야 말리라."

또다시 날아오는 발길. 이번에는 연거푸 두 차례다.

"어디 귀신을 부려 빠져 나가보아라!"

"난, 나는."

쪼개지는 듯한 가슴의 통증에 목이 컥 막힌다.

"그래 네놈은 귀신을 부릴 줄 모르는 모양이지. 그럼 네놈이 모시는 처용을 불러 귀신을 부려보아라! 에이, 귀신과 접신하는 삿된 놈들."

"나는 하나님을 따르는 자일 뿐이오."

심장이 왈캉왈캉 떨린 탓일까. 그는 이런 소리를 하고 만다.

"하늘님? 이노옴! 이놈이 그래 어디서 감히 천도(天道)를 사칭하느냐! 천도를!"

"나는 단지 하나님을."

"이놈이 아직도!"

노기가 고스란히 실린 발길이 거푸 날아든다. 그리고 거친 숨에 실려오는 소리.

"천도는 왕도에 의해서 드러나는 법이거늘 근본이 미심쩍은 자들이 감히 천도를 들먹이다니. 왕도에 의해 천도가 온 누리에 고루 미치도록 우리 진골들이 조정의 중책을 맡아 신라를 이끌어온 지 어언 천 년.

육부족에서 시작 고구려와 백제를 멸하고 통일대국으로 우뚝 서 오늘에 이르는 동안 나라의 기강을 문란케 한 자들이 어디 한둘이었으랴만 네놈들 처용 일당만큼 국체(國體)의 근본을 흔든 자들은 없었느니라. 유불선이 있거늘 어디 감히 귀신 부리는 조화로 국사(國事)를 처리하고자 하며, 하늘 아래 만민의 평등을 주장해 골품의 위계질서를 흐트리려 하다니. 하늘이 땅에 나라를 서게 하여 왕족을 택하였듯 왕은 조정을 만들고 대신들을 뽑느니라. 백성이 할 일은 왕과 조정을 받들어 땅을 갈고 씨를 뿌리는 것. 왕과 조정이 없다면 네놈들은 오랑캐의 종으로 끌려가거나 황무한 산야에서 축생과 다를 바 없는 삶을 산다는 걸 정녕 모른단 말이냐. 근본이 미심쩍은 처용이 놈이 보좌왕정을 맡아 도모한 일은 분명 왕권의 탈취였느니라. 감히 천도를 바꾸고자 하다니.

늦긴 하였지만 전하께서 그놈을 조정에서 물러나게 하셨고, 나아가 그놈의 목숨까지도 우리 손에 붙이셨느니라. 네놈이 데리고 다니던 계집도 조만간 잡혀올 것이야. 그 계집이나 네놈이나 다 구명도생(苟命徒生)이라도 도모코자 한다면 한 가지 방법밖에는 없느니라. 지금 당장 네놈은 그 계집의 은신처를 밝혀야 할 것이고, 그리고 계집은, 살고자 한다면 내 시종이 되는 것이야. 알아들었으면 이제 실토를 하렷다!"

"믿지 않을지 모르지만 나는 그 여자와도 우연히 동행하게 되었을 뿐."

"이놈이 아직도 정신을 못 차렸구나!"

한바탕 치도곤을 당하려니 싶어 마음을 다잡는데 누군가가 황급히 광으로 뛰어들었다.

"지금 처용이 궁에 있다고 하옵니다."

"뭐라구! 그럼 복권이라도 되었단 말이냐?"

"바로 그렇다 하옵니다."

"제길."

주위는 이제 그를 내팽개쳐두고 저희들끼리 웅성댔다. 광 밖으로 나가 한참 더 떠들어대더니 이윽고 한 사내가 들어온다. 그리고는 "명줄 질긴 놈" 하고 씹어 삼키듯 중얼거리며 포박을 풀어주는 것이었다.

"이번에도 풀려난다만 다음번엔 여의치가 않으리라. 네 계집에게도 잘 일러라. 그리고 언젠가 내 시종이 될 것이라고도."

밤거리로 그를 풀어놓으면서 우두머리 사내가 중얼거리던 소리였다.

이윽고 그는 인적 끊긴 밤거리를 비칠비칠 걷는다. 미행자를 붙였을지도 모른다는 생각에 가끔씩 뒤를 돌아보면서.

얼마 가지 않아서 "여기예요" 하고 부르는 소리가 들렸다.

애랑이었다. 그는 목소리를 확인하는 것에 이어 높고 긴 담장을 돌아 나타난 그녀를 볼 수 있었다.

"미행이 붙었을지도 모르오."

그에게서는 반가움과 근심이 뒤범벅된 목소리가 나온다.

"괜찮아요. 저자들이 서방님을 풀어놓은 것도 다 처용 어른이 복권되었다는 소식을 듣고서랍니다. 이젠 우리도 일을 떳떳이 내놓고 할 수 있게 되었어요. 포석정에서 연회가 열리는 날이 멀지 않아요. 준비할 게 한두 가지가 아니니 서둘러야겠어요. 어서 가요."

"어디로?"

"어디긴요. 처용 어른의 집이지요. 당분간 우리만 그곳에 머물게 될 거예요. 어른은 대궐에서 전하와 함께 움직일 테니까요."

그 밤부터 그들은 일에 착수했다.

포석정 연회의 날은 빠르게 다가왔다.

헌강왕 측근들이 연회를 위해 머리를 맞댄 보름 동안 둘은 처용 화상과 처용가를 서라벌 거리에 유포시키는 일에 주력했다. 아이들이 가장 빠른 전달자들이었다. 훗날 백제 무왕이 될 서동이 신라의 선화공주를 손에 넣기 위해, 선화공주가 밤마다 몰래 서동의 방을 찾아간다는 내용의 서동요를 성안에 퍼뜨리던 때, 그때 누구보다 앞장서 도와준 것도 바로 아이들 아닌가.

포석정 연회의 날.

이제 완연하게 신라의 필부인 재석이다. 해가 하늘 가운데 떠올

랐을 즈음부터 그는 애랑과 함께 새로 준비한 노래를 퍼뜨리고 다
녔다. 헌강왕이 남산신을 따라 춤추며 노래를 부르고 있을 시각이
었다. 왕의 갑작스런 춤. 연회장에 참석한 귀족들과 승려들은 어
리둥절한 표정을 지을 것이다.
　그리고 마침내 개혁조치를 받아들일 것이다.
　둘은 그렇게 굳게 믿으며 아이들을 불러모았고. 둘러선 그들에
게 노래를 가르쳤고.

　　　지혜 있는 자 멀리서 서라벌로 와
　　　밤늦도록 찾아다니며
　　　춤춰 앉은뱅이를 일으키고
　　　소경을 눈뜨게 하니
　　　해와 달이 순조로운데
　　　누가 그의 길을 막으며
　　　족쇄를 채우려 귀신과 손잡는가.
　　　지혜 있는 자 서라벌 떠나면
　　　먹구름이 해와 달을 가려
　　　천년 도읍이 깨뜨려질 재앙인데.

　남산의 춤판을 시작으로 왕이 행차하는 곳엔 거듭 신이 나타났
다는 소문이 떠돌았다. 금강령에서는 북악의 신이 나타나 춤을 추
었고 동례전 연회에서는 지신이 춤을 추었다. 서라벌 거리에 퍼진

노래는 그곳에서도 불려졌다.

하루는 해뜰 때부터 해가 질 때까지 거리를 돌아다닌 두 사람이 처용의 아담한 기와집에 돌아와 저녁을 먹고 쉬고 있을 때 대문 밖이 전에 없이 웅성거렸다. 벽에 몸을 기댄 채이던 그가 허리를 꼿꼿이 하며 도대체 무슨 일인지 묻는 낯빛에 애랑이 "백성들일 것이옵니다" 하고 말문을 연다.

"처용 어른을 지지하는 백성들 말입니다. 어른을 뵈올까 해서 온 것이겠지요. 그리고 어른이 추진하는 개혁조치의 구체적인 내용도 알고 싶어서일 테고요. 나가서 말씀드리세요. 어른이 모함받은 것에서부터 그런 모함이 있게 된 배경까지요. 그리고 어른이 추진하는 개혁조치가 이 신라를 어떻게 다시 부강하게 할 것이며 백성들에게는 어떤 혜택을 주게 되는지를요."

"허, 그런데 그런 말은 내가 할 바가 아닌 것 같은데. 나야 그저."

"아니에요, 서방님."

대궐의 연못가에서 짓던 안타까운 표정이 다시 보인다. 다음 순간 결심한 그는 말한다.

"알겠소."

대문을 열고 나가자 "급간 나리, 급간 나리" 하고 연호하는 소리가 들렸다. 재석은 두 손을 높이 치켜들고는 모인 사람들의 흥분을 가라앉힌다. 그는 알지 못할 힘에 의해 처용가 뒷무대의 조연배우가 된 자신이 이젠 주연배우 못잖은 역할을 감당하려 한다는 걸 의식하며 두어 번의 헛기침 뒤 입을 열었다.

"처용 어른은 지금 이곳에 없소이다! 소인은 어른을 모시는 자요! 자, 좀들 조용히 해주시오! 자자! 급간 나리께서는 지금 전하와 함께 대궐에 있소이다. 어른께서는 여러분의 신뢰가 자신을 모함에서 구하였음을 감사한다고 말씀하셨소이다. 소인이 감히 어른을 대신하여 여러분께 고마움을 전하는 바입니다. 얼마 전 전하께서 권신들과 포석정 연회를 갖던 중 전한 남산신의 참언을 여러분도 잘 알고 있을 것입니다. 그렇습니다. 지혜 있는 자가 우리 곁을 떠나고 말면 천년 도읍마저도 깨어지고 말 것입니다. 그 지혜 있는 자, 누구겠습니까!"

"급간 나리요! 급간 나리!"

집 앞 공터에 몰린 사람들이 순간 거의 하나가 되어 외치는 소리다.

"그것이야 여러분이 더 잘 아는 일. 어른은 지금 전하와 함께 크게 두 가지로 요약될 수 있는 개혁조치를 추진하고 있소이다. 그것이 무엇이냐 하면, 첫째는 성골이네 진골이네, 육두품이네 오두품이네 하는 골품제를 전면적으로 손질하여 하늘 아래 만백성이 평등하다는 지고의 진리를 최대한 현실에서 구현하려 하는 것이오. 최대한 말이오. 그리고 둘째는 저 고대에는 누구나 가지고 있던 현묘함, 영육 모두에 골고루 나누어져 있던 그 신령스러움을 되찾아 삶이 결코 야수들의 먹이다툼이거나 하루살이의 허무한 한바탕 꿈 같은 것이 아님을 알게 할 문명을 건설하는 것이오. 여

러분은 그런 새로운 문명이 이 신라땅에서부터 시작되게 할 주역
들인 것이지요."

얼마쯤 더 그가 부연설명하고 나자 늙수그레한 사내가 불쑥 물
었다.

"골품제가 사라진다면야, 그야 뭐 우리에게 더할 바 없이 좋은
일이오만은 그게 가능한 일이겠소?"

이마에 땀이 맺힌 걸 느낀 재석은 한 호흡을 더 쉰 뒤 대답을 시
작한다.

"성골이네 진골이네 육두품이네 오두품이네 하는 것, 그런 게
어디에 저 하늘 어디에 기록되어 있소이까. 그런 건 결코 절대적
인 것이 아니올시다. 제도란 그때그때의 필요에 의한 것일 뿐 제
도를 떠받치는 백성들이 이미 도탄에 빠졌는데 어떻게 그 제도가
유지될 수 있겠소이까.

오늘의 파탄을 초래한 원인 가운데 상당한 부분은 골품제가 변
화된 현실을 반영하지 못한 사실에서 찾아야 할 터. 그런데 지금
까지의 권신들은 혼란한 국가 기강을 권력을 통한 신분적 차별로
바로잡으려 했소이다. 그게, 그렇게 하여 안정을 기할 수 있는 일
이오이까. 도리어 반 신라 세력을 결속시키게 하고 있소이다. 해
상세력이다, 호족이다 하는 자들이 다 누구오이까. 그들이 제 힘
을 과신하여 움직이기 시작하고 여기에 혹심한 가뭄이나 장마가
덮치기라도 한다면 이 나라는 어떻게 되겠소이까. 거듭 말씀드리
는 바입니다만, 제도란 그때그때의 필요에 의한 것일 뿐이올시다.

자, 생각들 해보십시오. 이즈음 삼두품에서 일두품까지의 구분은 유명무실해졌지 않소이까. 여러분 가운데 누가 삼두품이며 누가 이두품이며 또 누가 일두품이오이까. 율령 반포 초기에 일반 백성을 그렇게 등분하였다가 현실적으로 구분할 필요성이 거의 없게 되자 소멸된 것 아니겠소이까.

이제 이 신라에서는 관리가 될 수 있는 육두품에서 사두품까지의 등분도 폐지하여야 할 때요. 처용 어른은 그 일을 추진할 것이오. 분명히. 이 자리에 모인 여러분들! 여러분이라고 하여 관리가 되지 못할 이유가 무엇이겠소!

나아가, 왕권을 좌지우지하는 진골들의 골품에 대해서도 이제는 그 존폐를 심각히 따져보아야 할 것이오!"

환호가 터지기 시작한다.

등으로는 땀이 비오듯했다. 환호를 가라앉히려고 하는 한편 그는 공터에 모인 사람들 저 뒤편의, 어둑해진 그 시각 이곳 사람들과는 다른 기를 발산하는 두어 명의 사내를 눈으로 쫓기 시작했다.

그들은 아마도 그를 광에 가두고 문초하려던 바로 그 일당 혹은 그들과 같은 이해관계를 가진 자들이 풀어놓은 염탐꾼일 것이었다.

한동안 지지자들이 몰려들어 그 공터에서 이틀에 한 번씩은 일

장연설을 하게 되었다. 때로는 만백성의 평등을 쟁취하는 길을, 때로는 만백성이 산중 선인(仙人)들처럼 원융무애한 삶을 누릴 길을 강조하는 열변 끝에는 우레 같은 박수가 뒤따르곤 했다. 그런데 한 며칠 사이 발길이 급격히 뜸해진다 싶더니 주위 공기가 예사롭지 않게 움직이기 시작했다.

그런 하루 다급하게 문 두드리는 소리가 울린다. 대궐에서 왔다는 자였는데 키 작은 중늙은이였다. 그 자는 애랑과 함께 마루의 널 세 쪽을 들어내고 그 아래에서 장식 무늬가 범상치 않은 궤 하나를 찾아내는 것이었다. 그리고 애랑에게 말했다.

"급간 나리께서 상황이 급박하게 돌아간다며, 이 궤를 저 불국사 주지 스님께 맡기라고 하셨소. 당에서 우리 신라로 올 때 가지고 온 것이라고 하더이다."

그리고 처용이 주지에게 쓴 서찰이라며 품에서 꺼내더니 함께 전하라고 했다. 지켜보던 재석은 그제야 대궐의 상황을 물어보았다. 그러자 대궐에서 온 중늙은이는 턱의 염소수염을 쓸고 또 입을 힘줘 다물어보인 뒤 자신은 급박하다고만 듣고 있노라고 했다. 그리고, 오늘 당장 불국사 가는 길을 밟는 게 좋을 것이라 하고는, 애랑에게 물 한 대접을 청해 마신 뒤 두말없이 돌아섰다.

그 자가 떠난 뒤 곧바로 보에 싼 궤를 등에 진 재석은 애랑이 인도하는 대로 길을 나섰다. 애랑은 불국사로 가는 길에 두어 번 궤에 든 내용물이 무엇일지 궁금한 심사를 털어놓으며 그에게 짐작 가는 바가 없느냐고 물었다. 그로서는, 대궐에서 온 중늙은이가,

처용이 당에서 신라로 올 때 가지고 온 것이라 한 말만 되새길 뿐
별다른 추측도 내놓을 수가 없었다. 그에게는 다른 더 많은 생각
거리들이 머릿속에 발자국을 어지럽게 찍으며 뜀박질을 하고 있
었다.

"오호, 이 귀중한 것! 먼 훗날 동과 서의 진리가 둘이 아니었음
을 밝게 증명할 귀중한 것들!"

주지 스님이 궤를 받아 열어보고 서찰을 찬찬히 읽은 뒤 하는
말이었다. 주지는 시자를 시켜 궤를 옮기게 한 뒤 대궐의 급박한
상황에 대해 추측을 하며 그들을 천왕문까지 배웅해주었다.

돌아오는 길의 그는 두어 걸음 떼어놓기 바쁘게 몸을 돌렸다.

"깨달음이란 무엇이오이까?"

주지의 파르스름한 뒷머리 대신 순간 사자 같은 얼굴이 나타났
다.

"당신네들의 계시가 바로 그것 아니겠소!"

불국사에 다녀온 뒤 날은 빠르게 지나가 서천에는 물놀이하는
아이들이 늘어났다.

여름날. 더위를 식히러 그곳에 나온 두 사람이 있다. 재석과 애
랑이다. 축축 늘어진 버들가지가 둘의 머리 위에서 흔들린다. 7월
땡볕 아래 종일 돌아다닌 그들의 얼굴은 까맣게 탔다. 목이 쉬어
이젠 노래를 부를 수도 없다.

둘은 지쳤고 근심에 싸여 있다. 처용으로부터 소식 끊긴 지 벌
써 며칠째. 다시 귀족들에게 쫓겨났다는 불길한 소문이 떠돈 지도

오래다. 애가 탔다. 함께 한 분투로 그새 정이라도 생긴 것일까. 그에 대한 관심이 느닷없이 일어난 게 아님을 재석은 경주를 들락거리던 시절을 떠올린 날부터 훤히 알고 있었다. 그리해 불가사의한 현재의 상황이 바로 자신의 작가로서의 삶 전체와 모종의 관련이 있으리라는 짐작을 한편으로나마 하지 않을 수 없었던 일이었다.

맥이 잡히지 않는 의문과 안타까움이 계속되는 동안 해는 기운다.

모래와 물결 위에서 잔잔히 부서지는 노을빛을 물끄러미 바라보는데 눈앞이 깜깜해져온다. 그는 도적처럼 들이닥친 어둠에 흠칫 놀라는 그녀의 손을 잡았다.

"그만 일어나요."

그에게 손을 잡힌 것은 수영이다. 무슨 광장 같은 호프집에서 오백 씨씨 맥주 한 잔을 앞에 놓은 내내 패러글라이딩 강습기를, 다친 이야기를, 배우는 데 애를 먹고 정강이에 작지 않은 흉터까지 얻었지만 그래도 잊을 수 없다는 활공의 스릴을 이야기하던 그 수영이다. 그런데 그녀가 웬 낯선 곳에서 일어나 내려다보고 있었다.

불이 밝혀진다. 자리에서 일어나는 사람들. 주위가 소란스러워진다. 금세 통로가 사람들로 붐빈다. 재석은 허둥거리며 그들을 따라 밖으로 나온다.

비가 왔는지 밤거리는 흠뻑 젖어 있다.

열대야이던 지난 며칠과는 달리 7월 더위를 식히는 바람이 설렁설렁 분다. 가로등이 있고 신호등이 있다. 행인들과 차들은 갈 길을 재촉한다. 두 사람은 손을 잡은 채 걷고 있다. 그들은 이제 익숙하게 손을 잡는 사이인 것이다.

그는 남대문에 이르러서야, 한바탕 꿈 같은 일을 제대로 정리하지도 못하고, 그것이 누군가가 지어낸 것인지 스스로가 꾸며낸 것인지도 모르고서, 수영에게 물어볼 엄두는 더더욱 일으키지 못한 채 세종문화회관에서 국립무용단의 처용가무를 보고 나온 길임을 깨달았다.

제4가

　ᅳ둥! 이 북소리가 들리는가. 그렇다면 귀 있는 자들이여, 이 네 번째 노래도 들어라!

　ᅳ두 개의 세계, 우선 빛과 어둠으로 이름 붙일 수 있을 이 양극의 세계에서 살도록 운명지어진 인간에게 야훼 당신은 그들을 나태에 빠지지 않도록 악마를 자주 출현시켜 어둠의 의미를 되새기게 한다지. 하지만, 나는 당신 휘하의 악마가 아니라 당신과 당당히 맞설 자임을 분명히 밝혀두네. 야훼 당신의 종이 방황을 거쳐 예전보다 더 큰 믿음으로 돌아오리라는 기대는 이쯤에서, 부디 이쯤에서 거두어들이는 게 덜 부끄러울 것이야.

여름의 한가운데 와 있다.

다섯 시가 가까웠지만 해는 뜨겁고 사방은 후끈하게 달구어져 있다. 차양 그늘에 자전거를 세우고 재석은 슈퍼마켓 안으로 들어섰다.

음료수와 통조림 그리고 쉽게 반찬이 될 것들. 며칠 동안 집안에 틀어박혀 냉장고에만 의지했는지라 이제 거기에는 오이 한 토막 남아 있지 않았다. 읍내로 나가 먹거리를 제대로 사다놓아야 할 형편이다. 그러나 더운 날씨가 꿈쩍할 마음을 생기지 않게도 하려니와 우선은 막 시작한 소설쓰기에 좀더 집중하고 싶어 이곳에 온 것이다. 몇 년째 단골인 이곳. 단지 초입의 슈퍼마켓 주인은 반바지 차림으로 연신 부채질이었다.

"뭘 이리 많이 사슈?"

계산대에 놓인 것들을 보며 그가 말했다.

계산을 끝내고도 재석은 선뜻 그늘 밖으로 나설 수가 없었다. 대신 그는 캔 음료를 하나 땄다. 그때 비루먹은 떠돌이 개 한 마리가 혀를 빼문 채 길을 건너왔다. 슈퍼마켓을 포함하는 상가의 쓰레기통 쪽이었다. 주인 사내는 익히 보아온 눈치다.

"저놈의 개."

그의 말이 마무리도 되기 전이었다. 쓰레기통이 돌에 맞아 텅, 소리를 냈다. 비루먹은 개는 총에라도 맞은 듯이 풀쩍 뛰곤 황급히 내달렸다.

"어, 어디다 돌질이야!"

주인 사내가 소리쳤다. 그러나 그 소리는 길 건너에서 이쪽을 건너다 보고 있는 건장한 남자의 귀에 들릴 만한 것은 아니었다.

"저 돼지 저것."

주인 사내가 불만을 가득 버무려 중얼거리는 순간 재석은 길 건너의 남자가 낯익게 여겨진 까닭을 알았다. 돼지치기 사내. 음습하고 당장이라도 무슨 일을 저지를 듯한 눈빛의 돼지치기 사내는 그러나 오래 이쪽을 쏘아보지 않고 떠돌이 개가 달아난 쪽으로 걸음을 옮기기 시작했다. 그의 등짝을 보며 주인 사내가 입을 열었다.

"잡아먹으려면 제대로 하든지. 맨날 저렇게 돌질이나 하면서 어슬렁어슬렁 따라다니기나 하니 애먼 데를 들쑤시지."

"벌써부터요?"

"한 달은 족히 됐을 걸."

"재미있군요."

"재미있고 말고. 우리 내기합시다. 이번 여름에 개를 잡아먹는지 마는지."

"아저씨는 어느 쪽입니까?"

"먼저 잡으슈. 나는 뭐든 남는 것 할 테니."

하하. 재석은 웃어주고 비닐 봉지를 쥐었다.

"사람 죽인 걸 훈장으로 여기는 놈이요."

그가 말했다. 차양 그늘 밖으로 막 나서던 재석은 몸을 돌렸다.

"광주서 제 손으로 죽인 사람이 몇이나 되는지 아느냐고 떠듭디다."

　물통은 컵을 반도 채우지 못하고 바닥을 드러낸다. 자정 무렵 잠시의 휴식 뒤 책상 앞에 앉기 전에 채워놓은 물을 그새 다 마셔버린 것이다.

　멀지 않은 숲에서 새소리가 난다.

　비오는 느낌이 들었던 건 아마도 잠에서 깨어나 수런대는 저 새들 때문이었을 터이다. 천장의 형광등과 책상 위를 집중 조명하는 스탠드의 힘으로 어둠을 물리쳤던 방안에도 대기의 빛은 밀려들어와 있다. 이제 형광등과 스탠드의 위세는 상대적으로 한풀 꺾였다. 지난밤 내내 날벌레들이 방충망마저 무시하고 달려들도록 했던 빛이 이젠 파리하게까지 보인다. 창틀 아래에 엉켜 있는 하루살이들을 연상시킬 만큼 책상을 비롯해 방안은 어지럽다. 깨끗하게 주위를 정돈해 놓고 시작하지만 하루치의 작업을 끝낼 때쯤이면 어수선하기 짝이 없다. 글을 써나가는 동안 수시로 뒤적여보는 메모. 머리에서 이야기가 풀려 나오지 않거나 진행방향의 타당성을 잴 때의 답답함을 달래기 위해 하릴없이 읽어보는 고전들. 늘어나는 파지. 방안이 어질러진 것에 신경이 쓰이기 시작하면 그때는 이미 작업을 마쳐야 할 시각이다. 경험이 그렇게 말한다. 주위에 신경이 쓰이기 시작한다는 건 머릿속의 질서가 흐트러졌음을 의미한다. 이럴 때는 책상 앞에서 물러나는 도리밖에. 그는 밤새

쓴 글의 분량을 헤아리고, 뜨겁게 달아오른 스탠드를 껐다.

흔들의자가 뒤로 기우뚱한다. 얼마 전 이웃사촌 미리로부터 빼앗듯 빌려온 의자에 몸을 눕히며 재석은 머릿속이 휑하게 비어버렸다고 생각한다. 이럴 때면 어김없이 폐허에 내팽개쳐진 기분이다.

이제 『태양의 기적』이라고 제목도 붙여진 장편의 초고는 5분의 1 가량 진척되었다. 집필에 들어간 이래 줄곧 무언가에 쫓기는 불쾌하고 초조한 기분에 사로잡힌 채였다. 하루종일 어깨는 무겁고 가끔씩은 타자기 자판 위에서 손가락이 다족류의 발처럼 제멋대로 꿈틀대는 꼴이 상상되기도 했다. 전에 없던 일이었다. 계약에 묶인 때문이라고 나름대로 진단을 내렸지만 그렇다고 하여 그 진단이 초조감이나 불쾌감을 덜어내는 데 무슨 기여를 하는 건 아니었다.

작년 연말에 펴낸 첫 작품집으로 크게 주목을 끌지는 못했다. 하지만 두 문예지에 거의 곧바로 서평으로 다루어지는 등 나름대로 평가도 받았고 그러면서 자신감을 북돋울 수도 있었다. 의욕적인 창작을 위해 단행한 길평 생활의, 그리고 작가로서의 첫 결실인 만큼 자신감을 북돋울 수 있었던 것은 큰 수확이라 자평했다. 그 무렵만 해도 올 한 해 왕성한 활동뿐만 아니라 그에 값할 만한 작품을 얻을 수 있으리란 기대로 가득 차 있었다. 창작집을 낸 연말에서 이어진 연초까지. 하지만 그때의 고조됐던 기분은 얼마 지나지 않아 예상치 못한 암초에 좌초되고 말았다. 마지막 추위가

들이닥친 2월 초의 그날. 이후 둘 사이의 진척된 관계 같은 것과
는 아무런 상관없이 그날 그녀가 한 말은 여전히 쇠꼬챙이가 되어
머릿속과 가슴을 찔러댄다.

눈을 감은 채 뻣뻣한 목을 돌린다. 벌써 반 년이나 지난 일이야!
스스로에게 일러보지만 치욕감과 적의가 골을 깊게 파 들어가는
것을 어떻게 할 수가 없다.

그는 머리를 내저으며 굴러 떨어지듯 의자에서 내려와 자리에
드러눕는다.

정오 무렵 눈을 뜨자 등허리로 끈끈한 땀이 흘렀다. 손바닥에
도.

무더운 날씨다. 며칠째 계속된. 이번 여름의 마지막 더위이리라
는 생각은 조금도 도움이 되지 않는다. 낮에는 집필할 엄두도 낼
수 없다. 요즘 평소와 달리 밤을 택해 타자기 앞에 앉는 까닭도 다
날씨 때문이다. 오늘도 어둠이 내리퍼붓던 햇살을 덮쳐 몸 섞는
어스름녘이나 되어서야 겨우 남의 책이라도 볼 수 있으리라.

그는 후끈하게 달아오른 늪에서 몸을 빼내는 기분으로 자리에
서 일어나 흔들의자에 앉는다. 얼굴과 손가락이 퉁퉁 부은 느낌이
고 머릿속은 누군가가 막대기로 휘저어놓은 꼴이다. 기분 나쁜 꿈
의 두루마리 끝자락이 휙 되말려 올라가면서 탈을 덮어쓴 사내가
보인다. 그는 십자가를 짊어지고 내내 끙끙거렸던 꿈을 고스란히

기억해낸다. 예수의 일생을 차용한 꿈이다.

사랑하던 여자의 밀고로 그는 총독에게 끌려갔다. 어둡고 습기 찬 방으로. 다른 다섯 사람도 똑같은 연유로 끌려와 있다. 그러나 그들은 십자가가 없어 석방되고 목수인 그는 자신이 처형당할 십자가를 스스로 만들어야 했다. 이런 식의 법집행이란 있을 수 없다고 뻗대었지만 소용이 없었다. 십자가를 짊어지고 가면서, 왜 밀고를 했느냐고 여자에게 따진다. 여자는 아무런 표정의 변화도 없이, 자업자득이란 요지의 말만을 되풀이하였다. 땀을 뻘뻘 흘리면서 그는 자신이 목수가 아니었다면 십자가형을 받을 리도 만무하다고 생각하게 되었다. 형장에 도착해 장내가 정돈되는 동안 그에게는 처음으로 숨돌릴 틈이 주어졌다. 그는 여지껏 자랑스럽게 여기던 자신의 직업에 대해 일생 처음으로 한탄하는 마음이 생겼고 마침내 저주했다. 아무도 그의 죄에 대해 속시원히 알려주지 않았지만 뭐 때문에 벌이 내려졌는지는 자명했다. 십자가를 만들 수 있기 때문에 거기에 못 박히게 된 것이다. 목수 아닌 일을 하리라. 그는 다짐하지만 그럴 기회가 생기지 않을 운명임도 잘 알고 있다. 총독에게 잡혔고 십자가형을 받은 것이다. 누군가가 나지막한 소리로 불렀다. 사랑하던 여자를 떠올리며 눈을 감고 있을 때였다. 탈을 쓴 다섯 사내가 그를 둘러싸고 있었다. 이 탈이면 당신은 살아날 수 있어. 그는 머뭇거리다 손을 뻗었다. 그러나 탈을 건네 받기 전에 손바닥으로 못이 들어왔다. 꽝.

부조리하군. 무슨 엉터리 영화를 보았을 때처럼 재석은 자신의 꿈에 대해 이죽거리는 표정으로 논평한다. 수난 받는 메시아가 아니라 조롱 당하는 메시아군. 아예.

구약성서에서는 장차 나타날 왕으로서의 구세주에 대한 기대로 메시아에 관한 많은 예언이 행해졌다. 그러나 메시아의 본래 의미는 야훼 하나님의 대행기관으로서의 은사를 받은 자로 왕이나 대제사장에게 붙여진 이름이다. 제자들이 예수를 대제사장이나 예언자로, 또 왕으로 믿은 것도 이런 까닭. 대체로 메시아는 야훼 하나님과 유대인들 사이에 다리를 놓는 자로서, 영(靈)을 받은 자, 하나님의 의사를 전달하는 자, 죄를 씻는 제사의 희생제물 공여자, 재판장, 새 생명을 통치하는 자 따위의 의미가 있었다. 이러한 메시아 개념은 로마제국이 통치하던 시기에는 점차로 개인에 대한 기대가 부각되고, 각 집단이 각기 다른 내용을 강조하면서 종말론적인 개념으로 바뀌게 된다. 예수가 세상에 나온 것은 바로 이 무렵의 일.

기독교는 예수를 구약성서의 약속을 성취한 자, 그러니까 메시아로 인정한다. 요즘 매달리고 있는 장편은 이런 예수를 교의의 틀에서 멀찍이 비껴나 조명하고 있다. 누구는 신성모독이라 분개할지 모른다. 하지만 오늘 이 꿈과 비교하면 아무것도 아닐 지경이다. 재석은 공생애(公生涯) 전의 예수를 극히 지상적인 고뇌로 방황하는 사람의 아들로, 광야의 40일 이후는 모든 이에게 생명나무에서 열매 맺을 수 있는 길을 열어준 하나님의 아들로 그리고 있다. 예수가 동정녀 마리아에게서 태어났다는 것 따위에는 얽매이지 않을 작정이었다. 예수가 하나님의 아들일 수 있는 것은 하나님의 말씀을 육화시킨 삶을 살았기 때문으로 보는 것이다. 그에게 있어 말씀의 육화란 동정녀 마리아에게서 태어남이 아니라 하나님의 뜻을 깨우쳐 그것을 몸소 행동으로 옮긴 삶 바로 그것일 따름이다. 그러므로 말씀의 육화란 지난한 길이긴 할지라도 모든 사람의 아들에게 열려 있는 길인 것이다. 그런데 꿈에 등장한 예수는 독생자의 지위에서 쫓겨난 정도가 아니다. 인류의 죄를 대속한다는 대의명분에서가 아니라 목수였기 때문에 자기가 십자가를 만들고 거기에 못 박히다니.

언젠가부터 얼굴은 처용탈로 가려져 있다. 받은 뒤 처음 써보는 것이다. 가면 뒤에 얼굴을 숨기고 있자니 심장이 뛰는 게 의식되었다. 평소와 다른 피가 흐르고 근육은 마구 꿈틀댄다. 때려부수거나 갈가리 찢어발기고 싶다. 마음속에선 야성을 회복한 맹수가 날카로운 발톱으로 허공을 쳐 부순다. 그는 잔혹스런 표정으로 몸을 비틀며 채찍을 휘두른다. 점점 또렷해지는 채찍 소리. 십자가를 내팽개치고는 밀고한 여자를 단숨에 쓰러뜨린다. 그리고 채찍. 흰 등에 붉은 길이 나도록.

흔들의자가 크게 기우뚱하며 그는 바닥으로 굴렀다. 잔혹한 피에 혼을 맡긴 지 얼마나 지났을까. 저 개가 짖어대던 것보다 오래되었던가. 아까부터 지치지도 않는지 멀리서 어떤 개가 짖어댄다.

그 개의 눈알이 튀어나도록 채찍으로 휘감아 목을 조이는 상상을
끝으로 가면을 벗어 던졌다. 드러난 맨 얼굴에는 땀이 번들번들
흐른다.

담장 삼아 심어놓은 탱자나무의 짧아진 그늘. 점박이는 그 그늘
을 따라 바싹 붙어 드러누워 있다. 휘파람에 쫑긋하는 귀. 다시 휘
파람. 녀석이 기지개를 켜며 일어난다. 그는 그늘이 있는 뒤란으
로 데려가기 위해 줄을 풀다가 밥그릇을 본다. 먹은 흔적이 있다.
오늘도 미리가 챙겨준 모양이다.

산책을 나가기 위해 가슴 높이의 문을 미는데 엽서와 편지봉투
가 발치에 뚝 떨어진다. 편지봉투엔 낯익은 어머니의 필체가. 엽
서는 수영이 보낸 것.

그는 집을 나섰다. 편지는 접어 뒷주머니에 넣고. 그림 엽서에
는 밤항구가 그려져 있고 나폴리항이란 설명이 붙어 있다. 수영은
지난주 대학 동창의 결혼식에 다녀왔다고 했다. 조금은 부럽다는
생각. 영화를 보고 와서 쓴 엽서인데, 하지만 영화가 여기에 자세
히 거론할 만큼 의미가 있는 것 같지는 않다나. 국립무용단의 처
용가무 이후 처음으로 뭘 관람하기 위해 나섰던 길이었으니 제 실
망 짐작하시겠죠. 방학이 다 가기 전에 한번 더 놀아야겠어요. 실
은 소설이 궁금하답니다. 이번 일요일쯤 길평으로 갈까 해요. 미
리 언니에게도 엽서를 보냅니다. 아마도 그가 받은 엽서의 그림이
더 멋있을 거라나. 저수지가 내려다보이는 언덕배기의 솔숲은 시
원하다. 그늘에 앉아 다시 엽서를 읽는다. 수영의 목소리를 상상

하며 되풀이 읽었지만 전과 다르게 마음이 밝아오질 않는다. 꿈 때문? 그날 일은 이젠 의미가 없다고 암시를 주지만 별다른 효과가 없다. 어머니의 편지와 함께 받았기 때문일지도 모른다는 쪽으로도 희미한 가능성을 쫓아 생각이 뻗는다.

편지는 뜯어보지 않았다. 하지만 어떤 내용일지는. 오래 전부터 부모님은 그가 베드로마을로 돌아오기를, 또 마을의 큰 일꾼이 되기를 희망하고 있었다. 그러나 그는 돌아갈 수 없는 사람이었다. 그는 마을 사람들과는 다른 신을 믿는다. 그를 이끄는 신은 따로 있다.

해를 줄이며 가을이 마당과 숲길에 왔다.

여름의 끝에 사흘 정도 앓아누웠다. 그 동안 가을이 시작되었고, 산책을 나가면 그 변화를 확연하게 감지할 수 있는 요즈음이다. 한 며칠 늦더위가 기승을 부린 뒤 두어 차례 태풍. 그리고 한껏 높아진 하늘. 아침저녁으로 소슬해지면서 밤을 지새는 날은 없어졌다. 초고가 완성된 뒤로 여유가 생겼다. 9월도 하순인 요즘 탈고 작업에 들어가 있다. 진척은 얼마 되지 않았지만 근래의 진행 속도로 보아선 아무런 무리가 없을 듯했다. 그리고 답보 상태이던 수영과의 관계가 눈에 띄게 좋아진 게 더없이 힘이 된다.

서녘 하늘이 벌겋게 물든 뒤 미리의 집으로 갔다. 한 주일의 스케치 여행에서 돌아온 그녀가 저녁 초대를 한 것이다.

점박이 녀석이 컹컹 짖어 집주인을 찾는다. 들어오라는 미리의 목소리가 주방 쪽에서 나온다. 그는 점박이를 뛰어 놀게 하고는 거실로 들어섰다. 찌개인지 국인지 하여튼 무엇을 끓이는 맛있는 냄새로 가득 차 있다. 여전히 주방에서 미리가 점박이까지 저녁을 먹이려고 데려왔느냐 하고, 그는 얻어먹더라도 주인만 먹어서야 되겠냐며 그녀의 퉁을 받는다.

앞치마에 손을 닦으며 미리가 거실로 나온다. 평소 보지 못하던 차림새다. 그녀는 스스로도 어색한지 살펴보는 시늉을 했다.

"바닷가로만 다녔어요. 해물을 실컷 먹었죠. 재석 씨 생각에 산지 직송은 아니지만 해물탕거리와 횟감을 읍내에서 조금 사왔어요. 어때요? 눈물이 핑 돌죠?"

"왜 이래요. 평소답잖게. 혹 무슨 부탁하려고? 내 우람한 몸매를 화폭에 담기 위해 모델을? 아니면?"

"모델 세우려면 수영이 허락을 받아야 하니까 안되고."

"그건 무슨 소리?"

"그건 두 사람이 더 잘 알죠. 어쨌든 그런 부탁은 아니니 걱정 마시고."

"무슨 부탁이 있긴 있군."

마주 앉자 미리는 인상 깊고 유익했던 여행이어선지 얘기 자체에 도취돼 여행지에서 겪은 일들을 이야기한다. 재석은 가끔씩 맞장구치느라 숟가락질을 한참씩이나 멈추기도 했다. 이야기는 채석강에서 변산반도로, 다시 남해로 이어졌다.

포만을 느끼며 저녁을 다 먹고 나자 앞자리 수북이 소라고둥과 조개껍질이 쌓였다. 미리는 이야기에 열중하느라 얼마 먹지도 못한 듯했으나 곧 식탁을 치우기 시작한다. 돕겠다고 나선 그를 뿌리치고는. 멀뚱히 서 있기가 어색해 그림 구경을 하기로 마음먹는다. 미리는 예전과 달리 작업실로 들어가는 걸 수월하게 허락했다.

불이 들어온 작업실엔 캔버스들이 한쪽으로 몰려 정리되어 있다. 빈 캔버스나 바탕칠만 된 캔버스뿐만 아니라 벽에 걸려 있던 것들도 마찬가지다. 이사를 가나. 순간적으로 그런 생각을 하며 그는 의자에 앉아 허리끈을 늦췄다.

"그림 구경 많이 했어요?"

미리가 커피를 두 잔 가지고 들어오며 하는 말이다. 그는 허리에 힘을 주고는 눈을 끔벅거려 보았다. 그리고 전과 달리 정리가 된 작업실에 대해 묻는다. 그녀는 피치 못할 사정이었다고 강조하며 말문을 열어, 근 두 해 동안 주말에 몇 번 다녀갔을 따름인 별장 주인이 한 달 가량 작업을 하겠다고 알려왔다는 요지의 말을 한숨 푹푹 내쉬며 털어놓는다.

"그래서? 다른 곳으로 이사를?"

"그런 뜻은 아니었지만 이젠 심각하게 그 문제도 고려해야겠어요. 이 별장 주인은 돈을 꽤 번 화간데 한동안 붓을 놓았다가 무슨 바람이 불었는지 다시 창작에 몰두하겠다고 하니 여기 들락거리는 것도 더 빈번해지겠죠. 그 사람이 안 올 때만 골라 그림을 그릴 수도 없는 일이고."

"그 사람이 작업할 때 미리 씨도 하면 될 텐데."

"그게 어디 쉬운 일인가. 물론 공간이 넓으니 작업실을 새로 꾸밀 수도 있는 일이지만. 재석 씨도 갑작스레 주인이 작업을 하겠다며 와 있으면 글이 잘 되겠어요?"

"어, 정말. 나도 당하는 것 아냐."

"괜찮을걸요. 그 집 주인은 몸이 불편해 오랫동안 붓을 못 들고 있으니. 이럴 줄 알았으면 내가 거기에 들어갈 걸 그랬어. 여하튼 재석 씨는 한없는 고마움을 표해야만 해요. 나한테."

짐짓 진중한 낯빛으로 그는 고마움을 표할 방법을 묻는다. 그녀는 당분간 화구와 그림만 그의 집에 옮겨놓아야겠다고 한다.

부탁하려 한 일은 바로 이것이었다.

무슨 고민이라도 있는 것일까. 화가는 두 잔째 커피를 마시면서부터 자신의 인생을 확 바꾸어놓을 운명적인 순간을 자꾸 들먹인다. 그러면서 소설가도 그런 순간을 애타게 기다린 적이 있는지 물었다. 그가 후후 웃기만 하자, 혹시 벌써 경험한 게 아니냐고 묻는다. 그리고는 있었구나라며 아예 단정을 짓는다.

"있었나? 모르겠네."

"뭔데? 어서 얘기해 봐요."

"음, 이런 게 인생을 180도 확 돌려놓는 일이랄 수 있을지도 모르겠는데. 음, 그러니까."

"뜸 그만 들이고."

"가끔씩 미리 씨가 나보고 예수쟁이라고 하잖아요. 내가 예수쟁이인지는 잘 모르겠지만, 예수쟁이라면 보통의 예수쟁이와는 엄청나게 다른 예수쟁이인 셈이죠. 내가 보통의 예수쟁이에서 멀찍이 도망 나와 버리게 된 일, 그런 게 내 삶의 전기 같은 게 아닐까 싶기도 한데요."

미리는 가만 그를 쳐다보고 있다.

"재미없겠죠. 그만둘까?"

"말 시킨 사람은 나니까 들어줘야 할 사람도 나 아니겠어요."

"군대에서의 일입니다."

일단 그렇게 이야기를 시작했다.

열매 맺을 힘을 잃은 지 오래인 늙은 신을 떠나 새로운 신을 만나기까지 여러 차례의 전기가 있었지만 가장 결정적이었던 것은 군복무 중에 겪은 한 일이었다. 재석은 그 일을 이야기할 셈이었다. 대학 2학년 뒤 그는 입대했다. 신의 존재가 논리적으로 증명되지 않는다는 걸 알면서 시작된 방황의 종착이기를 어느 정도는 바라고서였다. 그러나 아니었다. 그것은 더욱 거세어질 방황의 시발이었다.

"막 병장으로 진급했을 때인가, 아마 그럴 거예요. 그리고 늦가을쯤이었을까. 싸리비며 넉가래를 만드느라 정신없던 기억이 나네요."

"군인들이 싸리비는 왜 만들어요?"

"아, 대한민국 국군이 총만 쏘는 줄 아세요?"

"그럼 싸리비도 만든다?"

"그렇죠. 넉가래도 만들고. 하는 일이 얼마나 많다고. 가을이 되면 겨울 준비로 바빠지죠. 김장도 해야 하고. 겨울에 엄청나게 쌓일 눈을 치울 싸리비며 넉가래도 준비해야 하고. 그런 겁니다. 대한민국에서 군복무를 한다는 건요."

"그렇다고 치고. 그때 그래 무슨 일이 있었는데요?"

"무슨 일이냐 하면, 탈영이었어요."

"탈영요?"

그는 고개를 끄덕였다.

"우리 대대원 가운데 하나가 무장탈영을 한 겁니다. 군대에서 탈영은 엄청난 사건이죠. 싸리비고 넉가래고 뭐고 할 것 없이 일단은 모두 내팽개쳐둬야 할 사건이죠. 대대에서 무전이 날아오자 그 길로 중대장은 대대로 들어가더니 곧 나보고도 들어오라는 거예요. 심부름으로. 대대 본부는 쑤셔놓은 벌통이 되어 있더군요. 상황병은 3번 전화요, 2번 전화요 하며 선을 연결하기 바쁘고 그때마다 '통신보안'이 구령처럼 터져나오고 난리죠. 차를 타진 못했다. 산속에 숨은 게 틀림없다. 대대장은 각 중대장이며 작전중위를 모아놓고 그렇게 결론을 내리더군요. 곧바로 매복이었습니다. 부대장을 비롯한 장교와 하사관들에게 부대원의 탈영은 눈을 찌른 가시와도 같았겠죠. 성질이 머리 끝까지 오른 상관들에게 내

몰려 우리는 이틀째 철야 매복을 서게 되었어요. 매복 이틀째. 늦가을 전방은 이미 겨울이나 다름없습니다. 견디기 힘든 한기가 졸음과 함께 휩싸고 들고. 나는 바람이 흔들어놓는 숲을 노려보며 탈영병에 관한 소문을 되새겨보고 있었습니다. 누군가에 의해 과장되거나 왜곡되었는지는 모르겠지만, 그 탈영병이 대학 재학 때의 문제로 보안대에 불려다니며 고초를 당했다는 것은 사실인 모양이었어요. 그 얘기를 할 때 우리 분대원들 반응은 종잡을 수 없을 정도로 상반되더군요. 탈영병에 대한 저주와 응원은 너무나 극단적이었죠. 그런데 이런 반응이 한 개인에게도 그대로 나타나는 거예요. 내 바로 아래 우 상병 같은 경우에는 탈영병이 모든 괴로움의 원인제공자로 반드시 자기 손으로 벌집을 만들어 죽일 놈이 되었다가 또 한 순간에는 수난 받는 자로서 도울 수만 있다면 도와주고 싶은 녀석으로 바뀌곤 하는 거예요. 그런 식이었습니다.

어쨌든 우리에게는 순순히 투항하지 않을 경우 방아쇠를 당겨도 좋다는, 그러니까 탈영병을 사살해도 좋다는 지시가 내려져 있었고, 바람에 뒤흔들린 숲을 노려보고 있던 그때쯤 해서 나는 만약 탈영병이 내 앞에 나타난다면 어떻게 할 것인가 하는 문제를 제법 심각하게 따져보기 시작했을 겁니다. 칠흑의 어둠 속에서 말예요. 처음에는 한기와 졸음을 잊기 위한 생각거리였던 것이 점점 시간이 흐를수록 심각한 빛을 내기 시작하는 거예요. 탈영병이 틀림없이 나한테로 올 듯한 이상한 확신과 함께 나는 빨리 결단을 내려야 한다는 강박관념에 쫓기게 되었죠."

"그럴 때가 있죠. 그래서요?"

"드디어 무언가가 나타났어요."

탈영병이다! 순간 그는 그렇게 생각했다. 방아쇠에 걸린 검지를 어떻게 해야 할지 몰라 당황한 그의 두 눈에 다음 순간 보인 것은 환한 빛이었다.

바람에 흔들리던 숲의 한 나무였고 빛이었다.

아, 그것은 불붙은 떨기나무였다. 모세에게 모습을 드러낼 때의 바로 그 야훼 하나님. 놀라웠다. 입을 뗄 엄두도 못 내고 있을 때 장중한 목소리가 들려왔다.

나는 아브라함과 이삭과 야곱의 하나님, 베드로마을을 지키는 야훼이니라. 나는 오래 전부터 사악한 무리에게 괴롭힘을 당하던 내 종을 보았고 이젠 쫓기고 있는 내 종의 울부짖음을 들었노라. 이제 내가 너를 보안대 사령관에게 보내 너로 내 종을 구하고자 하노라. 지금 당장 그에게 가라. 가서 일러라. 이 야훼가 종이 당하던 고통을 똑똑히 기억하고 있노라고. 그리고 속히 그를 놓아주지 않으면 불칼을 내려칠 것이라고 알려라.

얼어붙은 혀가 간신히 움직였다. 그것과 함께 눈이 뜨였다. 불붙은 떨기나무의 환한 잔상이 흩어지면서 하나의 어둠덩이가 되어 있는 숲이 보였다. 짤막한 꿈이었다. 어쩌면 눈꺼풀을 내렸다 올리는 순간에 꾼 것이 아닐까 싶을 정도로 짤막한 꿈이었다.

"예전의 나라면 역사(力事)하시는 하나님의 징표로 받아들였을 겁니다. 하지만 그때는 아니었어요. 그것은 계시에 대한 의구심에 불을 붙이는 쪽으로만 작용하더라구요."

이것이 계시인가. 거역할 수 없는 지고의 말씀인가. 노예살이하는 제 민족을 이집트에서 탈출시키기 위해 파라오를 찾아간 모세가 받았다는 바로 그 계시인가. 외아들 이삭을 번제물로 바치라는 하나님의 계시를 그대로 따르려 한 아브라함은 성서에서 의로운 자로 칭송받지만 그런 일이 우리 가까이에서 일어난다면? 현실의 아브라함은 광신자일 뿐이지 않은가. 혼돈이 휩쓰는 가운데 그는 계시를 의심하기 시작해 결국 야훼 하나님의 명령을 따르지 않았다. 두려웠던 것이다. 그러나 두려움으로 모든 문제를 덮어버릴 수는 없었다. 두려움이라는 문제만이 아니었다. 일개 병장이 보안대 사령관 앞으로 찾아가서 불칼 운운한다면 어떻게 될 것인가. 불칼. 틀림없이 그는 영창에 갇히거나 군 정신병원으로 후송 당할 테고, 그의 터무니없는 용기가 탈영병의 운명을 돌려놓지도 못할 것이다.

"그것은 죄의식이나 부채의식이 만들어낸 환각이 아니었을까요? 나는 그렇게 치부함으로써 무사히 제대할 수 있었습니다."

고개를 끄덕이는 미리. 문득 생각났다는 듯 묻는다.

"탈영병은요?"

담담하게 옛 일을 더듬던 그의 두 눈이 좀 커졌다.

그때 어둑해진 마당에서 난데없이 터져 나온 노랫소리가 막 열리던 그의 입을 막는다.

"내일은 내일 또다시 새로운 바람이 불 거야. 근심을 털어놓고 다함께 차차차.”

　그믐에 가까워서일까. 달빛이 아주 미미한 밤이었다.
　자전거는 휑뎅그렁하게 그 자리에 있다.
　막차로 서울에서 돌아온 길이다. 허공을 향해 길게 숨을 내쉰
다. 출판사에서 만난 작가들과 일찌감치부터 술집에 퍼질러 앉았
는지라 폭주는 하지 않았다지만 마신 양은 꽤 된다. 차를 타고 오
는 시간이 있긴 했다. 그러나 그게 술기운을 씻어낼 만한 것은 아
니었다.
　자전거를 쇠기둥에서 풀어내어 올라탄 곳은 슈퍼마켓 앞이었
다. 그곳은 단지의 초입. 안내 표지판이 있는. 그는 표지판의 ‘조
폐공사 1.2km’ 방향이 집에 닿는 가장 빠른 길임에도 ‘발렌타인
모텔 0.5km’ 방향으로 앞바퀴를 돌려세웠다. 술기운 때문일까.
그는 이 밤 돼지치기 사내와의 조우를 기대해보고 있었다.
　5월의 한 새벽 왕벚나무를 찾아간 그를 멀지 않은 곳에서 눈알
을 둥그렇게 한 채 지켜본 것은 분명 그 자였다. 며칠 전 미리의
집 마당에 노랫가락을 구성지게 뽑으며 들이닥친 것도. 그날 놀란
가슴을 쓸어낸 뒤 주인은 웬일이냐고 따졌다. 금방이라도 무슨 짓
을 저지를 듯 쏘아보다 또 흐물흐물 웃어대다 하는 돼지치기 사
내. 자칫 잘못했다가는 일이 걷잡을 수 없는 방향으로 뻗어나갈지
도 모른다 싶어 재석이 나섰다. 목청이 탁 트인 게 노래가 듣기는

좋습니다만 한밤에 사람들을 너무 놀라게 해서는 곤란한 일 아닙니까. 그는 웃으면서 그렇게 말했다. 미리를 노려보던 눈길을 거두고 그 자는 흐물흐물 웃는 낯빛으로 그를 얼마동안 쳐다보았다. 아주 귀엽다는 듯이. 약간 화가 났지만 그는 불상사를 막기로 한 애초의 작정대로 움직여 사내를 문 쪽으로 이끌었다.

형씨!

돼지치기 사내가 문 밖으로 한 발을 내디딘 뒤 고개를 돌려 그를 불렀다. 한쪽 발을 더 문 밖으로 나가게 해야 했으므로 그는 활짝 편 얼굴로 그를 바라보았다. 그런데 그때.

형씨가 적선한 돈, 그 파릇파릇한 배춧잎 돈 내 잘 쓰고 있수. 오늘 이 술도 형씨의 그 돈으로 마신 것 아니겠수. 엉덩이를 잘도 돌리는 애들과 몸도 좀 풀었고. 하하. 고맙수다. 하하하.

웃음소리에 비해 돼지치기 사내가 한 말은 잔뜩 낮춰 그만이 간신히 들을 만한 것이었다. 사내가 제 본래 거처인 듯한 어둠 속으로 쑥 들어가버린 뒤에도 잠시 동안 그는 멍하니 제자리에 서 있었다.

그날 밤 일을 머릿속에 떠올리며 재석은 으스스한 밤길을 뚫고 지나갈 때의 전율을 맛보기 위해 페달을 밟고 있었다. 힘차게 페달을 밟던 그가 얼마 가지 못해 자전거에서 내려야만 한 것은 언덕배기가 있었던 까닭이었다. 평소라면 달랐겠지만 오늘 그로서는 자전거를 탄 채 넘을 수가 없었다. 그 언덕배기는 장애물만 된 것은 아니었다. 일단 언덕배기의 정점에 올라선 그를 자전거는 가

속을 붙여 거의 단숨에 모텔 부근까지 옮겨놓았다. 그런데 그가
자전거의 앞바퀴 방향을 모텔 쪽으로 향하면서 느껴보고자 했던
전율은 이때까지만이다. 모텔 앞에서 좌회전해 자전거를 몰기 시
작하면서부터 그는 이상하게도 공포에 휘둘리기 시작했다. 그리
고 돼지치기 사내의 마구다지 도끼질이 속을 송두리째 휘젓는가
싶더니 헛구역까지 올라온다. 숲에서는 금세라도 피비린내가 훅
훅 끼쳐올 것만 같다.

얼마나 지났을까. 혈관 속의 힘찬 움직임이 온몸을 조여대는 듯
한 느낌이 가라앉는 것과 동시에 얼음기둥 같은 기운이 머리에서
발끝으로 퍼져나가자 그는 주술에서라도 풀린 듯 자신이 아직 페
달을 밟고 있다는 사실을 비로소 의식할 수 있었다.

무성한 숲 사이의 길이 고여 있는 늪처럼 버티고 있다가 조금,
조금씩 물러난다. 가을밤의 공기는 손톱달보다 더 날카롭게 눈을
찢어 뜬 박쥐들이 되어 날개를 퍼덕거린다. 개중에는 그의 머릿속
으로 자유롭게 드나들어 아예 둥지를 틀려는 놈들도 있다. 거머리
처럼 피를 빨아댈 기세로 발톱을 마구 박는다. 지난 여름 태양의
쇠채찍으로 후려갈겨진 숲은 그가 흘려놓는 피로 얼룩지면서 도
살장의 후미진 하수구 같은 곳으로 질척질척 변한다. 웃음소리가
터져나온다. 그리고 귓가에 대고 속삭이는 소리도. 오늘 이 술 형
씨의 그 돈으로 마신 것 아니겠수. 엉덩이를 잘도 돌리는 애들과
몸도 좀 풀었고. 하하핫.

집이 멀지 않았을 때, 바람에 몸을 흔드는 나무들 사이로 은성

한 빛이 헛구역으로 눈물 그렁그렁해진 두 눈에 얼비쳤다. 플래시나 랜턴 불빛이 아닌 저택 전체에서 나오는 밝기다. 그때껏 잠들지 않은 사람들의 목소리가 두런, 두런거렸다. 불밝힌 정원에서 담소를 나누고 있던 사람들의 눈길을 옆으로 또 뒤로 느끼며 그는 손등으로 눈물을 훔치고는 비척비척 페달을 밟는다.

화가의 집은 주위의 숲처럼 어둠에 뒤덮여 있었다.

그런데도 마당에 승용차가 하나 서 있는 걸 드러낸 것은 순전히 달빛의 힘이었다.

다음날 눈을 떴을 때 사방은 온통 안개였다.

부근의 가장 가까운 집은 물론 마당의 모과나무도 허연 입김에 삼켜져 있다. 3, 4백미터짜리 산이라도 있어 그곳에서 내려다본다면 일대는 구름바다일 것이다. 점박이는 발걸음 소리와 냄새만으로 주인을 찾아내고서 끙끙거린다. 재석은 녀석을 두어 번 쓰다듬어준 뒤 미리의 집으로 향했다. 속은 쓰린데 냉장고에는 음료수 한 병 남아 있지 않은 아침. 이럴 때 그는 으레 미리를 찾곤 하는 것이다. 어젯밤 그녀의 집 마당에 승용차가 주차해 있던 사실은 까맣게 잊은 채. 그가 그것을 깨달았을 때는 마당으로 들어선 다음이었다. 그것과 거의 동시에 그는 미리와 고갯짓을 주고받는 남자를 발견할 수 있었다. 남자는 그에게 알은체하려다 말고 이미 시동이 걸린 차에 올랐다.

안개 속으로 차가 사라졌다.

이 짧은 순간의, 안개 속 정밀한 움직임들이 그에게는 많은 뜻을 함축한 채 머릿속으로 단도처럼 날아와 박혔다.

미리는 평소의 그녀와 조금도 다름없이 녹차를 끓여주었다. 남자에 대해선 아무 말 않고. 그도 남자에 대해 말하지 않는다. 남자가 그들이 서울에서 어울릴 때 자주 들르던 카페의 주인이었다는 것도 잘 알고 있지만.

그 카페.

비욘드에서 미리가 개인전을 연 것은 작년이다. 3월이었던가.

그곳은 그냥 카페가 아니라 전시 공간도 갖춘 카페였다. 그가 처음 드나들던 무렵에는 카페 한 귀퉁이에 전시 공간이 마련된 식. 별도의 전시 공간을 갖게 된 것은 재작년인가에 옆 가게를 사들이면서다.

"미리 언니 어떻게 되었어요?"

수영이 다짜고짜 묻는다.

늦은 점심을 먹은 재석이 산책이라도 나갈까 하던 중이었다. 그런데 토요일 오후 아무런 연락도 없이 들이닥쳐 한다는 말이 그것이었다.

"미리 씨가 왜?"

그녀만큼이나 놀란 낯빛으로 그는 되묻다 "아!" 하고 빙긋 웃는다.

정황이 짐작 간다. 아니나 다를까. 그녀는 먼저 미리에게 들렀던 것이다. 몰래 소리 죽여 들어가 깜짝 놀라게 할 작정이었는데 엉뚱한 얼굴과 맞닥뜨렸으니.

재석은 그런 그녀를 놀리며 그 동안의 일을 알려줬다.

화구와 그림들을 그가 임시로 맡고서 이틀 뒤 미리의 집주인이 왔다. 그녀는 한숨을 푹푹 내쉬면서도 한동안 그대로 지냈으나 10월이 시작되자 다시 여행이나 다녀와야겠다고 했다. 그녀는 보름 예정인데 더 길어질지 모르겠다며 인사를 했다. 그리고는 깜빡 빠뜨릴 뻔한 일이라는 듯이 점박이를 쓰다듬어주며 이렇게 넋두리 같은 말을 중얼거렸다.

점박아, 예술가에겐 진정한 패트론이란 없는 모양이야.

읍내에 들를 일이 있다며 재석은 그녀의 배낭을 대신 들고 터미널까지 따라갔다. 열흘 전의 일. 저간의 사정도 모른 채 미리를 놀래주겠다는 생각만 잔뜩 하며 들이닥쳤던 수영은 당황하지 않을 수 없었으리라.

주말을 맞아 길평에서 하루 자고 갈 마음으로 온 그녀.

발렌타인 모텔과 이 모텔이 거느리고 있는 듯한 보트장, 그리고 이것들을 감싸고 있는 미루나무숲이 보였다. 키 큰 미루나무는 바람이 없는 듯한데도 잎을 흔들며 빛을 되쏘았다. 두 사람은 우선 비어 있는 몇 군데 파라솔 아래 자리를 잡아 앉았다.

한동안 비가 내리지 않아 가물 때는 뭍에 끌어올려진 보트들이 태반이었는데 이제 보트장은 제법 활기가 넘친다. 몇 척의 보트가 물 위에 떠 있고 구명조끼를 입은 이들은 노로 첨벙첨벙 소리를 내거나 환호를 내지른다. 한 50미터 아래쪽에 물을 가두어두는 일종의 댐이 있어 수량은 그리 부족하지 않은 모양이었다. 얼마 동안 보트에 탄 사람들을 유심히 지켜보던 재석은 보트를 타자며 자리에서 일어났다. 애초 이곳에 온 게 보트를 타기 위해서다.

몇 번 노를 가지고 허우적거리긴 했지만 재석은 오래지 않아 뜻대로 보트를 움직일 수 있게 되었다. 물살을 가르고 또 방향을 마음껏 잡아가자 수영은 환한 낯빛이 되며 환호를 숨기지 않았다. 노젓기를 패러글라이더 조종술과 비교하기도 하던 그녀는 왼발 정강이에 또렷한 손가락 길이 정도의 흉터를 보여주면서도 영광의 상처라는 듯한 표정이었다. 보트 타는 즐거움은 재석에게도 작지 않았다. 그는 자신이 몸의 즐거움과 너무 거리가 멀었다는 후회를 하며 자주 이런 기회를 만들어야겠다는 생각을 했다.

한 시간씩이나 노를 젓느라 힘이 많이 빠지긴 했다. 그러나 보트에서 내렸을 때도 가뿐한 기분은 여전했다. 그 기분은 발렌타인 모텔 1층의 레스토랑에서 저녁을 먹을 때까지도 계속되었다. 그들이 저녁을 먹는 거의 내내 두 자리 떨어진 테이블에서는 40대 초반으로 보이는 여주인이 모텔 이름으로 발렌타인과 마르가레테 둘을 놓고 결정하는 데 얼마나 고심했는지를 자기 친구에게 뻐기듯 이야기하고 있었다. 왠지 그들의 이야기에 귀가 솔깃해지던 그는 이 숲속의 모텔에서 벌어질 일들을 문득 상상해보기도 했다.

"초고는 대충 다 썼어."

오늘도 소설에 대해 이야기하게 된다. 벌써 탈고에 들어가 있지만 재석은 그렇게 말한다.

모과나무 아래. 어둠과 빛이 잘 어울린 곳. 두 사람은 이야기를 나누고 있다. 밤이고 불 밝힌 외등이 있고 바람결을 따라 스스스 나뭇잎 흔들리는 소리와 외톨이가 된 점박이 녀석이 자신도 여기 있노라고 주장하듯 낑낑거리는 소리가 가끔씩 들려오는 정원이다.

"빨리 쓴 것 같네요."

"그런 셈이지. 초고가 3분의 1쯤 진척되고부터는 이전에 든 시간보다 훨씬 짧은 시간에 나머지를 써낼 수 있더라구. 가속도가 붙은 까닭이라 볼 수도 있겠지만 그 정도를 넘어서는 듯했어. 왠지 그런 생각이 들어. 여태껏 이렇게 빨리 글을 써본 적이 없었거든. 하루는 너무 빨리 페이지가 넘어가 누가 다른 사람이 써주고 있는 듯한 착각에 몇 번이나 손을 놓고 주위를 두리번거리기도 했다니까."

"왜 예수를 주인공으로 삼지 않았어요?"

수영이 내용 쪽으로 방향을 돌려 묻는 말이다. 예수와 그의 시대를 다루겠다더니 마사다의 노인을 내세운 게 아까부터 무척이나 이상했던 모양이다.

"그래도 실제로는 예수가 주인공이라고 할 수 있지 않을까. 나는 그렇게 보는데. 마사다의 노인은 화자잖아. 이야기하는. 이야기를 이끌어 가는. 그는 참으로 장구한 세월을 살아온 사람이야. 예수가 그 시대에 어떻게 받아들여졌고 또 그의 가르침이 어떻게 왜곡되었는지까지 다룰 작정을 하고 나니까 제일 먼저 늙은이가 하나 필요하겠더라고. 오래 산 사람 말야. 본 것도 들은 것도 많은. 예수는 기껏해봤자 서른세 살짜리거든. 결혼도 안 해본. 결혼도 하고 처자식을 먼저 떠나보내는 비통한 슬픔도 맛보는 사람, 그리고 당시의 여러 종파를 두루두루 경험한 사람을 내세우기로 했지. 그리고 예수가 처형당한 뒤 그의 제자들과 추종자들에 의해 기독교가 서서히 틀이 잡혀가는 과정도 지켜볼 만한 사람이어야 했어. 금욕적인 공동체 생활을 하던 에세네파에서부터 극단적인 선민의식으로 똘똘 뭉쳐 이교도와 맞서던 열심당까지. 그는 두루두루 경험한 사람이야. 이 정도가 되어야 내가 의도한 바를 살려줄 자격을 갖췄겠더라고."

"그런데 왜 당시의 사람들은 예수를 메시아로 받아들이지 않았는데요?"

"음, 그건 지금 우리가 생각하기에는 그 사람들 눈에 깍지라도 낀 게 아닐까 싶지만, 그리고 기독교의 시각으로 보니까 그렇지만 당시 그 사람들의 입장에서는 그럴 만한 일이기도 했어.

로마의 식민지배를 받던 당시 대다수의 유대인들에게 예수는 메시아일 수가 없었어. 다윗 왕가의 영광을 재현할 메시아일 수가 없었던 게지. 모세를 보내 이집트의 노예살이에서 해방시킨 야훼 하나님은 약속의 땅인 가나안에 나라를 세우게 해 다윗과 솔로몬 시대 같은 영광을 베풀어주기도 했어. 하지만 유대인들의 태평성대는 오래 가지 못했지. 먼저 남과 북으로 분단되고. 남부의 유대 왕국과 북부의 이스라엘 왕국으로. 북왕조가 아시리아에 망하고 1세기 반쯤 뒤에는 남부의 유대 왕국도 멸망하고 말게 돼. 유대인들은 바빌론으로 끌려가게 되는데 페르시아 제국의 등장으로 포로생활에서 풀려나 귀국하는 기쁨을 누려. 하지만 그것도 잠시. 다시 마케도니아의 알렉산더 대왕에게 정복당함으로써 독립의 빛은 꺼져버리고, 또 얼마 뒤엔 로마의 손에 넘겨지는 신세가 되고 말지. 이렇게 주변 강대국 사이에서 나라를 잃고 고통받는 가운데 그들의 율법은 형식과 배타로 떨어지고 극단적인 선민의식에 의해 타민족과 타종교에 저항하는 열심당이 출현하기에 이르렀지. 그들에게 메시아는 나라를 되찾아줄 자, 그것도 다윗 왕가의 영광을 재현할 정치적 지도자였어. 그런 상황에 예수의 메시지가 귀에 들어올 리 만무한 일이었지. 그렇지 않겠어?

　이런 배경에다 그 노인을 둔 거야. 다른 대부분의 유대인들처럼 예수를 메시아로 받아들이지 않던 노인은 마사다 성채에서 로마군과 2년이나 항전하는 동안 그 틈틈이 자신의 파란만장한 삶을 회고하며 기록을 남기기 시작하거든. 그러면서 그는 자신이 오랫동안 견지한 믿음, 열심당원으로서의 신념에 회의를 하게 되고 예수의 가르침을 새롭게 이해하기 시작하지. 나는 그의 기록 가운데

내가 생각하는 예수의 참모습을 담아볼 수 있겠다 생각했어. 기독
교의 틀에 갇히기 전 예수의 모습을 말이야.”
　“그러니까, 유대인의 메시아관과 기독교인의 메시아관 모두를
비판하려 한 셈이죠?”
　“그렇지. 그 동안 공부 좀 한 모양인데?”
　“하긴 했죠.”
　둘이 눈을 맞추며 웃는 순간 점박이 녀석이 컹 짖어 자기는 왜
소외시켜 놓느냐고 항변했다. 둘은 좀더 크게 웃는다. 그런데 등
뒤에서 와락 터져 나온 노래가 수영에게서 비명에 가까운 소리가
나오게 했다. 흠칫하긴 했지만 재석은 가슴에 안긴 그녀의 등을
두드리며 안심시킨다. 숲에서 들짐승처럼 나타난 자가 누구인지
를 그는 알고 있다.
　탱자나무 울타리 너머로 얼굴을 내민 것은 돼지치기 사내. 미리
의 집에 불쑥 나타난 것도 바로 이 자였다.
　“보기 좋수다!”
　이번에는 제대로 시비를 걸지도 모른다 싶어 난처해하는데 그
자는 또 그 「다함께 차차차」를 우렁차게 쏟아내곤 획 돌아선다.
그리고는 어둠 속으로 휘청휘청 멀어진다. 금방이라도 돌아서서
오늘 이 술도 형씨의 그 돈으로 마신 것 아니겠수 어쩌고 할 것 같
던 사내는 다행스럽게도 그냥 그대로 사라져주었다.
　“누구예요?”
　아직도 놀란 기색인 수영이 묻는 말이다.

"그런 사람 있어."

"그런 사람이라뇨?"

"부근에서 양돈하는 사람인데 술 먹고 가끔 이러는 모양이야. 미리 씨 집에도 들이닥쳤지. 주정을 부리더라구. 미리 씨가 딱딱 거리니까 더 그랬어. 다행히 대치만 하다가 상황 종료됐지."

"미리 언니는 여기 있을 기분도 아니겠네 뭐."

"딱히 그 일 때문은 아니고. 다른 고민도 많은 모양이야."

"그림이고 글이고 다 쉬운 일 아니죠."

"자기 일처럼 말하네."

"반쯤은 내 일 아닌가요?"

"그런가?"

약간의 틈을 두고 그는 "아, 저 사람" 하며 돼지치기 사내에 관해 생각난 걸 이야기한다.

"단지 입구에 슈퍼마켓 있잖아, 거기 주인이 말하던데, 저 사람 제 입으로 여럿 죽였노라고 하드래. 뭘 좀 들었는지 슈퍼마켓 주인은 저 사람이 진압군이었을 것이라고 추측하던데."

"진압군요? 광주 때 말예요?"

"응."

"더 으스스해지네요."

"무지막지하더군. 우연히 돼지를 잡는 걸 봤는데, 돼지 잡는 게 누가 한들 뭐 그렇게 아름답게 하랴만 저 사람이 하는 건 보고 있기가 정말 괴롭더라구. 뭐든 개 잡듯 잡는 사람이라니 말 다했지 뭐.”

“악종이네요.”

“악종? 그럴 수도 있고 악종처럼 굴지 않고서는 자신을 지탱할 수 없으니까 그럴 수도 있겠지.”

“그럼 저 사람도 피해자란 말예요?”

“그럴 수도 있단 소리일 뿐. 사실 진압군이었는지 아니었는지도 모르는 일이고.”

“재석 씨는 언제 군대 다녀왔어요?”

“대학 2학년 마치고. 1982년인가. 군대 가서 하나님으로부터 계시를 받았지.”

“계시?”

“그래, 계시.”

미리에게 한 이야기를 다시 꺼내게 된다.

군대에서의 일 말이다. 용우에게 가장 먼저 한 이야기. 그때는 재석이 제대하여 마을에 머물 때였다. 대학 4학년의 용우가 졸업 뒤의 진로를 마을 어른들과 의논할 겸 들렀다가 마을 뒷산인 매봉산으로 함께 산상기도를 하러 가게 되었을 때였다. 그때 용우는 베드로마을을 자신의 살과 뼈가 이뤄진 곳일 뿐더러 영혼이 성장할 수 있었던 터전이라는 믿음을 한시도 잊지 않았다고 했다. 그리고 그는 가브리엘 천사와 계시를 이야기했다. 하나님을 받아들이게 한. 그러나 그때 재석은 마을에서 믿고 있던 계시에 대해 의혹을 제기했다.

다시 하니까 좀더 정리가 되는 듯했다. 군대에서의 일에다가 이번에는 제대해 대학으로 돌아온 뒤의 일까지 이야기하게 된다. 그러면서 돼지치기 사내가 나타나기 전의 화제와 자연스럽게 이어졌다.

"이후 계시에 대한 의구심은 바울에게까지 뻗어갔어. 바울은 예수의 열두 제자보다도 기독교 성립에 훨씬 더 결정적인 역할을 맡았던 사람이야. 회심(回心)하기 전에는 사울이라 불렸지. 이 지각생 바울에 비하자면 예수로부터 반석이라는 칭찬을 받은 베드로조차도 미미하기 그지없는 존재지. 지각생인 그가 신약성서의 반이나 되는 문서의 저자로, 또 사도행전의 주인공으로까지 된 계기가 된 건 다마스쿠스 가는 길의 계시였어. 아이러니컬하게도 이타소 사람 바울은 교회를 핍박한 유대교 엘리트였어. 그때도 예수의 추종자들을 체포하러 가는 길이었다니까."

다마스쿠스에 가까워졌을 때 바울은 하늘에서 내려온 빛이 자신을 둘러싸며 비추자 땅에 엎드렸다.

사울아 사울아, 네가 어찌하여 나를 핍박하느냐.

그 소리에 바울은 물었다.

주여 뉘시오니까?

다시 들려오는 목소리.

나는 네가 핍박하는 예수다. 너는 일어나 성으로 들어가라. 행할 것을 너에게 이를 자가 있느니라.

성으로 들어가 세례 받은 후 바울은 누구보다도 열성적으로 예수가 하나님의 아들임을 증거하고 예수의 부활을 주장했다. 예수의 제자들이 어부인 베드로처럼 대체로 소박한 계층 출신인 것과는 달리 바울은 유대교 지식인이었을 뿐더러 로마 문화에도 정통한 당대의 세계인이었다.

불타는 떨기나무가 나타난 꿈. 그것은 베드로를 제치고 바울이 기독교의 틀을 세운 일을 애석해하는 이들이 흔히 하는, 간질병 환자였다는 험담과 예수의 복음을 왜곡한 주범이라는 선고가 억지스러운 것만은 아니라는 쪽으로도 생각을 뻗쳐보게 한 계기였다. 바울이 보았다는 예수는 발작 상태에서의 환각이거나 베드로 같은 제자들보다 더욱 우뚝해질 수 있는 동기가 필요했던 상황에서의 창작은 아니었는지 의심해볼 만했다. 신약성서에는 바울과 다른 사도들 사이의 알력에서 기인한 것으로 여길 만한 구절도 여럿 있었다.

"그때까지와는 달리 계시를 고찰하게 되었지. 나는 성령의 영감을 받아 쓴 것이라는 성서에 대해서도 다른 방식의 접근법이 필요하다는 걸 느끼게 되었어. 그리해 문헌주의적 비평을 적용하는 한 차례의 철저한 완독에 들어갔지.

유대인들에게는 토라라는 게 율법을 뜻하는데 바로 창세기와 출애굽기와 레위기와 민수기와 신명기 이 다섯 권을 말해. 구약 첫머리에 있는 이 다섯 권, 그러니까 유대인들이 말하는 토라를 읽으면서 나는 먼저 저자에 대해 재고하게 되었어. 우주의 창조에서부터 모세의 죽음까지 다룬 이 율법서의 전체를 모세가 썼고 신명기의 마지막 장, 그러니까 모세의 죽음을 다룬 부분만 그의 후계자인 여호수아가 덧붙인 것으로 배웠거든. 하지만 이제는 더 이상 그렇게 믿을 수가 없었지. 다섯 권으로 이뤄진 율법서는 모세가 하나님에게 들려 줄줄 적어나간 게 아니라 여러 경로로 전승된 낱개의 설화가 왕정시대와 유배시대에 걸쳐 몇 차례 하나로 편집되면서 오늘과 같은 틀이 잡힌 것임이 분명해.

그렇지 않고서야 어떻게 율법서 곳곳에서 일어나는 개개 설화의 되풀이와 단절과 어긋남을 설명할 수 있겠어. 창조의 과정을 두 차례나 되풀이하고 있는 창세기의 서두에서부터 보이는 그런 현상은 노아에게서도 나타나. 이미 방주 안으로 들어간 노아는 새삼 다시 들어가고 있는 거야. 출애굽기의 모세는 또 어떻고. 그의 장인은 처음엔 르우엘이었다가 몇 줄 아래에서는 이드로로 이름이 바뀌어 있어. 어긋남인 것이지. 그리고 이야기의 갑작스러운 전환들. 단절인 것이지. 율법서에 보이는 이러한 되풀이와 단절과 어긋남은 하나로 편집되고서도 각 집필자의 고유한 어휘와 문체가 남게 된 것으로 여길 수밖에 없어. 율법서의 계보는 하나님의 이름을 야훼라고 부르는 그룹과 엘로힘이라고 부르는 그룹, 그리고 신명기계 그룹과 사제계 그룹으로 크게 나뉘어지거든. 동일한 설화가 다른 표현형식으로 되풀이되는 것은 각각 따로 전승해오던 문서를 하나의 결정본으로 만들었음을 증명하는 셈이야. 다섯 율법서의 저자는 모세가 아닌 게지. 모세가 하나님에게 들려 줄줄 적어나간 게 아닌 거야. 율법서는 유대의 역사 속에서 낱개의 전승들이 편집되고 새롭게 해석되는 과정에서 형성된 지극히 인간적인 노력의 산물일 따름이더라구. 거기에 하나님의 섭리가 작용하고 있다면 그것은 일자일획도 바꿀 수 없다는 차원에서가 아니라 역사 속에서 하나님과 인간이 대화하는 과정에서야. 그러므로 거기엔 택함 받았다는 유대민족이 그러했듯 실수가 개입할 수 있을 뿐더러 새로운 해석의 여지를 두고 있다고 보아야 옳아."

불결하기가 너무도 심해 신약성서를 읽을 때는 장갑을 껴야 한다.

이렇게 말한 사람은 『반그리스도』의 독설스런 저자다. 바로 그 니체가 문헌학자들에 의해 사기라고 판명될 것이라 한 성서를 문헌주의적 비평으로 완독한 재석은 그러나 다른 결론에 이르렀다. 분명 오류가 있었지만 거기엔 사기라고 단정해버릴 수 없게 하는 진리가, 적어도 진리에의 추구나 사랑이 있었다. 바울에 대한 저주도 지나쳤다. 비록 바울이 잘못을 저질렀을지라도 그를 오로지 복음을 왜곡하는 데 머리를 쓴 사람으로, 그리해 중세 교권주의의 주범이란 혐의를 씌우는 것은 분명 지나쳤다. 다마스쿠스 가는 길의 계시가 발작 상태에서의 환각에 지나지 않을지라도 그를 사제로서의 권력을 추구한 사악한 인물로 볼 수 없게 하는 빛나는 구절들이 성서에는 있다. 바울은 몇몇 미심쩍은 구석을 보이긴 했다. 하지만 그런 한편으로 로마인에게 보낸 편지와 같은 글을 통해 모두가 하나님의 아들이라는, 생명나무에서 열매 맺을 수 있다는 계시를 받게 하였다. 그것은 분명 계시였다. 재석에겐 그것만이, 불타는 떨기나무보다 더 환하던 로마서 8장 14절에서 23절만이, 당시의 그에게는 오직 그것만이 참된 계시였다.

"마지막 페이지를 넘겼을 때 성서는 교리가 주장하던 것과는 완전히 다른 빛을 내는 성서가 되었고, 나는 그때부터 비로소 새로운 신의 밑그림을 그릴 수 있었어."

이야기를 마쳤을 때 밤은 꽤나 깊어 있다.

목이 탄다. 그러나 당장은 꼼짝할 힘도 없다. 수영은 재석의 이야기를 되새기기라도 하는지 가만 앉아 있었다. 둘은 아무 말도 않은 채 어둠과 빛이 잘 어울린 그곳에 오랫동안 그대로 나란히 앉아 있었다. 먹구름이 덮인 지평선에 마침내 태양이 솟아올라 온 대지를 제압하듯 토함산 불국사에서의 일이 주지 스님의 파르스름한 뒷머리에서부터 떠오른 것은 그가 그렇게 앉아 있은 지 얼마만이었을까. 처용가무 공연에 자신의 상상을 버무려 만들어낸 것인지 아니면 다른 무엇인지 정녕 모를 그곳에서의 일. 그가 깨달음에 대해 물었을 때, 당신네들의 계시가 바로 그것 아니겠소 하던 주지 스님의 목소리가 이게 어떻게 상상에 의한 것이라 할 수 있을까 싶게 깊은 울림을 가지며 들려왔다.

아아, 계시와 같다고 했겠다. 그렇다면 계시는 깨달음인 것.

타소 사람 바울. 원래는 유대교 바리새파 사람으로서 기독교인을 체포하러 시리아의 다마스커스로 가는 길이었던 바울. 그 길에서 계시를 받고 회심했다는 사도 바울. 일반적으로 보기에 바울보다 신실한 사람이 얼마든지 있었는데도 하나님은 죄인 바울을 택했어. 계시고 은총인 것이지. 계시나 은총도 사람의 말로써 정의할 수 있는 차원의 것이 아냐. 이걸 단순하게 정의함으로써 심각한 오해를 불러일으켜. 인간적인 노력이나 이성적인 사고를 완전히 무시하게 만들 소지가 많잖은가. 그렇잖아. 하나님을 섬기던 사람은 돌에 맞아 죽는데, 그 처형을 명령한 사람은 사도가 된다? 이 대목을 오해함으로써 구원받을 사람은 하나님에 의해 이미 정해져 있다는 예정설 따위가 나오게 되겠지. 계시의 순간은 전격적인 회심의 순간이야. 이게 너무도 전격적이고 엄청난 것이라, 계시받는 당사자의 의지나 행동과는 전혀 상관없이, 이 세상 밖의 어떤 힘에 의해 이뤄지는 것처럼 보이지. 이전까지의 인간적인 노력이 아무것도 아니라고 할 수 있을 정도로 말이야. 하지만 거기에는 문을 두드리던 오랜 날이 없었던 게 아냐. 갑작스레 문이 열렸을 때, 회심한 사람은 문 안쪽이 이성적으로는 설명해 낼 수 없는 세계임을 알고 그때까지의 인간적인 노력을, 그러니까 문 두드린 걸 아무것도 아니었다고 선언해버린다구. 불교에도 비슷한 경우가 있어. 돈오(頓悟)라는 것. 갑작스런 깨침을 말하는데, 이게 기독교의 계시와 흡사해. 쉼없는 수행으로 깨친 스님이 자기는 갑작스레 깨쳤다고 주장하는 거야. 파리를 피해 놀아눕다가 깨쳤다는 거야. 비탈길을 오르다 잠시 멈춰 휴우우, 한숨 내쉬는 순간 니르바나를 체험했다는 거야. 이게 불교의 깨달음이야. 물이 99.9도까지 뜨거워지는 게 차차 닦아 나가는 걸 의미하는 점수(漸修)라면, 100도가 되는 순간, 바로 그게 돈오야. 비약의 순간. 그저 그렇게 변한 게 아니라 질적으로 변하는 순간! 그러니까 돈오는 점수없이 이뤄지는 게 아니지. 이걸 오해함으로써 불교의 정수라 할 깨달음이 왜곡되기도 하지만, 위험은 기독교에 훨씬 크게 내재해 있어. 기독교의 하나님이 아주 오래 전 유대의 민족신으로 처음 계시된 탓에 이 세계 밖에서 느닷없이 들이닥쳐 이 세계를 만들고 또 심판하는 힘이라는, 다분히 원시적인 의식을 기독교인들이 완전하게 떨쳐내지 못한 때문이지.

노예살이하던 동족을 이집트에서 빼내라는 계시가 어느날 난데없이 모세에게 내렸던 걸까? 아닐 거야, 아닐 거야. 세 번 아닐 거야. 이집트에서 모세는 채찍질당하던 동족을 보며 그들을 구할 방도를 생각했을 것이고 하나님께 물어보기도 했을 거야. 모세가 받은 계시가 느닷없이 벼락치듯 내린 것은 아닐 터. 현실에 대한 이성적 판단과도 완전히 별개라고는 말할 수 없을 것이야. 돈오가 점수 없이 이뤄지는 것이 아니듯.

으음, 다시 바울로 돌아가서. 바울의 신학은 믿음에 의해 의로워진다는 것인데, 믿음에 의해 의로워진다는 것인데, 하지만 나는 오늘의 기독교가 행동이나 실천을 제거해버린 믿음만을 강조하는 게 바울의 신학을 온당하게 계승한 것이라고는 보지 않아. 그건 심각한 오해야.

그 동안, 그가 혼자서 자문자답하며 무릎까지 치는 동안 나뭇잎

이 스스스 흔들리는 소리가 몇 번이나 들렸다. 몇 번이나. 점박이 녀석은 잠이라도 들었는지 아무런 소리도 내지 않는다.

"그만 들어가요."

수영을 따라 몸을 일으키던 재석은 까맣게 잊고 있던 일을 돈오하듯 생각해낸다.

"아, 굿 뉴스이자 빅 뉴스를 이야기 안 했네. 어쩌면 곧 작품집을 더 찍게 될지도 모르겠다고 연락이 왔어. 2주쯤 전인가 출판사에서. 베스트셀러 작가들에야 비할 바 아니지만. 그래도."

다음날 아침 일찍 일어난 재석이 벌써부터 밭을 매고 있는 촌로(村老)를 멀찍이서 바라보고 있을 때였다. 수영이 어떻게 알았는지 점박이를 데리고 옆으로 와서는 물었다.

"밭 맨 적 있어요?"

있고 말고다. 부챗살처럼 비치는 빛살을 받아 윤기가 나는 너른 땅. 다급하지도 그렇다고 느리지도 않은 곡괭이질이다. 촌로는 한 고랑 끝까지 가서 허리를 펴며 얼굴의 땀을 훔친다. 그 촌로와 함께 숨을 몰아쉰 뒤 재석은 베드로마을의 농사일, 아이들도 한몫하던 그곳의 농사일에 대해 영탄 섞인 회고를 늘어놓는다. 한참 듣고 있던 그녀는 베드로마을에 대해 거의 처음으로 제대로 이야기해주는 것이라고 가만 지적해준다. 그랬던가. 내가. 땀 흘린 뒤의 휴식을, 공동작업 뒤 둘러앉아 먹는 참을, 태풍과 가뭄의 시절을 헤치고 알곡을 거두는 추수를 그는 흥감스럽게 이야기하면서 자신이 근래 베드로마을을 이렇게 좋은 감정으로 떠올린 적이 거의 없었음도 깨닫는다.

몇 사람을 내려놓은 버스가 엔진이 터지는 듯한 소리를 내지르며 떠나고 있었다. 수영을 읍내에까지 배웅하고 오는 길이다.

평소 이용하는 단지 앞 정거장에서 한 정거장을 더 가 내린 것이지만 깊숙한 곳에 위치한 그의 집은 이쪽 길로 가도 그렇게 돌아가는 게 아니다. 10월의 햇살이 빛나는 길. 포도밭을 끼고 길은 뻗어 있다. 다른 한편의 곧게 뻗어 빽빽이 숲을 이룬 소나무들은 전원주택 단지에 속하는 것들이다. 가을날 오후의 햇살이 포도밭 시멘트 지주에서 빛나고, 키 큰 소나무는 바람이 불 때마다 몸을 흔들어 그늘을 조금씩 이동시킨다.

그는 회고와 상념에 잠겨 걷고 있었다. 수영과 헤어지는 순간 떠오른, 내가 지금 뭘 하고 있지 하는 물음으로부터 비롯된 상념이 여태까지 이어지고 있는 것이다. 모든 일을 그르치고 말 것 같은 불안이 지워지지 않는 얼룩으로 어른거리는 가운데.

회고는 으레 대학 입학 무렵으로까지 거슬러 오르기 일쑤인데 오늘도 그랬다. 미지에의 동경과 희망으로 비상을 할 듯 들뜬 채 시작된 대학 생활. 두 날개가 늘어뜨려지는 데는 많은 시간이 필요치 않았다. 신의 존재가 증명될 수 없음을 벼락처럼 알려준 하숙집 선배. 에덴의 원죄가 아니라 광주의 원죄를 전해준 독신자. 두 해를 견디고 그는 군대로 달아났다. 이전까지의 믿음이 완전하게 해체되는 계기가 되었던 군에서의 한 사건, 그리고 그는 대학으로 돌아왔다. 그가 대학을 졸업해 사회로 진출한 해는 1987년이었다. 1980년대가 또다른 지층으로 편입되던 그해, 그는 제법 규모 있는 회사의 홍보실 직원으로 사회생활에 첫 발을 내디뎠다. 계속된 습작과 이후 창작집을 내기까지의 몇 해 동안 그는 말을 다듬는 사람으로서 이 세계를 향해 자기의 목소리를 내고자 했다. 그러나 그는 문학과 사회를 불가분의 관계로 보는 기본 인식과는 일정한 거리를 둔 채, 신성한 삶의 가능성을 탐색하는 작품을 썼다. 욕심대로라면 이 시대 역사 가운데에서의 신성한 삶을 탐색하는 작품이어야 했다. 그러나 거기까지에는 힘이 미치지 못했다.

그 동안 그 고통의 연대가, 이데올로기 대결의 시대가, 흔히 하는 말처럼 역사의 뒤안길로 물러나 있었다. 동구의 몰락과 공산주의 종주국의 해체가 기정사실이 되고서 그는 안도와 불안이라는 두 상반된 감정에 물들어 있는 자신을 발견할 수 있었다. 안도는 공산주의가 자본주의를 대체할 만한 체제가 되지 못하리라는 오랜 믿음의 확인에서 온 것이었고, 불안은 자본주의 체제의 거침없는 행진이 예고되어 있어서였다. 요컨대 그는 두 이데올로기 모두에 신뢰를 두고 있지 않았던 것이다. 그는 이데올로기를 권력의 쟁취와 유지, 그리고 다른 권력에의 대항을 위한 신념체계로 여기는 부류였다. 이러한 그에게 이데올로기가 무리를 지어 살아가는 인간에게 불가피한 것일 수밖에 없다는 인정을 너머 인간 구원의 최고 형식으로 받아들이라는 강요는 고문에 가까운 것이었다. 팽팽하게 맞서오던 두 이데올로기 중 하나가 무너졌다고 하여 이데올로기의 횡포가 끝날 수가 없다는 게 그의 판단이었고 불안의 원인이었다.

또다른 이데올로기의 횡포 아래에서도 그가 할 수 있는 것은 다른 게 아니었다. 그는 여전히 새로운 신을 찾는 사람이었다. 인간을 삶의 일회성과 유한성에서 끌어내어 불멸성에 참여하게 하는 신. 자아의 단단한 껍질을 깨뜨려 만물과 악수할 수 있게 하는 신. 기복을 위한 불합리한 신이 아니라 우주와 세계의 움직임을 일관되게 해명해 줄 수 있는 신. 원죄와 심판으로 위협하지 않으며, 만사의 주재자라면서도 악을 허용하고 또 그 책임을 엉뚱한 곳에 떠넘기는 간계와는 결별이요, 불합리한 점에 대한 해명 없이 믿으라고만 외쳐대는 사제들의 신과는 상종을 않는 신. 하늘나라가 이 세상 불행의 보상으로서 주어지는 것이 아니라 지금 이곳에서의 마음의 어떤 상태임을 분명히 밝히며 그곳에 이르는 길의 모범으로서 예수의 삶과 가르침을 보여주는 새로운 신.

요즘 온 힘을 쏟고 있는 것은 오래도록 찾아 헤매어 마침내 발견해낸 바로 그 새로운 신을 형상화하는 작업이었다. 그런데 왜 몰입하지 못하는 걸까. 수영이 때문일까. 그는 때로 그녀 때문에 작품을 망칠 것 같은 예감에 젖거나 작품 때문에 그녀와의 관계를 망치고 말 것이라는 내면의 목소리를 듣곤 했다. 집으로 돌아오는 길의 이 상념에서도 그 둘이 서로의 꼬리를 물듯 어지럽게 맴돌고 있었다.

무거운 머리를 털어버리기라도 하듯 흔들고서 그는 피는 꽃봉오리 같던 수영의 입술을 떠올렸다. 단정하면서도 촉촉하게 젖어 있던 꽃잎을 그가 몇 차례나 훔쳐보았고 실제로도 훔칠 수 있기를 막연하게 기대했던 이틀이 끝나고 혼자가 되어 돌아가는 길이었다.

그가 깜짝 놀라 옆으로 물러난 것은 털털 소리를 내며 뒤에서 달려오는 경운기 때문이었다. 몹시도 덜컹대며 옆으로 다가온 경운기의 짐칸엔 우스꽝스럽게도 양복 차림의 중년이 걸터앉아서 히죽히죽 웃는 게 아닌가. 그런데 더더욱 이상한 것은 그가 경운기의 요동에 아무런 영향도 받고 있지 않다는 점이었다.

다음 순간 재석은 우뚝 멈춰버렸다. 순식간에 길로 내려선 그가 쳐다보고 있다.

"웬 예쁜 아가씬가 싶어 지켜봤습죠."

"아가씨라뇨?"

"그렇게 딱 잡아뗄 필요까지는. 지금 배웅하고 오는 길이지 않습니까. 좋은 일이죠. 물론. 그런데 더 좋을 수도 있었는데."

"당신관 얘기하고 싶지 않소."

"그렇게 벌레 보듯 하시진. 우리들은 예사로운 사이도 아니잖습니까. 한때 선생은 소생을 추종하기도 한 몸이시고, 뿐 아니라 지금도 혼을 반쯤은 넘겨주셨으니 하는 말입니다. 부디 제가 예를 갖추지 못했더라도 바다 같은 도량으로."

"제발."

뭐라고 쏟아낼 말이 목구멍을 간질이는데도 선뜻 뽑혀 나오지 않는다. 재석은 그런 자신에게 더욱 화가 나 단호한 표정을 짓고는 걸음을 옮겼다. 그러나 어느새 처용은 느물거리며 따라붙었고, 바다 같은 도량을 거듭 들먹인다.

"요즘 보기완 달리 일이 잘 안 풀리시는 모양이죠? 이런 적은 없었던 걸로 기억하는데. 뭐 그럴 수도 있지요. 화가 나면 화를 터뜨려야죠. 클클. 헌데 터뜨릴 것이었다면 소생에게가 아니라 그 아가씨한테. 하, 그랬으면 더 좋았을 텐데. 요새 그 아가씨와의 일이 잘 풀린다고 제게 말하고 싶으시겠지만 복수를 꿈꾸고 있다는 걸 속일 수는. 웬 복수냐고 반문하진 마셔야 합니다. 이미 오래 전부터 복수를 노려왔으니. 사실 어젯밤에도 복수의 기회는 있었는데 말입니다. 마지막 순간에 그렇게 포기를 해버리시다니. 하, 제게 혼만 마저 건네주시면 반드시 성공을. 선생은 좀전에 그 아가씨의 입술을 생각하고 계셨을 겁니다. 선이 또렷한 입술이지요. 한번쯤 훔쳐보고 싶은. 달콤하겠더군요. 헌데 그 입술로 선생을 그렇게 상처 입게 하다니 이해가 잘 안 가기도."

멀리서 점박이 녀석이 반갑게 컹컹 짖는다. 보지 않아도 녀석은 재석의 발걸음 소리를 알아듣는 것이다. 집 입구에 이르러 그는 낮게 한숨을 내쉬며 처용을 바라보았다. 처용의 표정은 그때까지 주절거리던 말을 일시에 쓸어 담느라 어색해진다. 그리고 하는 말.

"여기까지 온 저를 그냥 돌려보내는 건 아니겠습지요?"

"혼을 팔라느니 어쩌라느니 하는 소리는 절대 하지 마십시오."

이렇게 말하는 동안 재석은 무슨 한숨을 내쉴 때와 별다를 바가 없다. 허락이 떨어지자, 집구경을 하겠다며 처용은 뒤란부터 텃밭까지 온통 들쑤시며 소란을 피운다. 점박이는 그가 거실로 올라선 뒤에도 세차게 짖어대 재석이 잠시 나가 봐야 할 지경이었다.

대놓고 왕왕 짖어대는 걸 멈추게는 했다. 그러나 거실로 들어설 때까지도 녀석의 으르렁거림은 낮게 계속 이어진다. 사람에게 그렇게나 적의를 보이기는 좀체 없던 일이다.

서재에서 기다리고 있던 처용이 그가 들어가자 뽑아든 책으로 책장을 가리킨다.

"이 모든 책들이 사랑을 설교하고 있으니 큰일입니다."

"또 그 이야기."

"아, 이것 용서, 용서하십시오. 아는 거라곤 그것밖에 없으니. 사실 오늘은 선생에게 취직자리 하나 소개해 올리려고 왔는데 거듭 실수를. 취직할 생각은 있으시지요?"

"취직이라고요?"

그러나 본론을 펼치지 않고 먼저 술을 청한다.

그러며 짓는 미소에서 재석은 일본에서 만나고 온 친구의 얼굴을 본 듯한 착각을 일으킨다. 문학은 죽은 지 이미 오래, 그런데 언제까지 시체를 붙들고 춤을 추려 하느냐. 신주쿠를 통과하며 그런 말을 할 때의 친구 얼굴. 이제 이야기는 영화로 하는 시대야. 예전에 시를 쓰던 친구의 그 말이 주방으로 가는 그를 따라왔다.

마침 소주가 한 병 있다.

"카, 좋다. 이제야."

처용이 훌쩍 잔을 털어 넣고 하는 말이다.

바에서의 일을 생각한다. 재석은. 그랬지. 그때 이 작자가 술 한 잔 더 하자며 접근했었지. 그 뒤로 지금까지 몇 번이나 난데없이 출몰했지만, 그와의 만남을 지금껏 누구에게도 밝힌 바 없다. 어떻게 납득시킨단 말인가. 스스로도 납득할 수 없는데.

그는 재석이 생각에 잠긴 걸 아는지 모르는지 술에 얽힌 동서고금의 여러 일화를 늘어놓았다.

목을 축인 것 같다며 본론으로 들어가자고 한 것은 술이 떨어진 다음이었다. 본론이라며 시작한 이야기에서 대뜸 재석이 요즈음 돈벌이에 몹시 신경을 쓰고 있는 게 아니냐고 넘겨짚는다. 단호한 부정을 어물쩍 웃으며 받고는 미리 준비라도 한 것처럼 말한다.

"헤헤, 선생은 이 문제에서도 자신을 제대로 파악하고 있지 못하군요. 예전과 다름없다면 왜 그리 서둘러 작품을 쓰고 그걸 끝내기도 전에 벌써 다른 일거리가 없나 두리번거리겠습니까. 아, 물론 선생이야 창작욕의 발동이라 변명하시겠지만 그건 변명, 옹색한 변명에 지나지 않습죠. 허나 소생은 돈에 대해 비뚤어진 눈을 가지고 있지 않음은 밝혀둬야겠군요. 돈이야 많으면 좋습지요. 오늘날에야 예술도 수입으로 평가받잖습니까. 예술가의 빠뜨롱이란 왕족도 귀족도 아니지요. 프랑스 민중이 바스티유를 습격한 날로부터 좋았던 한 시절은 막을 내린 셈이니까. 이제 선생이 활동하는 세계에서는 판매 부수라는 게 왕 노릇을 할 겁니다. 이 땅이 얼마 전까지 독재와 그 저항이라는 구도로 짜여져 내놓고 돈 이야기는 하지 않았습죠. 하지만 이제는 내놓고 돈을 이야기하는 시대.

　예술가 양반들도 불알 덜렁거리며 뛰어야 하는 시대가 오긴 왔는데. 그 점은 날 보고 으르렁대던 마당의 저 개도 알고 있는 일. 되돌려놓을 수 없는 역사의 진행이라 하나요. 흔히들 이런 걸 가지고 역사의 합법칙적 발전이니 어쩌느니. 빠뜨롱을 다수의 민중에게서 찾는 예술가들도 있다고 하나, 선생은 아마 그렇게 생각지는 않으시리라 나는 믿습죠. 그것에 대한 제 의견은 다음 기회로 유보하겠습니다. 이 처용의 변함없는 의견은 오늘날 예술가의 빠뜨롱이란 예술가 그 자신밖에 없다는 것입니다. 예술가 자신의 세계 전체에 대한 철저한 적개심 바로 그것밖에 기댈 곳이. 명민하신 선생이 세계사적 진실을 감지하지 못할 리 없을 텐데. 아직도 의식의, 그 엉터리 관념으로부터 버릇 든 의식의 방해를 받기 때문일 겁니다. 제가 보기엔. 무의식, 그 엉터리 관념에 전염되지 않은 무의식이 시키는 대로 따르시는 게. 사실, 선생은 요즈음 그 무의식에 충실했다고도 할 수 있겠습다만. 어제 같은 날 그 아가씨를 가차없이 범하고 침을 뱉어 차버렸다면 금상첨화였겠습니다만.

　기회는 다시 오겠죠. 오고 말고입죠. 그러나 더는 놓치지 마십시오. 그 입술을 용서할 수 있겠습니까? 물론 없습니다. 다시 기회를 가지려면 우선 돈을 벌어야 합니다. 그 돈만 있었다면, 선생이 그날 그렇게 충격을 받고 술을 들이킬 일일랑은 없었을 텐데 말입니다. 장안의 지가를 올린다는 베스트셀러 작가였다면 그날 그 아가씨의 대답은 달랐을 겁니다."

　"그럴 리 없소."

　장광설이 끝나자마자 그 논리를 뒤엎겠다는 기세로 잘랐다.

　그러나 그 부정이 왠지 무력하게만 여겨져 재석은 무엇에 쫓기듯 고개를 내저으며 덧붙이고 만다. 설혹 그렇다 하더라도 그건 충분히 그럴 수 있는 일이라고. 적어도 배우자를 선택하는 순간인데 안정된 생활을 저울질해보지 않을 여자가 어디 있겠느냐고. 수영의 맑은 눈, 결코 그 눈빛을 그녀가 호기심이었을 따름이라고 폄하해 표현한 곧이곧대로 받아들일 수는. 그렇게 해버리면 지금까지 두 사람의 관계를 흔하디흔한 연애놀음으로 인정하는 게 되며, 탈고하고 있는 장편을 뒤적거리며 이것저것 물을 때의 그 눈빛을 욕보이는 짓과 다를 바가.

　"대단한 관용파군요. 그 관용이 세상을 이토록 타락시키는 데 일조했다는 사실을 기억하셔야 할 겁니다. 여하튼 선생은 그 아가씨와 결혼할 때까진 돈벌이에 매달려야겠군요. 돈과 떼려야 뗄 수 없는 사랑을 포기하지 않는 동안은 말입죠. 그 사랑을 걷어차기 위해서도 지금은 돈이 필요하긴 합니다만. 기회를 얻으려면 미끼를 던져야 한다 이 말입니다. 뒷날에야 어떨지 모르겠습니다만 글을 써서 선생이 올릴 수 있을 수입이란 지금으로서는 정말 보잘것 없습니다요. 아, 그 선생의 작품집 곧 다시 찍을 것 같다더니 출판사에서는 그러고 더 소식이 없죠? 소생이 사술(邪術)을 좀 부렸답니다. 그러나 노하진 마십시오. 2, 3천 부 더 찍는댔자 얼마를 더 손에 쥐겠습니까. 소생은 선생이 몇 푼의 돈에 세상에 대한 적개심을 누그러뜨리기를 원치 않습니다. 몇 푼의 돈 정도는 이미 헌신짝 내치듯 한 선생 아니오. 맞습지요. 그게 대장부의 길. 움켜쥘 거라면 뭉칫돈을. 해서 내가 오늘 취직자리 하나."

"취직자리? 엉뚱한 소리 하지 마시고 내 질문에 대답해주시오."

"아, 무엇?"

"왼손으로 쓴 편지. 내가 수사본부에 보내기 위해 쓴."

"아예 소생을 지폐 유출의 진범으로 신고할 기세이십니다."

"아니란 말이오!"

"클클. 해줄 수 있는 말은 이것만이오. 광화문 부근의 우체통. 선생이 거기에 가슴을 콩닥거리며 던져넣은 편지를 소생이 태워버렸다는 것. 그것만. 왜인지 아시오? 왜 태웠는지 정녕 모르시겠다? 단서를 남기지 않기 위해 무진 애를 쓰긴 했소이다만. 지문 하나, 지문 하날 너무도 또렷하게 남기고 말았으니. 아, 비오는 날 동네방네 뛰어다니다 마루로 살짝 올라온 강아지 놈의 발자국 같

은 그 지문. 그것이 아니더라도, 아니더라도 말이오, 43번지니 44
번지니 하는 주소며 이곳 지리를 평소부터 잘 알고 있는 자라는
단서에 조리 있는 문장 구사력 그리고 한 며칠 서울을 다녀오겠다
고 한 선생을 그날 밤 목격한 슈퍼마켓 주인이며. 시간 문제요. 편
지가 수사본부에 배달된 뒤 선생이 용의자로 불려가기까지는. 클.
연쇄살인사건 같은 걸 다룰 추리소설에 도전하자면 좀더 연구를
해야겠더군입쇼."

"돼지치기 사내는 도대체 누구요?"

"그 자에 대해 선생보다 더 잘 아는 자 따로 누가 있소. 소생 들
어보니 그 자는 선생이 적선한 돈으로 술을 마셨다던데. 엉덩이를
잘도 돌리는 애들과 몸도 풀었다지요. 개 잡듯 때려잡을 뭐가 없
나 싶어 새벽부터 일어나 있던 그 자의 눈에 숲속으로 들어가던
선생이 우연히, 아니 어쩌면 운명적으로 발각되고 말았던 일. 돼
지치기 사내는 돼지치기 일에 열심일 수 있도록 내버려둡시다. 하
루빨리. 하루라도 빨리. 소생은 저기 모텔, 보트장 옆의 발렌타인
모텔 말이오, 바로 그곳에서 선생과 소생 사이의 일을 마무리할까
했소이다만. 클클. 지금에 와서는 너무 서둘렀다고 생각하고 있는
바이오. 모텔 이름도 촌스럽게 발렌타인으로 정해져버렸고. 촌스
럽게. 아, 그건 그렇고, 이번엔 소생이 하나 물어봅시다. 설마 민
중을, 민중을 빠뜨롱으로 삼으려는 계획을 가지고 계신 건 아니겠
습지요?"

묵묵히 듣고만 있던 재석은 무슨 뜻이냐고 반문한다.

"그 있잖습니까. 자본가의 만찬 테이블에 놓인 빵과 포도주를 탈취해 노동자 농민들에게 나눠주겠다고 설쳤던 치들. 자기네들은 그 빵과 포도주를 공평하게 나누는 역할을 하겠다며. 이미 그들은 역사의 본류에서 낙오해 버렸지만 말입니다. 요 몇 해 우리 모두가 확인한 바는 그들의 원대한 마스터플랜이 모래나 물 위에 그린 것에 지나지 않았다는 걸 말입니다. 이 처용이가 그들에게서 인정했던 점이 영 없었던 건 아닙지요. 적어도 그들은 이 세계를 질서니 화해니 조화니 하는 썩어 문드러진 단어로 설명하지는 않으니까. 물론 그들도 사랑에 기대를 걸고 있기는 마찬가지였습니다만. 이 세계의 반을 몰아낸 뒤엔 사랑이 꽃필 지상낙원이 도래한다고 믿고 있었지요. 거듭 되풀이됩니다만, 사랑은 새로운 시대를 열 추진력이 없습니다. 그놈의 사랑이란 땔감에 아무리 풀무질을 해보십시오. 이 세상이 따뜻해지는지! 사랑이란 거짓 관계를 이어주는 아교풀 구실이나 할 뿐! 좀 흥분했군요. 물론 선생이야 민중을 빠뜨롱으로 삼을 리가 없으리라고 생각됩니다만. 집에서 온 편지에 답장도 않고 내버려둔 걸 보아도 충분히 알 수 있는 일입지요."

그 편지.
어머니는 탕아의 귀향에 대해 길게 써놓고 있었다. 그 논조는 그가 집을 떠난 뒤 변함없이 계속된 것이지만 이번엔 유별나다고 느끼게 하는 그 무엇이. 그러나 그는 귀향을 재촉하는 마지막 애원을 여태까지와 다름없이 외면했다. 이젠 그것이 어디에 처박혔는지도 모른다. 날 그 냄새 나고 질척거리는 짐승 우리로 부르다니. 편지를 읽었을 때의 거부감이 고스란히 되살아남과 함께 앞에 앉은 처용이 전에 없이 두려워진다. 모르는 게 없어. 나에 대해. 수영이와의 관계는 물론 발길 끊은 지 오래인 집도. 어디 그뿐인가. 언제는 내 꿈속의 일까지 들먹이지 않았는가. 저 웃음 뒤에 빛나고 있을 눈빛! 도피의 절망적인 순간에 도달한 자처럼 그는 순간적으로 넋을 잃고 고개만 절레절레 내젓는다.

"그곳은 민중공동체가 아닙니다."

말문을 틔운 것은 한참이나 지나서였다.

"물론 십자가 아래의 공동체입죠. 허지만 예사의 기복적인 신앙 단체가 아니라는 건 누구라도 알 텐데요. 선생의 부모님은 일평생을 무지한 걸인들과 땅 없는 농군들을 위해 숙소와 일터를 주었소. 그러면서 하나님의 사랑을 배우게 했고 그 사랑을 서로에게 실천하도록 가르쳤습죠. 물론 사랑이란 이념이 더 이상 추진력을 보유하지 못한 이념이었으니 선생 부모님의 노력은 실패로 돌아갈 수밖에 없을 운명입니다. 참으로 허무맹랑한 것이 사랑입니다. 기껏해야 한 남자나 한 여자에 대한 소유욕에 지나지 않는 걸 가지고 온갖 고상한 수사를 다 바치니 하는 소립니다. 이타심으로서의 사랑이란 게 있긴 합니다만 그것도, 그걸 실천할 사람도 제대로 받아들일 사람도 없는 형편이고 보면 허무맹랑한 것이 아니고

뭣이겠습니까. 아아, 물론 그런 사랑을 실천하는 사람이 하나도 없다는 소리는 아닙니다. 물론 있겠지요. 선생 부모님처럼. 하지만 그래봤잡니다. 모래밭에 뿌린 금가루지요. 베드로마을에 들어온 이들 중 발등의 불을 끄고서도 그곳에 남겠다는 이들이 있던가요? 남의 발등의 불을 끄기 위해 분골쇄신하려는 자들이 있더냐이 말입니다.

거긴 엄격히 말해 마을이 아니라 피난처인 게죠. 사랑을 받기 위해서 머물긴 합니다만, 사랑을 나눠주기 위해서 머물지는 않지요. 부모님들도 이젠 지치기 시작한 겁니다. 선생의 귀향을 재촉하는 이유가 뭐겠습니까. 마을을 마을답게 가꾸는 데 젊은 선생 도움이 필요해진 것입지요. 두 어른의 여태까지의 시련은 미래의 큰 영광을 위한 것이라 주장할 사람들이 있을지 모르나 선생은 잘 알고 있을 겁니다. 결코 성공할 수 없다는 걸. 그렇기 때문에 선생이 그곳에서, 십자가의 그늘에서 도망쳤던 것 아닙니까. 사랑이란 이념으로 이 사회를 개혁하겠다는 모든 계획은 헛되고도 헛된 것입지요."

당신은! 질린 듯 듣고 있던 그는 겨우 반격할 건더기를 찾아낸다. 당신에겐 다른 방법이! 신라의 부패한 현실을 타개하기 위해 개혁조치를 추진하던 당시를 거칠게 끄집어냈다. 반격이 열을 더하는 동안 처용은 난처한 표정이더니 종내는 엄숙해졌다. 먼저 그와 애랑이 서라벌 거리를 헤매며 애타게 기다리도록 내버려두고 한마디 말도 없이 떠났던 일을 사과했다. 그리고 이었다.

"서라벌을 등진 까닭은 바로 그 진실을 깨달았기 때문입니다. 소인 처용이 보좌했던 헌강왕의 개혁조치가 실패로 돌아가는 걸 보면서 깨달았던 겁니다."

입을 굳게 다물어 보이고 계속했다.

"남산의 춤판은 한동안 효과를 보는 듯했으나 오래 가지 못했습니다. 개혁조치에 반기를 들었던 귀족들이 다시 한번, 이 처용이에게 한 것처럼 이번엔 개혁을 지지하던 왕의 측근 모두에게 그짓을 감행할 줄 누가 알았겠소. 예상치 못한 대반격이었습지요. 선생께서 마저 밟아보지 못하고 쫓겨났던 처용가의 뒷무대는 부정(不貞)으로, 선생께서 미처 보지 못한 마지막 귀퉁이도 부정으로 얼룩지게 됩니다. 놈들이 머리를 짜내 금은보화와 젊은 사내로 개혁추진자들의 부인들을 음란한 짓에 빠져들게 하곤, 그리고는 재빨리 소문을 퍼뜨렸습지요. 젖먹이에서 노인네 귀에까지 부정이 전해지자 이 처용이의 화상과 노래는 위력을 발휘할 수 없게 되더라 이겁니다. 다시 재빠르게 귀족놈들은 서라벌 여자들이 타락한 원인을 왕이 상스럽게 귀신 들려 춤춘 때문이라고 덮어씌웠습지요. 그러니 우리가 짜낸 묘책은 물거품이 되었고, 따라서 왕은 개혁조치를 포기하지 않을 수 없었던 겁니다."

비분의 눈빛이 체념의 그것으로 바뀌고 처용이 이야기를 이었다.

"하, 그렇게 금은보화와 젊은 사내에게 넘어가는 꼴을 두 번씩이나 겪고 나니 동해로 돌아가고 싶다는 마음밖엔. 이젠 이해가 좀 가시는지요? 갓 결혼했던 선생과 부인이 이 처용이를 위해 발벗고 나서서 도와주었는데도 작별 인사조차 없이 떠났던 저간의 사정을. 음, 여기까지는 선생이 알고 있는 설화에 맞춰 해본 설명입니다. 더 자세한 것을 밝히 일러줄 때가 있을 테니 기다리시지요. 나도 기다려보겠습니다. 클클클."

해어진 신발을 끌며 여태도 서라벌 거리를 헤매는 애랑.

머릿속으로 획획 지나간다. 꿈에서인지 환상에서인지 모를 일일지라도 어쨌든 부부의 인연을 맺은 그녀가 어떻게 되었는지 몹시 궁금했다. 그러나 입을 뗄 힘이 없다.

전화벨이 울리고 있었다.

처용은 보이지 않는다. 재석은 한동안 자신이 넋을 놓고 있었음을 깨달았다. 수화기 저편에서 들려오는 것은 용우의 목소리. 단지 초입의 버스정류장에 도착한 모양이었다. 그가 오늘 오기로 된 사실을 까맣게 잊고 있었다.

"그래, 곧 나갈게. 자전거 타고."

그는 황급히 자전거에 올랐다.

이제 마을의 후계자직을 맡으라고 종용할 것이다. 용우는. 어쩜 자신도 마을로 돌아가 봉사의 삶을 살겠다고 선언할지도. 자전거를 몰아가던 재석은 베드로마을에 대해 자신이 처용과 비슷한 말을 하게 될지도 모른다는 사실에 잠깐 오한을 느꼈다.

제5가

　─둥! 이 북소리가 들리는가. 그렇다면 귀 있는 자들이여, 이 다섯 번째 노래도 들어라!

　─마침내 그의 영혼을 사들였어. 클클. 흥정이 시작된 지 근 일년 만에. 그러니까 오늘은 기념비적인 날이지비. 이게 벌써 몇 번째 영혼이냐고? 헤아릴 수 없을 지경이야. 아직도 전체 영혼에 비하면 턱없이 적지만 내 손에 넣지 못할 영혼이란 없음을 확인받아 몹시 기쁘군. 늙은 신의 혈관에 젊음을 수혈하고자 했던 영혼. 사랑이란 다리를 놓아 자아와 세계를 하나로 일치시키고자 했던 영혼. 그 야심만만하고 순도 높은 영혼을 사들인 오늘은 술 한잔하지 않을 수가 없지. 피로써 서명한 계약서는 근사한 안주거리가 될 테고.

허둥대며 사장실에서 나온 재석은 복잡한 복도를 헤매 간신히 편집장 앞에 섰다. 원고를 넘겨준 뒤 바뀌었던 출판사 경영주가 인사를 끝내자 실무를 위해 만나보라고 한 것이다.

편집장은 얼굴이 약간 얽었으나 사람 좋게 보이던 예전의 그 사람이었다. 그러나 그는 이제 편집장이 아니다. 편집 3부의 부장이 그의 직책이다. 그 동안 출판사는 몇 배가 커져 예전의 편집장은 한 부서의 장으로 바뀐 것이다. 둘은 악수를. 재석은 벽 쪽 가죽소파에 앉는다. 예전의 편집장이, 보던 책을 접어두고 출판사가 다른 곳으로 넘어가게 되었던 사정과 내부의 변동을 애기하며 옆자리로 온다. 차를 시키기 위해 전화를 걸다 갑작스레 생각이라도 난 듯 분위기가 많이 달라지지 않았느냐고 묻는다. 궁상맞게 보이던 문학 전문 출판사 시절과는 달리 번쩍이는 느낌을 주는 실내다. 이번에도 재석은 제대로 대꾸하지 못하고 어색한 웃음만 흘렸다.

원고를 넘겨주고 처음 온 길이다. 지난 한 달 동안 서울에서 지냈지만 들를 짬을 낼 수가 없었다. 11월 첫날에 원고를 가져왔으니 벌써 두 달이 다 돼간다. 그 동안 많은 글을 썼다. 그러나 소설과는 거리가 먼 것. 재석은 왠지 사무실과 조화를 이루지 못하는 부장의 눈 아래에서 주름을 발견한다. 피곤해 보이는 그와 20여 분 동안 책 펴낼 시기를 조정하고 책 말미에 붙을 해설과 장정에 대해 의견을 나누었다.

연초라 했던가. 일을 마치고 복도로 나오자 좀전까지 나눈 이야기마저 기억나지 않아 당황하는 그. 한해가 다 저물었으니 연말은 아닐 테고. 그런데도 연초로 정한 기억이 없다. 그가 들어갔을 때, 사장은 의자의 등받이를 한껏 뒤로 젖히고 두 다리는 잘 닦인 책상 위에 올려놓았고, 구두를 벗은 사장의 그 다리를 웬 여자가 정성스럽게 주무르고 있었다. 얼굴이 화끈해져서 황급히 돌아 나오려다가 여자와 눈빛이 마주치고는 제자리에 서고 말았다. 입은 절로 벌어졌고. 움찔하며 손놀림을 멈추던 여자, 애랑이었다. 그리고 그녀가 다리를 주물러주고 있던 남자는 남산에서 맞닥뜨렸던 무리의 우두머리. 채찍으로 그의 얼굴을 내리쳤고, 그녀에게는 시중을 들지 않겠느냐 물었던 바로 헌강왕 시절의 귀족이었다. 천년 전의 진골 귀족이 애랑을 비서로 둔 출판사 사장이 돼 나타날 줄이야.

자판기가 있는 휴게실이 보여 우선 그곳으로 들어갔다. 콜라 캔을 뽑는데 입구에서는 보이지 않던 구석에서 들려오는 소리가 있다.

"이번 사장님은 제대로 할 것 같던데."

"그렇겠지. 수익을 올릴 수 있게 운영하시겠지. 우리한테야 나쁠 것 없잖아."

"나쁠 게 없지. 돈 안 되는 책에 우선 투자하지 않을 테고. 그것만해도 우리한테야 좋은 일이지."

출판사 직원들인가. 낯이 선 20대들이다. 그는 캔 뚜껑도 따지 못한 채 밖으로 나왔다.

엘리베이터는 그냥 지나간다. 소리가 난 곳으로 재석은 고개를 돌렸다.

복도 저 끝에서 걸어오는 여자.

지는 태양이 그녀의 등 뒤 창으로 빛을 쏘아대고 있어 가까이 다가올 때까지 얼굴을 알아볼 수가 없었다. 하지만 그는 여자가 서라벌 거리에서 처용의 화상과 노래를 함께 유포시켰던 애랑임을 알고 있다. 그 목소리만으로도.

"애랑."

그녀는 다가와, 무슨 신음처럼 나지막하게 이름을 부르는 그의 팔을 잡고 이끈다. 두 사람이 마주 앉은 곳은 좀전의 휴게실, 낯선 얼굴의 출판사 직원 몇 사람이 모여 새 사장에게 기대를 걸던 그 휴게실. 그녀의 눈빛이 이상하게도 죄의식을 불러일으킨다. 그녀는 제법 긴 시간 울음을 터뜨릴 듯하던 눈으로 그를 바라보다가 입을 열었다.

"왜 이제서야 오셨어요?"

"어떻게 해서 이곳에?"

고개를 절레절레 내젓다가 말하는 애랑이다.

"오랫동안 기다렸어요. 그런데 이런 행색으로 나타나실 줄은 미처. 천년의 내 기다림, 내 희망 이렇게 산산조각을 내도."

"애랑, 무슨 말이오?"

"이제 난 당신 여자가 아니에요. 좀전 사장실에서 당신과 해후한 순간 결심을 해버렸어요. 그분과 결혼하기로. 비서였지만 이젠 부인이 되는 거죠. 오래 전부터 구애를 해왔어요. 당신 때문에 받아들이지 않았던 거예요. 하지만 당신 꼴을 보아버린 이상 헛된 희망은 버려야겠지요. 당신이 글을 팔아 연명하는 작가가 되어 있을 줄이야 어찌."

말끝에 전해지는 흐느낌. 그러나 그것도 잠시 그녀는 재빨리 눈물을 감춘다. 뭐라고 위로할 사이도 없이.

"욕하지 말아요."

그리고 돌아선다. 그가 후닥닥 자리를 박차고 일어났을 때, 그녀는 벌써 엘리베이터 앞에 당도해 있었다. 그는 닫히는 문을 가까스로 밀고 올라탔다. 다행히 안에는 다른 사람이 없다. 그는 황급히 애랑을 향해 뻗은 자신의 손이 허공에서 한참 동안이나 더듬거리고 있자 당황했고, 곧 두 사람 사이에 투명한 막이 가로놓였음을 깨닫는다. 엘리베이터는 이윽고 가동음을 내기 시작한다. 두 손으로 투명한 막을 긁어대고 있는 사이 애랑이 위로 솟구쳐 오른다. 주위를 둘러보니 두 사람이 탄 엘리베이터는 하나이면서도 둘로 나누어져 방향도 다르게 움직이고 있는 것이다. 그녀는 위로. 그는 아래로. 점점 멀어지는 그녀를 올려다보는데 어디로 들어왔는지 출판사 사장이 애랑을 끌어안으며 옷을 벗겼다. 한 꺼풀씩 벗겨지는 옷가지가 재석의 구두코에 떨어져 걸린다. 재석은 벽을 두드려대다 누군가가 힘차게 미는 바람에 기우뚱한다.

"여보쇼!"

나비 넥타이를 맨 청년이 삿대질을 해대고 있다. 뒤에는 파마 머리를 치렁치렁 늘어뜨린, 요부를 연상시키는 여자가 팔짱을 긴 채 비웃음을 잔뜩 실은 눈빛으로 쏘아보고 있다.

황급히 주위를 둘러본 재석은 마네킹들과 천장에 매달려 모빌처럼 흔들리고 있는 세일 안내판들을 보고서 백화점이리라 추측했다. 하지만 어떻게. 엘리베이터 안이 아닌 것만은 틀림없다. 좀 전까지 두드려댔던 유리벽 너머에는 기형적으로 허리가 가늘고 다리가 긴 여자가 한쪽 무릎을 살짝 굽히고 허리를 비튼 채 가슴을 치켜올리고 있다. 마네킹이다. 방금 알몸이 된. 그를 밀쳤던 나비 넥타이는 진열장 안에 들어가 새 옷을 입혀본다. 파마 머리가 고개를 내젓고는 다른 옷을 건네주었다. 그들은 입혔다 벗기기를 되풀이하였고, 재석은 한 발짝도 움직이지 못한 채 고스란히 지켜본다. 이윽고 파마 머리의 고개가 끄덕여진다. 돌아선 그녀의 얼굴에 가득 퍼지던 흡족한 웃음이 재석과 눈길이 마주치자 싸늘하게 식어버렸다. 그가 눈길을 돌리려는 사이 다가온 여자의 한쪽 눈초리는 일부러 그렇게 하려해도 안 될 정도로 치켜 올라가 있다.

"여기엔 당신이 입을 만한 옷 따윈 없어요."

맥없이 돌아서고 만다. 사창가에서 빈 주머니가 발각나 쫓겨나는 호색한의 기분이 이럴까. 화장실 세면대 앞에 서서 거울에 비친 얼굴을 오랫동안 들여다본다. 부장의 눈 아래 주름살은 아무것도 아니군. 확 늙어버린 기분이다. 지금도 주름살이 생겨나고 있는 불쾌한 느낌. 그는 얼굴을 덮어씌우고 있는 가죽을 벗겨내고 싶었다. 쏴 하고 쏟아지는 물소리를 들으며 얼굴을 세면대에 처박듯 하여 씻었다. 오랫동안. 마침내 고개를 치켜들어 뒷주머니에 넣어둔 손수건을 꺼내다가 와이셔츠 깃에 때가 묻은 걸 발견한다.

"본 백화점 19층에서는 서역풍물전 코너를 이 달 1일부터 개장하였습니다."

돈을 치르고 와이셔츠를 건네 받는다.

"사막과 오아시스와 낙타의 땅 서역의 정취를 마음껏 누릴 절호의 기회입니다. 많은 분들의 관람을 바라며, 누란의 미녀를 볼 수 있는 마지막 날임을 다시 한번 알려드립니다."

엘리베이터를 찾던 재석은 매장 가득 울려나가는 안내방송에 발길을 멈췄다. 누란의 미녀라. 머릿속에서 꼬마전구가 반짝 밝혀진다. 모래에 묻힌 나라 누란. 그리고 미라. 아마 그럴 것이다. 누란의 미라에 대해선 비록 시와 소설을 통해서이지만 조금 아는 바가. 천세불변이라는 글귀가 적힌 비단에 덮여있다 했던가. 그런데 직접 볼 기회가 온 것이다. 그것도 마지막 기회를 놓치지 않게 되었으니 오늘의 불운을 싹 씻어낼지도. 엘리베이터에 오른 그는 안내하는 아가씨에게 서역풍물전이 열리고 있다는 19층을 부탁한다.

모두들 그곳에서 내린다. 그는 우르르 몰려가는 사람들에게서 경쟁심 비슷한 게 느껴져 서둘렀다. 이미 많이 들어와 있다. 그리고 거의 모두가 한곳에.

둘러선 사람들을 비집고 자리를 차지한 재석의 눈에 먼저 띈 것은 처용이었다. 여기서 또 만나게 되다니. 뿌리치고 싶은 마음과 이끌리는 마음이 뒤엉키는 동안 처용은 둘러싼 사람들에게 뭐라 뭐라 말하고 있다. 무언가 중재를 하고 있는 모양이었으나 유리관의 한쪽 귀퉁이씩을 차지한 사내들을 제대로 진정시키지 못하고 있는 형국이었다. 목을 빼 이리저리 둘러보지만 유리관 안에 누웠을 누란의 미라를 볼 수가 없다. 사내들의 다툼. 다시 끼어드는 처용. 그 와중에 무릎 높이쯤 허공에 떠 있던 유리관이 기우뚱하며 누운 미라의 얼굴이 드러난다. 잠깐. 하지만 단박 알아보았다. 부드러운 비단에 파묻힌 미라가 누구인지를.

빽빽하게 막아서 있던 구경꾼들이 바닷물 갈라지듯 나아갈 길을 터 준다. 재석은 애랑을 외쳐 부르며 앞으로 뛰어나갔다. 하지만 한 사내의 험악한 표정에 주춤 멈춰서고 만다.

"당신도 이 여자를 샀소?"

"전부터 아는."

"대금을 치르지 않았으면 끼지 마쇼!"

떠밀린 그는 구경꾼들에 파묻히고 만다. 킥킥대는 소리가 귓가를 붉게 물들인다. 처용이 손을 휘저으며 구경꾼들에게 물러날 것을 요구한다. 재석은 구경꾼들에게 휩쓸려 자꾸 뒤로 밀려났다.

"자 내가 공정한 판결을 내려주겠소. 서로 자기 주장만 하다간 밤을 새우고 말 것입죠. 여기 네 분 다 돈을 치른 게 분명한 모양인데, 아마도 내 짐작에는 그 아라비아 상인놈이 사기를 친 듯하오. 여자 하나를 네 명의 사내에게 동시에 파는 뚜쟁이는 또 처음입니다만 판결을 내려보도록 하겠습니다. 먼저 네 분이 이 미녀를 샀을 때의 정황을 들어봅시다."

처용이 구경꾼을 둘러보며 제안하는 사이 누구의 지시였는지 구경꾼들은 앞에서부터 엉덩이를 바닥에 대고 앉기 시작했다. 재석은 앞줄의 어깨들이 배꼽 부근에 내려오는 순간 주춤 물러서며 앉는다. 뒤쪽이지만 사람 사이의 간격이 넓어져 처용과 누란의 미녀를 둘러싼 네 사내가 훤히 보인다.

말다툼을 벌이던 네 사내가 눈짓이며 손짓으로 서로 순서를 정한다 싶더니 그 가운데 하나가 이야기를 시작했는데, 엄청나게 치른 돈과 달아난 상인의 인장이 찍힌 계약서 그리고 키스를 하여 미라를 깨어나게 할 권리에 대한 주장까지를 무슨 변사처럼 재미나게, 어떻게 보면 제 처지를 잊어버린 듯이 재미나게 들려주는 것이었다. 구경꾼들도 변사의 입담 때문에 무성영화를 보는 사람들처럼 목소리의 빠르기와 억양에 따라 얼굴 표정을 바꿔가며 듣기에 열중했다. 미라의 매매에 오고간 액수가 밝혀진 대목에서는 구경꾼들 모두가 탄성을 내질렀다. 조금 높은 자리에 올라가 내내 고개를 끄덕이며 이야기를 재촉한 처용은 나머지 세 사람의 결국은 대동소이하다고 할 수밖에 없는 이야기도 끝까지 잘 마무리되

도록 그때마다 적절히 조치를 취했다. 그리고 장내를 쓱 둘러보고
는 입을 연다.

"예, 네 분의 이야기 잘 들었습니다. 투입된 돈이며 잠을 설친
여러 밤이며. 모두들 하나 같군요. 이 미녀를 차지하기 위해 기울
인 여러분의 노력에는 아무런 하자도 없습니다. 여러분의 불운은,
사실 불운도 아닙니다만 돈이 너무 많다는 것뿐이었습니다. 돈이
많으면 그 돈으로 당대의 최고 미녀를 차지하는 건 너무도 당연한
남자의 욕망이지요. 뭐라고 토를 달 수 없는 일. 그렇다고 하여 그
아라비아의 상인을 탓할 수도 없는 노릇. 황금이 만능인데 그가
돈을 벌기 위해 발휘한 기지를 어떻게 처벌할 수 있겠습니까. 오
랫동안의 관습으로 손가락질할 수는 있겠지만 형사입건할 수는
없다는 것입니다. 제지할 법이 없습죠. 제형법정주의의 원칙을 고
수하는 우리나라에서는 말입니다. 여기에 오늘의 문제가 배태하
게 된 것. 네 분 모두가 자신의 키스만이 누란의 미녀를 깨어나게
할 수 있다고 하나 제 소견은 이렇습니다. 네 분 누구나 키스를 하
면 이 미녀는 깨어날 겁니다. 아우라가, 키스에 있어서도 아우라
가 깨어진 지는 이미 오래입니다. 하여, 제 판결은, 제일 먼저 돌
을 던지는 자가 이 미녀를 차지하라는 것! 바로 그것이오!"

"무슨 엉터리 판결이야!"

네 사내는 한 목소리로 소리친다. 구경꾼들 사이에는 웃음이 번
져가고 있다. 처용은 잠시 난감한 표정을 짓는다.

"정말 어렵게 되는군요. 가장 현명하고 손쉬운 해결책을 거부하

시다니. 차선책이 있긴 합니다만. 한 가지 덧붙일 말은, 이 차선책 말고는 더 이상 해결책이 없다는 것. 하, 어쩜 이 방법을 여러분이 원하고 있었던 것 같기도 하군요. 유리관의 네 귀퉁이에 서신 걸로 봐선 말입니다. 에, 그러니까, 새로운 판결은 미녀의 사지 중 하나를 당겨 힘이 센 사람이 차지하라, 바로 이것이 되겠습니다요."

"엉터리!"

네 사내는 또 한 목소리로 소리친다. 구경꾼들 사이에서는 수그러들던 웃음이 다시 빠르게 번진다. 하지만 재석은 처용의 잔인한 판결에 몸이 오싹해져 있다. 꿈에서이든 환상에서이든 부부의 인연을 맺었던 애랑이 돌을 맞아 머리가 터지고. 사지가 찢기는 걸. 어떻게.

"이 판결마저도 거부하신다? 솔로몬 왕의 심판을 기대하지 마십시오. 이미 말씀드렸지만 이젠 방법이란 없습니다. 내 판결에 따르지 않는다면 결국 여러분은 평생을 이 자리에서 다투고 계셔야 할 것입니다. 누구 한 사람이 나머지 세 사람의 돈을 갚아주고 이 미녀를 차지하는 것으로 본 사건이 끝나리라고 생각하는 이는 삼척동자 중에도 없다는 것, 이것을, 이것을 명심들 하십시오. 누대에 걸쳐 아름다움을 그대로 유지했고 앞으로도 누대를 걸쳐 이 미색을 유지할 당대 최고의 미녀를 여러분이 돈 때문에, 돈 때문에 포기할 리가 없지 않습니까. 네 분이 웬만한 중소기업 대표 정도하고만 붙었더라도 이런 일은 일어나지 않았을 겁니다. 돈이 쉽게 해결했을 테니까. 재력에 있어서는 한쪽도 기울지 않으니 다른 방법은 없습니다. 돌을 던지시라! 팔다리를 잡아당기시라!"

얼굴이 붉으락푸르락하는 장안 사대 재벌의 자제들을 개의치 않고 처용이 자리에서 일어난다. 이제 구경꾼들 사이에 번졌던 웃음은 고즈넉이 가라앉고 말았다. 대부분의 구경꾼들은 판결에 어느 정도 수긍하는 기색이었다. 그러나 당사자들이 받아들이지 않으니 문제는 풀릴 리 없다. 재석은 처용이 슬그머니 사라지고 구경꾼이 반으로 줄어들었을 때까지도 자리를 지킨다. 갑작스레 처용의 판결대로 돌을 던지고 사지를 당긴다면 뛰쳐나가 싸울 요량으로.

그런 그도 결국 백화점에서 나오고 말았다.

막차 시각에 쫓긴 때문만은 아니다. 자기에게는 수영이 존재함을, 그리고 애랑은 꿈이나 환상 속의 여인일 뿐이라고 스스로를 납득시킨 것이다.

캐럴이 높이 울려 퍼지고. 눈이 오려나. 울적한 심사가 눈 풍경을 기다리게 만든다. 고층 빌딩들 이마에 내걸린 장식 불빛 사이로 하늘은 불그죽죽하다. 재석은 들뜬 거리의 사람들에 뒤섞인 채, 그러나 이방인이 되어 걷다가 누구에게 말이라도 걸듯 중얼거린다. 동방박사들의 축복 받으며 예수가 말구유에서 태어난 의미가 있었다고? 탄생의 의미라, 있다면 유대의 배반과 십자가형으

로 받은 영혼과 육신의 고통 정도겠지. 그 고통으로 지상에 천년
왕국을 실현하려는 어설픈 짓거리를 영원히 포기하게 된 것. 그런
데 아직도 그 어설픈 짓거리를 포기하지 못한 자들이 있으니. 어
머니와 아버지는 성탄일을 염두에 두고 탕아를 기다리듯 이번에
도 날 기다릴 테지. 의심의 눈초리를 감추고 있는 식구들과 함께.

　열 살 적에 겪은 난동은 마을의 목자인 재석의 아버지가 공동체
의 재산을 빼돌렸으리라 식구들이 오해한 까닭에 일어난 것이었
다. 총무직을 맡은 한 아저씨의 배반이었음이 밝혀져 겨우 진정되
었지만 식구들 사이는 오래도록 모래라도 낀 듯 서먹했다. 난동은
그 한 번으로 끝나지 않았다. 먼 훗날까지도 재석이 공동체를 혐
오하게 되도록 식구들은 숨겨놓았던 의심의 눈초리를 수시로 휘
둘러댔다.

　그는 어디에도 눈길을 주지 않은 채 한 생각 속으로 장마철 뿌
리 뽑힌 나무처럼 휩쓸려들고 있었다.

　먼발치에서 살기등등한 사람들을 엿보다 방으로 들어와 숨은
지 불과 얼마만이었을까. 재석은 그들 앞에 덜덜 떨며 서게 되었
다. 방에 들어오자마자 커튼 사이로 좀전까지 타고 놀던 자전거가
쇠파이프에 맞아 나동그라지고 꽃밭이 짓밟히는 걸 보았다. 마침
내 그들은 마루를 발칵 뒤엎었고, 그가 안에서 잠가놓았던 방문을
부수고 들어온 것이었다. 아버지와 어머니가 어디 갔느냐는 사람
들의 고함에 겁먹은 눈빛으로 고개만 내저었다. 말리는 사람이 있
긴 했으나 어린 재석은 누군가에게 떠밀려 넘어졌다. 한 울타리에

서 살아왔던 아저씨와 아주머니들이 갑작스레 왜 이러는지 이해
할 수가 없다. 머리통으로 몽둥이가 날아올 것만 같아 눈을 감았
으나 그들은 곧 방을 빠져나갔다. 그제야 그는 바지가 축축하게
젖었음을 깨달았고 경기라도 들린 것처럼 떨며 울먹였다. 더욱 커
진 욕설과 집기들이 부서지는 소리가 귓가로 밀려들었다. 그는 죽
은 듯이 그대로 바닥에 엎드려 있었다. 사람들의 난동은 계속되었
으나 언제부터인가 그 소리는 아스라하게 멀어지기 시작했다. 영
원히 깨어나지 말았으면 싶었다.

그 난동은 마을에서 처음 일어난 불미스런 일이 아니었다. 그러
나 기억에서는 최초의 것으로 자리를 잡고 있다. 일어날 수 있는
일이며, 그렇게 대단한 것도 아니었다고 그는 뒷날 따져 생각하기
도 했지만 끝내 공포심만은 깨끗이 지울 수가 없었다.

마을의 불미스런 일들. 그 가운데 하나, 그러나 거의 잊고 있던
일을 용우가 되살려주었다. 길평으로 온 용우가. 마을의 장래와
그들의 역할에 대하여 이야기하러 그를 찾아온 지난 가을의 용우
가. 재석의 기억에는 그렇게 강한 흔적을 남기지 못한 일이었지만
그에게는 그렇지가 않았다. 바로 제 아버지 일이었으니.

재석아, 우리 아버지가 베드로마을로 찾아왔던 날, 내가 처한
이상한 심리상태라고 할까, 하여튼 그때 일이며 등등이 세월의 흐
름에도 지워지지 않고 더욱 또렷이 떠오르곤 한다. 이상하지. 요
즘도 말이야.

그 무렵 이미 가브리엘 천사로부터 부름받아 하나님 말씀을 따

라 살아가고 있었지만 아버지가 마을의 목자 앞에 무릎을 꿇었을 때 용우는 선뜻 열리지 않는 마음의 문에 몹시도 당황하고 있었다고 했다.

그러는 동안에도 베드로마을의 목자는 회개한 죄인에게 성서를 봉독해 주고 있었다. 너희는 유혹의 욕심을 따라 썩어가는 구습을 쫓는 옛사람을 벗어버리고 오직 심령으로 새롭게 되어 하나님을 따라 의와 진리의 거룩함으로 지으심을 받은 새사람을 받으라. 그런즉 거짓을 버리고 각각 그 이웃으로 더불어 참된 것을 말하라. 이는 우리가 서로 지체가 됨이니라. 분을 내어도 죄를 짓지 말며 해가 지도록 분을 품지 말고 마귀로 틈을 타지 못하게 하라. 무릇 더러운 말은 너희 입밖에도 내지 말고 오직 덕을 세우는 데 소용되는 대로 선한 말을 하여 듣는 자들에게는 은혜를 끼치게 하라. 하나님의 성령을 근심하게 하지 말라. 그 안에서 너희가 구속의 날까지 인치심을 받았느리라. 너희는 모든 악독과 노함과 분냄과 떠드는 것과 훼방하는 것을 모든 악의와 함께 버리고 서로 인자하게 하며 불쌍히 여기며 서로 용서하기를 하나님이 그리스도 안에서 너희를 용서하심과 같이 하라. 이어 마을 어른들 모두가 나서서 찬송가를 부르며 제 아버지를 인도할 때에도 용우는 어금니를 앙다물고 서 있었다. 그때껏 크기는 했지만 막연하기만 하던 아버지에 대한 증오가 구체화되는 순간이었었던 것이다. 또렷한 형체를 갖춘 증오를 허물어뜨리고 아버지를 받아들이는 데에는 꽤나 오랜 시간이 걸렸다. 표면적인 관계의 회복에 이어 제법 한 식구다운 대화도 주고받고 했지만 마음 깊은 곳의 적의가 스러지기까지는 더 많은 시간이 걸릴 수밖에 없는 일.

그때 어쨌든 조금만 더 시간이 있었다면 난 아버지를 온전히 아버지로서 또 베드로마을의 주민으로서 받아들였을 거야. 하지만 그런 날은 오지 못했어. 대신 아버지의 회개가 거짓 회개의 대표적인 경우였음이 드러나는 날이 오고 말았지. 아버지의 회개는 애초부터 연극에 지나지 않았어. 마을 사람들이 5년씩이나 걸려 개간한 과수원의 첫 과실을 몽땅 빼돌리려 했던 내 아버지야.

반 년도 채 되지 못해 아버지가 베드로마을로 들어온 진짜 이유가 밝혀지고 무릎 꿇린 마을 어른들에게 표독스런 눈빛으로 흉기까지 휘둘렀을 때, 아들은 망연히 서서 유황불이 덮치기만을 기다렸다고 했다.

아, 재석아 그때 일 생각나? 피칠갑을 한 돼지가 날뛰던 일. 아, 이건 오늘 너한테 말하다보니 새삼 생각난 것인데, 쫓기던 아버지가 돼지 우리 문을 열어버리고, 그리고 한 놈의 목을 찔러버린 일 말이야. 아수라장이었지. 말 그대로 돼지 먹따는 소리가 울리고 흥분한 다른 돼지들까지 날뛰기 시작했지. 그 틈을 타서 아버지는 달아났잖아. 그 일 말이다. 그 일. 그날 이후 내 머릿속에서는 온전히 마귀로 변해 있던 아버지야. 아아, 죄의 아버지. 하지만.

하지만 용우는 최근 아버지를 용서하기로 했다고 담담한 낯빛으로 밝혔다. 그리고 덧붙이기를 베드로마을은 자기 아버지 같은 사람이 세상에 많기 때문에, 너무도 많기 때문에 존재하는 것이라고 했다. 또 그리고.

사랑만이 우리를 구원해.

그 말이 나오고 얼마 지나지 않아 재석은 입을 열었다. 그리고
곧 그는 처용이 제게 하던 말을 자신이 거의 그대로 되풀이하고
있음을 깨달을 수 있었다. 지난 가을, 마을의 장래와 젊은 그들의
역할에 대해 이야기하러 용우가 찾아왔을 때의 일이었다.

더 생각 말자. 그곳에 대해선.

길을 걸으며 근 한 달만에 길평으로 돌아간다는 사실과 모레는
수영과 여행을 간다는 사실을 상기하려 애썼고, 그것이 효과를 거
둬 꽤 기분이 좋아졌다. 지난 한 달 동안 서울에서 지냈던 것은 처
용이 소개해준 일자리 때문이다. 한 달은 바쁘게 지나갔다. 그가
맡은 업무는 한 대그룹 회장의 연설문을 작성해 주는 일이었다.
사람을 끌어 모아놓고 훈시하는 데 재미를 들인 회장 때문에 몹시
힘든 한 달이었다. 하지만 내일부터 일주일의 휴가를 받았고 앞으
로도 높은 보수를 보장받을 수 있게 되었다. 회장의 구미에 맞게
썼던 연설문들. 처음에는 자신에 대한 혐오로 종이를 수없이 구겨
버리기도 했으나 차차 형식을 발견했고 그것을 철저하게 따르게
되면서 오히려 편해졌다. 한 달간의 임시직 동안 그는 능력을 인
정받아 정식 직원이 되었다. 그리고, 서울에 있게 되면서 자주 수
영을 만날 수 있었다. 덕분에 지난 여름부터 진전되던 둘의 관계

는 더욱 속도가 났다. 이번 여행은 그녀의 제의였다.

"여기 계셨군요."

처용이 다가온 것은 그가 여행지에서의 여러 일을 상상하고 있을 때다. 음모를 꾸미는 듯한 처용의 목소리는 울려 퍼지는 캐럴에 뒤섞인다.

"첫 월급은 타셨나요? 하하. 한잔 사라는 소리가 아니니 걱정 마시고. 그 동안 참 많이도 진보하셨습니다."

"뭐가요?"

퉁명스러운 대꾸였다.

"사랑의 허구성을 꽤나 깊이 깨우치셨더라 뭐 이런 얘깁니다."

"난 그런 적 없소."

고개까지 내저었다.

"누구나 그렇지요. 모르는 사이, 그렇습니다. 모르는 사이 변화가 일어나는 것이죠."

"도대체 뭐가 말이오?"

어느새 말투에는 궁금함이 어려 있었다.

"예수에 대한 선생의 생각이 오늘만큼 진실에 접근한 적은 없었습니다. 베드로마을의 부모님들이나 그곳 식구들과는 다르게 예수를 보아왔던 터이지만 그래도 그를 사랑의 사도로 보아오지 않았소? 출판사에 넘긴 소설에서도 말이오. 그런데 오늘은 한껏 예수의 삶을 조롱하지 않았소?"

등골이 오싹해지며 신음이 절로 나온다. 재석이 불안해진 눈길을 다른 곳으로 돌리지 못하는 사이 말은 이어졌다.

"그 소설 얘기가 나왔으니 하는 것입니다만, 거기에 주장한 바도 철회할 때가 그리 멀지는 않았다고 제게는 생각되는군요. 아아, 그렇게 불이 튀는 시선으로 노려보지는 마시고. 절대 물릴 수 없다고 다짐하고 계신 듯한데, 그게 말입니다, 흐흐, 그렇습니다. 결국 조금 더 시간이 흐르면 모든 게 드러날 테니까, 네네, 그렇습니다. 오늘은 길게 얘기하지 않도록 하죠. 다만, 제가 생각하는 예수란 선생의 꿈에도 언젠가 나타났던 바로 그 예수올시다. 그것만은 얘기를 해 두기로 하고."

그러고서 히물거리던 그가 물줄기를 획 돌려놓았다.

"애랑이를 차지하지 못한 건 돈 때문입니다!"

재석은 그의 두 눈에 붙들린 채 얘기를 듣는다.

"회장의 연설문을 쓰기 시작하면서 수입이 일취월장하였다지만 장안 사대 재벌 자식놈들을 따라갈 순 없는 노릇이었습죠. 혹 선생의 길평 집 부근에 있는 돈공장을 마음대로 드나들 수 있는 마술 같은 것을 부릴 수 있었다면 또 모를까. 아, 그리고 선생에게는 다른 여자가 있잖습니까. 이번엔 잘 해결하시리라 여겨지는군요. 그 여자를 차지하는 데에는 선생의 수입 정도면 충분합지요. 이제 선생의 혼은 거의 제 손에 넘어왔습니다. 조만간 다시 만나게 될 겁니다. 그때는 두말 않고 혼을 파시는 겁니다. 계약서를 준비해 둬도 좋겠습죠?"

재석은 재빨리 고개를 돌린다. 뭔가 말하려고 입을 떼려는데 처용은 씩 웃어 보이고는 행인들 사이로 섞여들었다. 사실 그에겐 뭐라고 응수할 만한 말도 준비되지 않았다. 난데없던 애랑과의 해후로 머리가 복잡하다.

천년 전 신라에서 그와 부부의 인연을 맺은 애랑은 부패한 귀족들에 맞선 처용의 개혁을 누구보다 열정적으로 돕지 않았는가. 그런데 그녀가. 이번에는 천년 전의 진골 귀족, 출판사 사장이 된 귀족을, 그 자의 돈을 택했다. 그렇다면 그녀도 처용이 의도하는 대로 그를 데려가기 위해 그때그때마다 동원되는 허깨비 같은 것일 따름이었는가.

한시바삐 드러눕고 싶은 마음만이 굴뚝처럼 치솟아 있다.

다음날 전화벨 소리가 잠을 깨웠다. 수영의 전화. 그녀는 채 마무리짓지 못한 여행 계획을 소상히 알려주었다. 응. 알았어. 잠꼬대 같았을 대답.

다시 깬 것은 한낮이었다.

바람이 세차게 불고 있다. 하늘은 먼지로 뿌옇고. 이제 마지막이다. 첫 소설을 발표한 뒤 시작된 이곳 생활. 그 동안 작품집을 묶어냈고 드디어 장편도 완성했다. 일대를 제대로 눈에 담아두자. 그는 파카를 입고 먼저 단지의 상가 쪽으로 나갔다. 그리고 그곳에서 모텔 쪽으로 바람을 헤치며 천천히 걸었다.

모텔과 보트장 부근의 미루나무 숲은 잎들이 다 떨어져 음울한 겨울 하늘이 훤히 드러나 있다. 그는 수영과 보트를 타던 즐거운 순간을 잠깐 떠올렸다. 그리고 몸의 즐거움과 여전히 거리가 먼 생활의 연속이었음을 아프게 자각했다. 그곳에서 냇물을 바로 오른쪽으로 끼고 조금 거슬러오르자 물에 반쯤 가라앉은 채 얼어붙은 보트 한 대가 눈에 띄었다. 냇물 기슭의 갈대는 발 아래에서 와삭와삭 소리를 내고. 발 밑의 그 소리를 들으며 그는 지난 한 해 동안 자신에게 일어난 일과 자신이 쓴 글을 되돌아본다. 예수와 그의 시대를 다룬 소설에서 그는, 교리라는 딱딱한 틀을 벗어나 신을 이야기하고, 모든 사람이 신의 자식이라는 것이 예수의 가르침임을 분명히 했다. 그런데 그는, 새로운 신을 찾아내어 표현해냈다고 생각했던 그는 더 이상 신성을 느낄 수가 없게 되어 있었다. 문득 별을 발견할 때, 혹은 눈을 감고 침묵하는 어느 순간 느낄 수 있었다고 한 바로 그 신성. 언제부턴가. 도대체 언제부터인가. 결국 또 하나의 교리를 만들어낸 것이 아닐까. 종잇장에나 간신히 존재할. 그런 자문을 곰곰히 되씹는 동안 이맛살은 자꾸 좁혀졌다. 갈대를 밟아가던 그는 문득 고개를 들었을 때, 냇물의 이쪽에서 저쪽으로 건너가는 새떼를 보았다. 까마귀들이었다. 팔뚝을 걷어붙인 바람에 놈들은 힘겹게 힘겹게 날고 있다. 바로 날아가지 못하고 마치 파도를 타듯 솟구쳐올랐다가 툭 떨어지는 식으로 조금씩 나아가고 있는데 저러다 물로 내동댕이쳐지겠다 싶을 정도다. 그가 그곳을 통과할 때까지 까마귀떼는 줄을 이어 날아갔다. 까마귀떼도 한참 뒤가 되었을 때 그는 걸음을 늦추었다. 토막

나고 불에 그을린 짐승의 잔해다. 바람이 부는데도 이상하게 털을 그을릴 때의 역한 냄새가 주위에 여전히 짙게 남아 있다. 여름의 한복판에서 보았던 그 비루먹은 떠돌이 개인가. 땡볕 아래 혀를 빼문 채 어슬렁거리던 모습이며 날아온 돌이 쓰레기통을 텅, 울리자 총에라도 맞은 듯 풀쩍 뛰곤 황급히 내달리던 모습이며가 눈에 선하다. 매번 돌을 피하지는 못했을 것이다. 바람결에 금방이라도 깨갱거리는 소리가 실려올 듯한데. 놈은 용케 이 겨울까지 돼지치기 사내의 추적을 따돌리다가, 그러나 끝끝내 이 전원주택 단지 일대를 벗어나지는 못한 채 요 얼마 전 잡힌 모양이다. 집요한 추적자의 호된 돌팔매질에 먼저 머리통이 깨어지고서일지도 모른다. 마침내.

저녁에는 미리를 읍내로 데려가 저녁을 샀다.

점박이를 돌봐준 고마움에 답한다며. 그리고 직장 때문에 서울로 아예 이사하게 되었다고 알려주었다.

그 동안 참 변화가 많았군요.

화가는 그렇게 말했다. 그리고는 제게도 변화가 있노라고 했다. 무슨 변환가 싶었더니! 그녀는 그림을 포기하게 되었노라고 했다. 포기의 배경에 대해서 이것저것 이야기하는데 듣지 않아도 다 알 것만 같았다. 밤늦게까지 술을 마시는 동안 그는 그림 그리는 친구들과 글쓰는 친구들이 어울리던 시절을 몇 번이나 머리에 떠올렸다. 그리고 그 시절은 이제 다 지나갔구나 하고 마음속으로 중얼거렸다.

“우리 술 한잔해요.”

그림을 포기한 화가가 그렇게 말한 것은 저녁을 먹은 다음 버스를 타러 나와서였다. 그냥 헤어지기 아쉬워서였을까. 그것만은 아니었다. 맥주를 두어 잔 마신 뒤 그녀가 말했다.

“그 사람에 대해 한번도 물어본 적 없죠?”

“누구?”

“준기 씨.”

“아!”

그녀는 안개 자욱한 날 그녀의 집에서 차를 몰고나간 남자에 대해 이야기하자는 것이다.

“예전에 우리가 드나들던 카페 비욘드의 주인이라는 건 알죠?”

재석은 고개를 끄덕였다.

“유부남이라는 것도? 여우 같은 마누라에 토끼 같은 자식을 둔 유부남이라는 것도 알죠?”

그는 가만 있었다.

작년 3월 비욘드에서 그녀의 개인전 오픈식이 있었던 날이었다. 비욘드에서 몇 잔 들이켠 술로는 양이 찰 리 없는 떼거리들과 어울려 두어 차례 술집을 돌다가 찾아간 곳은 푹신하고 편하던 소파가 인상적인 지하의 맥주집이었다. 늙다리들이 청했는지 그곳의 아가씨도 하나 끼어들어 맥주를 따랐고, 좌중의 애기는 천방지

축이긴 했지만 제법 흥에 겨웠다. 화장실 가는 사람으로 하여 자리이동이 있어 어쩌다 하준기가 그녀 옆에 앉게 되었다. 물론 그때 그녀는 그런 사실을 조금도 의식하지 못하고 있었다. 깨닫기는 아마도 그때부터 족히 반 시간은 흐르고서일 것이다.

하준기의 두툼하고 묵직한 팔이 그녀의 어깨와 허리를 차례로 휘감으면서였다. 앤 내 사랑하는 후배죠 하는 그의 목소리와 맞은 편 늙다리들의 웃음소리가 와락 그녀의 귀로 쏟아졌고, 그녀는 화끈 얼굴이 달아오름을 느꼈다. 이런 개자식. 그 당장 입속으로 저주를 퍼부었던 그녀는 응징의 기회를 노렸고 곧 기회를 포착했다.

화장실을 다녀오던 하준기 앞으로 불쑥 다가간 그녀는 멀뚱한 눈빛으로 쳐다보다 웃음을 막 지어 보이는 그에게 쏘아붙였다.

하준기 씨, 정신차려요!

응, 그래.

비칠거리며 그녀를 안기라도 할 듯 다가오던 그에게 조금 질리긴 했지만 그녀는 용기를 짜내 힘껏 걷어찼다. 구두코가 정강이에 정확히 들어맞았는지 그는 짧막한 비명과 함께 순간적으로 주저앉았다. 그런데 이어서 나온 것은 너털웃음이었다. 그리고 하는 말.

넌 역시 내 사랑하는 후배 자격이 있어. 오랜만에 만난 멋진 놈야.

하준기는 입술을 묘하게 비튼 채 그녀를 쳐다보았다. 그녀가 노려보고 있는 동안 그의 오른쪽 팔이 그녀의 어깨를 움켜쥐었다.

한턱내도록 하지. 내가 사랑하는 후배를 위해서 한턱내도록 하겠어. 어, 오늘은 술이 많이 됐고 하니까, 보자, 이번 전시회 언제 끝나? 그렇지. 일주일 동안이지. 그래 그러니까.

자못 심각한 낯빛으로 그는 리버사이드 호텔을 들먹이고 있었다. 그녀는 허탈하게 웃고는 그의 팔을 홱 뿌리치고 술자리로 돌아갔다.

하준기의 제안이 술에 취해 나온 헛소리가 아님은 개인전이 끝나기 하루 전날 밝혀졌다. 술자리 이후 그런 일이 있기라도 했느냐는 듯이, 그러나 정말 잘 아는 후배이기라도 한 듯 대하던 준기가 남들 앞에서 지나치는 말인 양 또다시 한턱내겠다고 했던 것이다. 그가 리버사이드 호텔의 객실 호수와 시각을 알려준 것은 얼마 뒤로, 그녀 혼자만 남았을 때였다.

처음엔 별로 대수롭지 않게 넘겼던 그녀였지만 그날 밤이 되자 심각하게 따져보고 있었다. 그리하여 이튿날 아침 그녀는 결론을 내려놓고 있었는데, 그것은 그의 제의를 복수의 기회로 삼자는 것이었다.

"그날 내가 호텔로 간 건 순전히 복수심 때문이었어요. 내게 말이야 그렇게 했고 실제로 떡 가서 버티고 있긴 했지만 그는 내가 정말 나타나리라고 생각하진 않았어요. 그랬으니 그렇게나 놀란 표정을 지었던 게죠."

호텔 객실에서 둘만이 마주서게 되자 그녀는 조금 주춤하긴 했다. 그녀는 그가 다른 몇몇 알 만한 사람들과 함께 있으리라는 기대를 어느 정도 하고 있었던 것이다. 하지만 현실이 그렇지 않다고 하여 애초의 의지가 꺾인 것은 결코 아니었다. 그때부터 불과 5분도 채 지나지 않아 자신의 무모함을 깨닫게 될 터였지만 하준기를 노려보던 그녀의 눈매는 사뭇 날카로웠다.

그래, 한턱 내신다더니 아무런 준비도 안 됐네. 어디 특실 홀에서 준비라도 하고 있나 어쩌나.

그녀의 빈정거림에, 또 예상치 못한 당당함에 어물쩍거리던 하준기가 결단을 내리는 데는 그리 오랜 시간이 필요하지 않았다.

후끈 달아오른 가슴의 기운을 한숨과 함께 몰아내던 그녀가 잠깐 한눈을 판 사이 그의 완강한 팔이 그녀를 침대에 넘어뜨렸다. 아주 짧은 순간 그가 내린 결단은 바로 그것이었다.

"그날 일은 수치심이나 치욕감 이전에 너무 어이없게 당했다는 생각만을 잔뜩 들게 했어요. 바보스러웠던 내가 미워 나는 풍차를 향해 로시난테를 몰아가던 돈키호테가 되어 하준기에게 달려들었어요. 그러나 이미 그때는 눈이 멀어 있었는지라 내가 취한 방법은 하나같이 예전만큼이나 무모한 것들이었어요. 그러면서 나는 애초의 목적도 잊어버린 채 그와 만나고 있더군요. 그 동안 하준기는 몇 차례나 내 폭언과 행패를 고스란히 받아주며 용서를 빌었고 그러면서도 사랑하는 후배 어쩌구 하며 꼭 끌어안곤 했어요. 복수로 달려들었던 그에게서 나는 어느새 내 분신을 지켜보게 되었고, 또 애증을 키워왔죠. 그림 하던 사람이잖아요. 중도에 포기하고 그 카페 시작하면서 돈번."

복수에서 애증으로 진행된 둘의 관계에서 치정의 냄새가 물씬 나기 시작하기는 그리 오래되지 않았다. 아마도 그 첫 냄새는 하준기가 지난 가을 이곳에 와서는 마누라 낌새가 이상해라고 하던 바로 그때 피어올랐을 것이다. 그녀는 언젠가 수영에게 자신이 부모가 없는 것이나 마찬가지라고 한 까닭을 이렇게 털어놓았다.

"우리 엄마 아빠가 그 비슷하게 만났거든요. 엄마는 좋은 말로 해서 아빠의 내연의 처죠. 그런 이상한 사이의 두 사람을 내가 부모라고 내세울 수는 없는 일이었어요."

얼마 동안 가만 앉아 있던 그녀가 다시 입을 열었다.

"결별할 작정입니다. 치정 쪽으로 가고 싶진 않으니까. 실패한 복수에서 배운 것도 많고."

미리가 눈을 찡긋 하며 잔을 내밀었다.

여행을 떠나기로 약속한 날이 왔다.

읍내에서 밤늦게까지 미리와 시간을 보냈던 재석은 알람이 한참이나 울리고서야 깨어난다. 자리에서 몸을 일으키는 순간, 지난 밤 술집에서 추운 밤거리로 나왔을 때 가슴이 콱 조이던 것과 흡사한 통증이 일었다. 그는 침대에 기대어 몇 차례 숨을 고르지 않을 수 없었다.

창밖이 예사롭지 않게 환하다. 열어보니 예감대로 세상은 눈으로 덮여 있다. 탱자나무는 눈꽃을 피운 채 집을 둘러싸고 있고, 근

처 숲에서는 가끔씩 정적을 깨뜨리며 적설이 풀썩 떨어진다. 오래
도록 창턱에서 밖을 내다봤다. 왠지 마음이 밝아오지 않는다. 기
다리던 눈도 왔는데. 다시 드러누워 뒹굴며 기분이 밝아지길 기다
리지만 헛수고다. 방향 모를 증오가 자글자글 끓어대는 것이다.
하필 여행을 가기로 한 오늘 이러나 싶지만 어쩔 도리가 없다.

　얼마 뒤 울리는 전화벨. 받아든 수화기에서 상대는 재석을 찾는
다. 수영이 아니다. 그럼 누구.

　"아, 부장님!"

　뒤늦게 목소리의 주인공을 안 것이다. 한동안 주춤거리던 편집
3부의 부장이 말한다.

　"뭐라고 말씀을 드려야 할지 모르겠군요. 참으로 곤란한 일이
생겼습니다. 한 선생님 소설 『태양의 기적』 말입니다. 이것 참. 인
쇄소로 넘기기 직전에 사장님이 그걸 보시고는 보류하라고. 그렇
게 되었습니다. 요즘 독자들의 흥미를 유지할 수 있겠느냐는 게
그 이유인 것 같더군요. 무게가 있고 또 의미도 있습니다만. 어,
그리고 계약을 파기한 건 우리 출판사 쪽이니 위약금 셈으로 예정
한 초판의 인세는 지불될 겁니다. 계약금으로 절반은 지급되었고
그 나머지 말입니다. 특별히 사장님이 그렇게 말씀하셨습니다."

　숨을 죽이고 듣고 있던 그는 부장과의 통화를 어떻게 끝냈는지
기억도 못한 채 전화기에서 물러났다. 순간 거대한 돌탑 같은 것
이 와그르르 무너지는 소리가 들리는 듯했다. 그런데 한편으로는
우물 바닥 같은 곳에서 한낱 책 몇 권의 알음알이를 잃었을 뿐이

라는 목소리가 울려오고 있다.

"마침내 기다리고 기다리던 오늘이!"

처용이다. 문단속을 하고서 재석이 마당으로 나오니 그가 기다렸다는 듯 반긴 것이다. 볼에는 웃음보라도 붙은 듯하다. 점박이가 맹렬히 짖어댄다. 발 아래서는 오도독 눈 밟히는 소리와 함께 분명한 실감이 전해져온다.

"선생은 오늘 나에게 혼을 완전히 파셨소이다. 예상했던 일이지만 정말 기쁨이 대단하군요. 대단합니다. 하하, 그런데 이 계약을 완성시키기 위해서는 피가 필요합지요. 살아 있는 놈의 피 말입죠. 혼을 사고 파는 큰 거래에는 예전부터 피가 필요했습죠."

"당신은 메피스토펠레스의 흉내를 내는군요."

"메피스토펠레스? 하, 그 괴테의 『파우스트』에 나오는. 그 친구도 나처럼 혼을 빼앗으려고 애썼습니다. 허나 그 친군 목적을 달성하지 못하고 결국 파우스트가 삶의 의미를 사랑에서 찾도록 내버려두었습지요. 하지만 그건 중세와 고대를 배경으로 한 극. 선생은 누구보다 시대의 변화를 잘 알고 있잖습니까. 인생은 짧고 예술은 길다는 구절이 거기에 있었지요? 한번 흉내내볼까요. 인생은 5막짜리 연극이고 사랑은 막간극이라. 클클. 고전은 역시 써먹을 데가 많다니까. 아, 여기서 밝혀둬야 할 게 있군요. 선생이 오늘 들러야 할 곳은 마르가레테란 상호가 붙은 곳입니다. 마르가레테. 저 모텔 발렌타인에 소생이 그것 대신 붙여보려고 한. 스탠드바 마르테를 기억하시겠죠? 그럼 자, 파우스트가 메피스토펠레스와의 계약을 한 방울의 피로써 서명한 바 있는데 우리도 그렇게 합시다. 믿을 수 없는 종잇장 대신 소생은 오늘 이 흰 대지를 특별히 준비했습지요. 선생이 설경(雪景)도 기다리고 해서.”

“하나 물어봅시다. 도대체 당신은 누구요?”

“이제는, 소생은 처용이요 하는 식의 대답으론 만족치 못할 테니 구체적으로 자기 소개를 해 올려야겠군요. 다짜고짜 대답하자면, 나는 이 세계의 마지막 예언자쯤 될까요. 그렇게 불러도 좋겠군요. 모세의 율법과 예수의 복음과 모하메드의 계시에 이어지는 처용의 노래, 나 처용의 노래라. 처용은 이렇게 말했다. 처용은 이렇게 노래했다. 하하.

천년 전의 소생 처용이에 대해 학자들은 말도 많았습지요. 화랑이라느니 무당이라느니. 하지만 모두들 틀려먹었습니다요. 국제적인 시각들이 극히, 극히 부족들 하더군요. 당시의 국제상황이 어떠했느냐 하면 말이지요, 동서문물 교류가 아주 활발하던 때더라 이겁니다. 당시의 아랍 문서에 신라라는 나라가 올라 있는 것만 보아도 짐작할 만한 일이지요. 나 처용은 아랍인의 후손이오. 아랍에서 왔다 이 말이오. 곧장 온 건 아니지만. 당나라에 모슬렘 사회가 형성되어 있었다는 걸 믿을 수 있겠소? 믿어야 하오. 역사적 사실이니. 아랍의 무역상인들을 통해 대거 진출해 있었던 거요. 당에 와 있던 아랍인이 어찌하여 신라로 옮겨오게 되었느냐

하면, 그걸 알려면 황소의 난이 있었다는 걸 떠올리시면 될 겁니다. 그 난을 피해 모슬렘 등등은 국외탈출을 시도했는데 소생은 바로 거기에 속해 있었습지요. 그리해 모세의 율법이며 예수의 복음이며 모하메드의 계시며를 물인양 바람인양 마시며 자라난 아랍인의 후예가 마침내 이 땅으로 건너왔던 것.

하나 덧붙이자면 소생은 단순한 아랍인의 후예는 아니오. 오히려 소생의 정신 속에 흐른 피는 유럽과 아시아와 아프리카를 연결하는 내 본국 일대의 융합정신 같은 것이었소. 오래 전부터 집안에 내려오던 비기(秘記)에는 동방으로 가업을 옮기게 되면 세상을 하나로 뭉칠 대융합의 사상을 얻게 될 것이란 말까지 있었다오. 그 말이 소생을 가리키고 있다는 건 사실 오랫동안 몰랐습지요. 헌강왕을 따라 서라벌로 입성한 소생은 무역재능을 살려 오늘날의 경제특보쯤의 일을 하게 되었습지요. 뒷날에는 신내림 잘 받는 피를 살려 하늘의 뜻을 땅에 전하는 역할을 맡고 나서기도 했지만."

클 하고 목청을 다듬던 처용이 곡두처럼 멍하니 있는 그에게 씽긋 눈웃음을 짓고는 이렇게 묻는다.

"네스토리우스를 아시는지요?"

"초기 기독교의 신학자 말씀이신가요?"

혼자만의 오랜 생각에서 문득 깨어난 얼굴로 재석은 그를 바라본다.

"하하, 선생이 그를 모르실 리 없지요. 네스토리우스는 428년에

동로마 황제 테오도시우스 2세로부터 콘스탄티노플의 감독으로
임명된, 안디옥 학파의 대표주자였죠. 그가 속한 안디옥 학파는
인간 예수에게 신이 임재해 신의 아들인 그리스도가 되었다고 주
장했지요."

"안디옥 학파가 그런 믿음을 가지고 있었던가요?"

"아, 선생이 읽은 책들이야 험담만 잔뜩 해놓았겠지. 그들은 결
국 패배자였으니까. 이단으로 정죄된. 에베소 공의회에서 네스토
리우스가 감독직에서 파문 당할 때 그를 지지하던 사람들이 교통
문제로 뒤늦게 도착하게 되었다는, 역사의 우연 따위에 대한 세세
한 언급은 생략합시다. 여하튼 그렇게 되어 네스토리우스의 주장
은 이단으로 정죄 당하고 말았지요. 당시 알렉산드리아 학파와의
대결에서 패배한 네스토리우스는 이집트로 추방되어 451년 사망
합니다. 그러나 그의 믿음까지 세상에서 사라진 것은 아니었지요.
비록 네스토리우스파는 로마에서 패배했지만 그에 굴하지 않고
동방으로 옮겨가지요. 지금의 이 동방이란 사산 왕조의 페르시아
를 말합니다. 뒷날 페르시아를 차지한 아라비아에서도 네스토리
우스파는 독자적인 교회를 운영하였습니다. 이들 네스토리우스파
가 인도로, 또 비단길을 통해 중국으로 선교사를 파송하기 시작하
는 것은 7세기에 이르러서입니다. 우리 집안이 머나먼 중국으로
이주한 것은 소생의 부친 때 바로 그 네스토리우스파 선교사들과
한 무리가 되어서입니다. 소생이 태어난 곳은 중국 당나라이지요.
네스토리우스파의 신앙은 중국에서 경교(景敎)로 이름이 지어져

당 황실의 후원을 받으며 한때 융성합니다. 불교와 융합하기도 하며 융성하던 이 경교가 최대의 수난을 당하는 것은 875년 황소의 난 때입니다. 반란군들은 경교를 비롯한 여러 외래종교들의 신도를 학살하였지요. 경교의 신도들은 혹은 몽고로 혹은 만주로 피신의 길에 올라야 했습니다. 그때 소생 처용이의 집안은 바다를 건너기로 하였던 겁니다."

재석은 가만 고개를 끄덕였다. 저도 따라 한동안 고개를 끄덕이던 처용이 목청을 가다듬고서 묻는다.

"불국사에서 십자가가 발굴된 사실은 아십니까?"

"네?"

"아, 그것까지는 선생도 잘 모르시는군요. 남선(南鮮)과 북선(北鮮)이 동족상잔의 피비린내 나는 전쟁을 벌인 몇 년 후, 그러니까 지금으로부터 어언 30여 년 전인 1950년대 어느 해인가에 토함산의 불국사에서 신라의 유물이 여럿 발굴됩니다. 그런데 발굴된 유물 가운데 십자가가 있었던 겁니다. 십자가가 말입니다. 성모상과 함께 말이오. 모두들 놀랐지요. 신라시대의 유물에 웬 십자가냐! 성모상이냐! 놀랄 일들이었습죠. 그것은 바로 이 소생 처용이 일행이 당에서 신라로 가져온 것이었지요. 그러니까, 바로 소생이 급히 서찰과 함께 보낸 자가, 불국사 주지에게 가져다주라고 한 것. 바로 소생의 서라벌 집 마루장을 걷어내고 들어올린 그 궤 안에 들어 있었던 것. 선생이 몸소 등에 짊어지고 가져간 궤 바로 거기에 들어 있었던 것.

　자, 이젠 아시겠지요. 서라벌에서 선생이 이 못난 처용이 놈한테 이끌렸던 것도 우연히 그렇게 된 것이 아니었던 게지요. 그때 선생은 뚜렷이 감지하진 못했겠지만 동도(同道)로서의 정 같은 걸 느꼈을 겁니다. 왜냐, 그건 그때 이 처용이가 한 일이 선생께서 이즈음 하는 일과 똑같은 성격이었잖겠습니까. 선생께서 해온 일이 뭔지를 모르시진 않겠지요? 아, 글쓰는 일을 말하는 게 아니고, 그것 배후에 자리잡은 일 말이오. 이 처용이가 관심을 두고 있었던 일은 한 나라의 정치나 경제의 개혁에 한정되는 게 아니었다는 건 아시리라 믿습니다.

　계시의 혈통에서 태어났으나 도의 깨침을 성인의 근본으로 삼는 동방에서 살게 되었던 이 처용이. 계시와 도의 융합 같은 걸 모색하고 있었잖았겠소. 불교와 융합하기도 하며 당에서 융성했던 경교가 이미 시도한 일이기도 했습니다. 계시와 도의 융합! 그릇 큰 자들에게는 타력성(他力性)의 계시나 자력성(自力性)의 깨침이 한 현상의 다른 두 표현임을 모르지 않으나 소인배들에게는 영영 다른 것으로만 비치던 게 몹시 마음에 걸려, 또 그게 훗날 동방과 서방이 본격적인 교류를 시작할 때 의외로 큰 문제가 될 수도 있겠다는 판단에 소생 이 처용이는 계시와 도의 융합을 꾀했던 것 아니오. 당시 혼란스럽던 신라 사회를 통합할 새로운 사상으로 제시하기 위한 것이기도 하였소. 인류사적 대망이었습지요. 그건 선생이 몰두한 일이기도 합지요.

　허나, 이젠 모두가 옛일이오! 이 처용이에게나 선생에게나! 귀족놈들의 덫을 피해 서라벌에서 몸을 빼낸 소생은 못나게도 다시 한번 권토중래(捲土重來)를 꿈꾸었답니다. 허나 백성들의 인내란 그리 길지 못한 것. 그들은 수습에 들어간 귀족들의 몇 차례 대규모 위안잔치에 홀라당 빠져버렸던 겁니다. 원대한 세계보다 한 그릇 밥이 더 절실한 자들 아니겠소. 둥기둥 울려 퍼지는 노랫가락에 백성들이 악을 쓰며 추는 춤은 괴이한 것이었소. 이전에는 볼 수 없던 음란한 것이었습지요. 삶을 풀어내는 것이 아니라 삶을 더더욱 맺히게 하는 춤이더라 이겁니다. 꿈을 잃은 자들이 할 짓이란 제 몸을 학대하는 것밖에 있겠습니까. 고기와 술로 배를 불리는 것이나 욕설과 욕정을 따라 굴러다니는 것이나 그게 그것 아니오. 그때까지도 소생은 그들을 포기치 않고 설득해 보았으나 돌이키기에는 역부족이었소. 이미 타락할 대로 타락한 귀족놈들은 백성들까지 독한 술과 음란한 춤을 유일한 위안으로 삼도록 비틀어놓아 버렸더라 이겁니다.

　도망길과 은신처의 별빛에 의지해 이를 갈며 완성한 것이 바로 『처용어록』이오. 그건 그때까지의 나를 죽여버리고 다시 태어나는 것이나 다를 바 없는 일이었습지요. 사랑의 허구성을 확철히 깨치고서, 그 허깨비를 때려잡기 위해 지상에서의 내 마지막 날들을 바쳤던 것. 산중 고승대덕들의 가르침을 눈알 부라리고 공부하면서 우리 집안 비기를 완성할 수 있었는데 소생 어록의 예언 부분이 바로 그것이 아니겠소. 예언의 눈이 분명하게 열린 것은 궁예의 출현 소식이 들려올 즈음. 궁예는 소생이 보좌했던 헌강왕의 아버지 헌안왕 혹은 할아버지 경문왕의 자식이라는 소문이 있던 자요. 바로 그 자, 당시 복잡한 왕위계승 문제로 궁에서 쫓겨난 뒤 여종의 손에서 자란 그 궁예가 송악에서 후고구려를 건국했다는 소식을 듣게 되었을 때 소생의 붓은 이미 신라의 망국을 기록하고 있었지 않겠소. 예언을 내놓고도 그 구체적인 해석을 못하는 자들, 그들은 자신의 예언이 엉터리임을 알고 있는 것이오. 예언을 끊임없이 유예시킴으로써 간신히 권위를 유지하는 자들과 소생은 근본이 다릅지요. 그때 소생이 우리 집안의 비기를 바탕 삼아 내놓은 예언은 말이오.

헌강왕이 권좌를 물려주었다는 소식이 들리고, 이로부터 나라가 망하는 것은 불과 반백 년 뒤의 일. 이 처용이는 역사에서 사라지고 훗날 설화에 소박한 모습으로 간신히 몸을 담아 오늘날까지 왔소이다만, 이젠 역사 속으로 복권되었소이다. 당당하게. 이 모든 건 선생 덕분입지요. 나를 부른 이는 선생이었다는 것 기억하시겠습니까? 선생이 고도 경주며, 나아가 신라의 혼에 대해 관심을 쏟은 건 의미 없었던 일이 아닙지요. 하지만 설화에 만족해서는 곤란하오. 밝고 소박한 백성들은 더 이상 이 땅에 없소이다. 계시와 도의 결합으로도 표현될 수 있을 원대한 세계의 실현 가능성이 있었던 것은 그때가, 그때가 마지막, 그때가 마지막이었습지요. 그렇지 않을까요? 어마어마하게 큰 인물이 나오지 않는 이상."

무슨 까닭에서인지 인두로 이마가 지져지는 듯한 고통이 얼마

동안 있었다. 그게 사라졌을 때 처용의 애기가 계속되었다.

"선생께서 한때 몸담은 기독교란 아는 사람은 다 알다시피 성부와 성자와 성신 대신 기적과 신비와 교권이 삼위일체를 이룬 세계요. 죄인들과 미숙아들의 뒤집힌 원망(願望)이 바로 기독교의 비밀인 것이오. 사랑의 비밀인 것이오. 선생께서 아무리 교리의 틀을 깨고 하나님 말씀을 설교하더라도 신자라는 것들은 한쪽 귀로 흘려버리거나, 아니면 화형주(火刑柱)에 선생을 매달려고 할지도 모를 일. 선생은 개혁을 하려 하지 마시오. 할 것이면 혁명을. 이왕이면 혁명을. 새 하늘은 지금의 이 하늘이 무너진 다음에나 가능한 법. 우선은 철저하게 파괴하시오. 파괴하시오.

다시 한번 말하는 바이지만, 사랑은 그걸 나눠주려는 자들이 아니라 그걸 조금이라도 더 받으려는 자들이 만들어낸 역겹고 우스꽝스러운 것. 거기에, 거기에 속지 마시오. 그 거짓 세계를 파괴하시오. 그때, 그때 가서, 내 『처용어록』에서 보여준 세계, 그 너머의 세계를 계시할 것이니. 먼저 새 천년의 두 번째 가을을 기다리시라. 새로운 출발이니 어쩌느니 떠들썩할 그때 심판의 날의 첫 불길이 들이닥칠 터이니. 21세기의 패러다임 어쩌고 하며, 근본에서는 아무것도 바뀌지 않은 책상물림이 변화해야 산다며 떠들어대다가 아가리가 찢어질 것이오. 그것도 전세계로 중계되는 방송중에. 쇠투구를 쓴 세 번째 장수가 이번에는 자기가 대권을 잡을 것이라며 40년만에 다시 쿠데타를 연구할 것이며, 애견과 함께 불우아동돕기 광고를 촬영하던 인기정상의 여자 연예인은 젖통을 물어뜯길 것이며, 간신히 완성된 그 광고를 본 사람들은 모두 광견병에 걸려 거리를 질주할 것이며, 영어 알파벳 다섯 자를 타고 신종 에이즈가 퍼져나갈 것이며. 일곱 번째 가을에는 남선과 북선이 하나임을 선포할 분위기이나, 동서의 축이 뒤틀린 터에 남북의 축 또한 쉽사리 바로 설 수는 없는 일. 마지막 때에 이르러 각 분야에서 빛을 내는 자들이 역사상 유례없이 대거 등장하나 실상은 모두들 쭉정이들. 하하. 이 모든 게 쭉정이들은 바람에 허무하게 날려가고 알곡들만 남을 우주적인 타작마당의 전조로다. 열두 번째 가을의 우주적인 타작마당으로 가는 길목이로다. 으하하하하하하하하하하하하."

대기의 바람이, 주위의 나무들을 흔들지는 않으면서도 무시무시한 힘으로 재석의 몸속에 들어왔다가 나가기를 되풀이하는 동안이었다. 그는 휘말려 들어가는 의식의 한 줄기를 붙들고 말했다.

"하나 더 물어봅시다. 우리 사이에 일어난 일은 현실이오 헛것이오?"

"아, 그렇게 진지하게 물으니, 바른 대로 대답하지 않을 수가 없군요. 에, 현실이야 아니라지만, 그냥 헛것만도 아닌 게지요. 이게 가장 정확한 대답이 아닐까 합니다. 으음, 현실에 영향을 미치는 헛것이라고 하면 어떨까요?"

"오늘 왜 이러는지 모르겠소. 너무나 갑작스러워."

현기를 일으키는 재석이다. 그때 처용이 그의 눈길을 와락 붙들며 입을 열었다.

"선생, 절대 갑작스런 일이 아니지요. 오래 전부터 계획하셨잖습니까?"

"계획?"

"그렇지요."

그때 울타리 너머로 털모자 달린 파카를 입은 남자가 기웃거리는 것이 보였다. 뭉툭한 코. 돼지치기 사내였다. 마구잡이 도끼질로 돼지를 도살한. 뭐든 개 잡듯 잡는다는. 어젯밤 읍내에서 돌아오는 길에 미리는 새삼 탈영병의 운명에 대해 물었다. 그는 상상에 맡기겠노라며 대답을 피했다. 그때 10년이나 전 늦가을 새벽녘의 총성이 무지막지한 힘으로 머릿속을 꿰뚫고 지나가는 듯했는데 지금 다시 그런 느낌에 그는 아뜩해진다.

"자꾸 그렇게 따지면 실패로 돌아갑니다. 자 이젠 계약을. 여기 흰 대지는 준비되었으니 피가 필요하군요. 어디서 피를 뽑을까요?"

재촉한다. 그러면서 턱짓으로 가리키는 것은 점박이다. 녀석은 죽어라고 짖어댄다. 피가 필요합죠. 혼을 사고 파는 큰 거래에는 피가 필요하고 말고입죠. 머릿속은 우웅 하는 소리와 함께 처용의 목소리로 가득 찬다.

이젠 아무것도 생각할 수가 없다.

그가 다가가자 낑낑거리며 바닥에 엎드리는 점박이 녀석. 그는 그제야 처용이 원하는 걸 훤히 알게 되었다.

바다가 내려다보이는 언덕바지의 모텔.

읍 북쪽에 위치한 바닷가다. 밤늦어 강화읍을 떠난 재석과 수영이 모텔에 들어온 것이다. 모텔의 불빛을 발견하고도 쑥스러움을 삭여내느라 둘은 오랫동안 겨울 찬바람을 맞으며 제방을 따라 걷는 과정을 거쳐야 했다. 숙박부를 받아들고서야 비로소 그는 간판에 씌어 있던 걸 상기했고, 그와 함께 마르테나 마르가레테 따위가 『파우스트』에서 따온 것임을 알았다. 뚜쟁이 노릇을 하는 마르테, 애인 파우스트의 배신으로 죽고 마는 마르가레테. 그는 미리의 실패한 복수를 잠깐 생각했다. 아, 나도 후회할 복수의 칼을 빼든 것인가. 다음 순간 그는 고개를 내저었다. 그리고 속으로 중얼거렸다. 달라. 뭐라고 확실하게 말할 순 없지만 이건 달라. 차원이.

낮에 서울에서 만난 두 사람은 곧장 인천으로 와 바닷바람을 쐬었다.

썩은 바다라 코를 막아야 할 지경이었다. 그러나 수영은 내내 즐거워했다. 인천에서의 즐거움을 그녀는 그대로 강화도에 가져와 전등사에 들르는 동안에도 들뜬 얼굴을 감추지 못했다. 그 동안 재석은 그녀를 따라 몇 번 웃기도 했지만, 마치 무슨 제의를 집전하는 사제처럼 엄숙하고 절도 있는 분위기에 감싸여 있었다.

욕실에서 나온 그녀는 포옹을 피하지 않는다.

그때껏 조악하게 욕망을 드러내지 않은 그의 태도가 마음의 빗
장을 쉽게 풀리게 한 걸까. 한동안 머뭇거리고 밀쳐내기도 하던
그녀였으나 얼마 뒤엔 적극적으로 팔을 감아오고 입술을 받아들
인다.

뜨겁게 달아오른 몸을 가늘게 떨며 그녀가 이제 가벼운 애무에
도 숨을 몰아쉰다.

"처음이에요. 나중에라도 오늘 이곳 일 흉보면 안돼요."

재석은 수영의 가쁜 숨소리를 귓불로 느끼며 입술을 맞췄다. 그
리고 그녀의 재킷 단추를 끄른다. 그녀는 몸을 움직여 그가 셔츠
를 벗겨내는 걸 도와주었다. 하얗게 드러난 윗몸의 봉긋 솟은 봉
우리와 골짜기는 그의 수성을 재촉했지만 애써 참으며 기다렸다.
땀에 흠뻑 젖었음을 깨달은 것은 그녀의 알몸과 맞닿고서였다. 서
로를 고무하며 곳곳을 탐색하는 사이 그녀의 남아 있던 옷가지와
그의 바지는 허물처럼 아랫목에 던져졌다.

조이던 팔을 잠시 풀었다. 그 사이 수영은 가쁜 숨결 사이로 더
듬거리듯 사랑을 고백한다. 거기에 재석은 아무런 반응을 보이지
않았다. 대신 윗몸을 일으켰다가 두 손으로 그녀의 두 발목을 잡
았다. 왼손 엄지에 정강이의 흉터, 그 부분의 도톰하게 돋아오른
살이 닿았다. 그는 먼저 그곳에 입을 맞췄다. 그리고 그녀의 아랫
배에서부터 위로 애무를 하기 시작했다. 누가 자신의 몸을 대신
놀리는 듯한 어색함을 처음 얼마동안은 느꼈지만 이제는 아니다.
여자의 몸, 그것도 수영이라는 여자의 몸 구석구석을 이미 탐사한

느낌에 잠시 긴장한다. 남산 작은 암자에서의 그 애랑의 몸과 똑같지 않은가.

애랑의 몸. 그는 탈을 꺼냈다. 눈을 지그시 감고 피톨처럼 꼼지락대는 수영. 그녀가 무어라고 중얼거렸으나 제대로 알아들을 수 없다. 커튼 사이로 흘러 들어온 달빛에 그녀의 이마에 맺힌 땀방울이 빛난다. 탈 쓴 얼굴로 뺨을 비비자 버둥거린다.

"무섭게 왜 그래요. 벗어버리세요."

달빛에 탈을 본 모양이다. 재석의 눈앞에서는 다섯 사내가 처용탈을 쓰고 춤을 추고 있다. 그는 십자가에 붙들린 채다. 태양은 가시가 돼 눈을 찌르고, 목이 탄다.

춤사위에 열중하던 다섯 처용탈이 돌아가며 입을 연다.

이제 탈은 소용없지비.

하수들이나 탈의 힘을 빌리는 법.

고수인 선생에게야 오히려 거추장스럽지.

이제 처용으로 다시 태어난 것이 아닌개벼.

자 십자가를 던져버리고 밀고한 여자를 찢어버려.

은하처럼 흘러드는 달빛을 타고 그 외침들이 퍼져왔다. 그리고 어디선가 불꽃이 너울거렸다. 불꽃은 활자 하나에서 솟아오른 것이다. 한 활자에서 다음 활자로. 한 줄이 타고 한 페이지가 타고. 온힘을 모아 쓴 소설 한 권이 불기운에 타서 검불로 너울거린다. 그 동안에도 처용들은 춤을 춘다. 재석은 춤추는 다섯 탈을 향해 입을 연다. 가쁜 호흡 사이로, 끌어올리듯, 더듬더듬. 처용아, 나의 메피스토여. 다시 한번 나를 채찍질하라. 그리하여 사랑의, 그 엉터리 세계를 수락하고자 하였던 나를 위대한 파괴의 작업에 매진하게 하라.

언제부터인가 다시 그는 맨얼굴이다. 눈을 부릅뜨며 수영의 두 눈동자 속으로 내려간다.

"날 정말 사랑해?"

"네."

"그럼 말해 봐."

"사랑해요."

그녀의 목소리는 기어 들어가듯 잦아든다. 그리고 다시 호흡을 가다듬어 묻는다.

"날 사랑하는 거죠?"

대답 대신 힘을 몰아 재석은 그녀의 겁먹은 듯 오므린 가랑이 사이를 파고든다. 내일 말해주지. 내일 아침 너에게 해줄 말을 오늘 낮 동안 바닷바람을 맞으며 수십 번도 더 속으로 되뇌었지. 이젠 한 구절도 틀리지 않고 외울 수 있을 정도로.

온몸으로 그는 그녀의 좁은 동굴에 파고들 듯 힘을 쏟는다. 목과 등을 감아오는 그녀를 내려다보며, 점박이가 허공에 매달려 붉은 눈알을 번득이며 빼물던 혀를 떠올린다. 핏방울. 종잇장 따위가 아니라 눈 덮인 대지에 흩뿌려진 핏방울. 영혼을 매매한 계약서.

혼을.

나는 혼을. 너 때문에 나는 혼을. 그런데 사랑하느냐고?

한 몸뚱이가 되기라도 할 듯 재석은 수영의 좁은 동굴에 매달려 꿈틀댄다.

내 언어를 타락하도록 부추긴 널 사랑하느냐고?

올 한 해 내내 복수를. 영혼을 팔게 하고 나에게서 영원히 문학을 앗아간 너. 사랑하느냐고? 내가 바친 모든 사랑의 몸짓은 이 복수를 위한 포석. 나의 세계가 호기심의 대상에 지나지 않았다고! 비현실적이라고! 그래, 그래 이 현실에 눈 밝은 여자, 여자야. 비현실적인 나의 너무도 구체적이고 증오 어린 복수가 어떠냐.

그녀는 지금 그를 휩쓸고 있는 폭풍도 모른 채 작은 새가 되어 팔딱이다가 차차 파도로 변하더니 그의 몸을 휘감을 듯이 움직였다. 다리와 팔이 꿈틀댈 때마다 그는 가슴 깊은 곳에 한마디씩, 내일 아침 그녀에게 씹어뱉을 말들을 끌로 파듯 되새겨 나간다.

에필로그

—둥! 이 북소리가 들리는가. 그렇다면 귀 있는 자들이여, 먼 훗날의 노래를 기다려라!

—이제 노래 소리도 들리지 않고 우리들 이야기의 무대는 바람에라도 날려갔는지 보이지를 않아. 혼돈의 회랑을 돌고 돌아 마침내 내게 영혼을 넘긴 그도 보이지 않기는 마찬가지. 오래 전에 시작된, 그러나 사실은 먼 훗날에나 제대로 불려질 노래를 위해 잠행과 기도의 날들을 보내는 것은 아닐는지. 내가 그를 농락한 것이 아니라 사실은 그가 나, 처용이를 천년의 세월 저편에서 불러내었던 것. 그가 나를 불러내었듯 누군가가 그를 부른다면 그는 기꺼이 다시 세상에 나타나지 않겠는가.

그날 새벽 꿈에 사람 손가락 하나가 나타나더니 내 침실 벽면에 다음과 같이 쓰는 것을 보고 나는 잠에서 깨어나게 되었다.

Holy Holy My Mephisto.

눈을 뜨는 순간 꿈이었음을 깨달을 수 있었다. 그런데도 나는 황급히 불을 켜고 방을 둘러보았다. 당연하게도 벽에는 그 글씨의 흔적조차 남아 있지 않았다. 어느새 나는 사라져버린 그 구절을 입속으로 중얼거리고 있었다. 그리고 서재로 옮겨가고 있었다. 몇 년 전 우연히 내 손에 들어온 책을 찾아내어 책상 앞에 앉자 그 동안의 일들이 주마등처럼 떠오르는 것이었다.

그 책을 손에 넣게 된 것은 『가짜 책의 상상력』을 나 혼자 머릿속으로 기획하고 있던 무렵이다. 그때 나는 2년째 한 잡지사에서 밥벌이를 하고 있었는데 그날도 취재 일로 고속버스를 탔다가 내가 앉으려는 자리에 놓여 있는 그 책을 발견하게 된 것이다. 비록 제목도 발행 날짜도 그리고 저자 이름까지도 인쇄되어 있지 않았지만 나는 단박 그것을 한 권의 책으로 받아들였다. 누군가가 제법 공들여 쓴 습작소설 같은 그것을 잠깐 주저하긴 했으나 목적지에 가까워졌을 때 가방에 챙겨 넣고 있었다. 1995년 10월의 일이었다.

나는 그날을 분명하게 기억하고 있다. 그날은 독일산 반빈, 비틀즈가 몬 영국산 트라이앰프, 「로마의 휴일」에 나오는 베스타 같은 오토바이에 50년이나 되었다는 영국의 칼스타, 1970년산 폭스바겐, 1974년산 벤처, 1979년산 포터 따위 자동차까지 잔뜩 모아 놓고 박물관을 짓느냐 마느냐로 고민중이라는 한 부유한 컬렉터를 취재한 날이었다.

워드프로세서로 작성하고 레이저 프린터로 출력해 복사 제본을 했을 그것이 그날부터 당장 내 주목을 끌기 시작한 것은 결코 아니었다. 나에게는 또다른 취재거리들이 기다리고 있었으며 취재를 모두 마쳤을 때는 원고 마감일이 바로 코앞이었다. 언제나 그런 식이었다. 별다른 불평도 없이 하루에 네댓 잔의 커피를 마시며 나는 내게 맡겨진 꼭지의 기사를 써내 데스크에 던지듯 넘겼다. 11월호 잡지가 나온 날로 기억한다. 그날에서야 비로소 나는 누군가의 그 책을—독자들이 방금 읽은 제1가에서 제5가까지의 이야기를—그 처음부터 끝까지 읽게 되었다.

그리고 감탄했던가?

아니었다. 그때 내게 그것은 공들여 쓴 소설이긴 하지만 페이지가 어떻게 넘어가는지도 모를 정도로 흥미진진한 이야기를 들려주는 것도 아니었으며 또 인생을 바꾸어놓을 엄청난 교훈과 감동의 독서 체험을 하게 한 것도 아니었다. 서스펜스와 의혹이 양파 껍질처럼 벗겨지며 실체에 접근하는 과정 등 재미있는 요소가 결코 녹록하지 않음에도 한없이 가벼운 시대를 살아가던 그때의 나는 주제의 심각성에 선입견을 가져버렸음이 틀림없었다. 그리하여 나는 소설의 작자를 고집이 꽤나 센, 그래서 때로 아둔해질 수 있는 사람이 아닐까라고 추측하기까지 하고 만 것이다. 여하튼 그때 나는 만약 그를 만나 맥주라도 한 잔씩 나누게 된다면 이런 말을 해주고 싶어 했다.

"어깨에 힘이 너무 들어가 있는 것 같은데요."

사실 이 말은 내가 소설만 써서 살겠다는, 내 능력으로는 가당치 않은 꿈을 가지고 있을 때 심심찮게 듣던 말이다. 힘을 빼고 가볍게 스윙하는 법을 끝내 익히지 못한 나는 먼 뒷날을 기약하며 북국의 어느 나라로 망명하듯 당시의 그 잡지사에 들어간 것이다.

그리고 많은 날들이 지나갔다.

대통령 후보들의 지지도가 텔레비전의 아홉 시 뉴스에서 으레 첫머리를 장식하던 1997년 12월. 당시로서는 아직 IMF니 구제금융이니 하는 귀에 익지 않은 소리들이 막 나오기 시작하던 어느 날 나는 퇴근하자마자 서재의 책꽂이를 뒤지기 시작했고 그 책이 이런저런 팸플릿과 복사물 사이에서 발견되었을 때 보물을 찾아내기라도 한 듯 가슴에 한번 꼭 안았다. 2년의 세월이 흘렀다는 사실을 상기하며 나는 예언으로 생각되는 부분들을 찾아냈다. 소설 속의 시점으로 보아서는 분명 예언인 남북정상회담과 돌연한 김일성의 사망에 이어지는 다음 대목이 내게는 바로 1997년 12월 그 당시와 가까운 앞날의 일에 대해 말하고 있는 것은 아닐까 추측되었다.

읽고 해석해 보면 여러분 누구나 아시게 될 것입니다. 이미 시작된 풍요와 소비의 바람이 앞으로 몇 해 더 온 나라 땅을 더욱 거세게 휩쓴다는 것, 그리고 도적처럼 궁핍의 세월이 들이닥쳐 유민이 거리를 메우게 된다는 것. 동란 후 최대의 국난이라고 뒤늦게 호들갑을 떨 사건이 일어날 것입니다. 장수의 자리가 바뀌는 시기에 일어나는 사건이라 했으니 그것이 언제 일일지는 아시리라 믿습니다. 그때 대권을 잡는 자도 쇠투구를 쓴 자요. 그때도. 기록된 대로 모두 이루어질 것입니다.

독자들 가운데 이 대목이 바로 국제통화기금 사태와 3김(金: 쇠투구) 중 한 사람인, 현 국민의 정부 김 대통령의 대권 쟁취를 이야기하고 있다는 것을 읽어낸 사람들은 너무도 정확하게 맞아 들어간 사실 때문에 이것이 예언이 아니라 역사, 그러니까 지나간 일에 대한 기록이라고 주장할 것이다. 이 책을 끝까지 읽은 독자들은 그해 12월 이후에 씌어진 것이 틀림없다고 생각할지 모르겠다. 그리고 입수 경위에 관한 지금의 이 뒷말을 일종의 교묘한 소설적 장치로 보아 넘기려 할지도. 그러나 이 책이 적어도 1995년 이전에 씌어졌다는 것은 명백한 사실이다.

대통령 선거 직후라 단정하는 사람도 있을 것 같다. 당시까지의 일에 대한 예언은 제법 그럴 듯한데 이후 부분은 너무 애매하고 또 일반적이라는 점을 들어서 말이다. 바로 작년 여름의 남북정상회담에 대한 언급 같은 것은 어디에서도 찾아볼 수 없다는 점에 의구심을 가질 수도 있겠다. 여하튼 선거가 끝나고 해가 바뀌어 IMF가 일상어의 하나가 된 뒤, 나는 그 책을 더 이상 누군가가 어깨에 잔뜩 힘을 주고 쓴 습작소설 정도로 생각할 수가 없었다. 그래서 유니텔 한 게시판에 책을 입수하게 된 경위와 예언 부분을 몇 회로 나누어 올렸다. 대부분 나를 늑대가 나타났다고 거짓말을 한 양치기 소년처럼 대했다. 그런 반응들의 쇄도 가운데 놀랍게도 바로 그 책을 보았다고 주장하는 사람이 나타났다. 그는 그 책을 손에 넣은 것이 1993년 겨울이라고 했다. 책도 잃어버렸고 내용도 까맣게 잊고 있었다는 그. 우연히 게시판에 올라온 글을 보고 기억을 되살릴 수 있었던 것이다. 그와 나는 한동안 제법 조직적으로 저자를 찾는 일에 매달렸다. 내가 그 책에 대한 기사를 쓸 계획까지 공표하였지만 그 일은 내가 구조조정 바람에 휘말려 잡지사를 나와야 하는 처지가 되면서 취소되고 말았으며, 혹독한 현실과 맞닥뜨리면서 나는 내가 헛것에 홀려 있었던 게 아닌가 하는 생각까지 하게 되었다.

나로서는 좀 비정상적일 정도로 들뜬 시기가 갑작스레 막을 내린 셈이었다. 그렇게 되자 먹고사는 일에 모든 머리를 쓰지 않을 수 없게 되어 있었다. 어깨에 힘을 빼고 가볍게 스윙하는 법. 그때까지도 나는 그것을 몸에 익히지 못한 채였다. 그러나 다시 소설을 써보려 시도했으며 그때는 제법 구상이 된 『가짜 책의 상상력』을 위해 오전 시간을 할애하기 시작했다. 『가짜 책의 상상력』은 어느날 갑자기 세상에 공개되어 기존의 정설을 일거에 뒤집는 주장을 펴는 책들—예컨대 위서로 의심받는 『환단고기』 같은 책들에 담긴 정신을 재구(再構)하고 비평을 해보자는 것이었다. 애초에 그렇게 구상·기획된 그것은 구체적으로 진척되면서 우리 민족의 여러 예언서(비기, 비결 따위)까지도 다루게 되었다. 한동안 이 책도 다루어볼까 하는 생각을 한 적이 있다. 그러나 아직 저자가 밝혀지지도 않았으며 또 출판되지도 않은 책을 대상으로 삼아 『가짜 책의 상상력』에 괜한 부담을 주어서는 곤란하다는 판단을 내렸다. 그때까지도 나는 이 책을 내가 출판한다는 생각은 전혀 하지 못하고 있었던 것이다.

5년이라는 세월이 훌쩍 흘러갔다. 이제서야 이 책을 출판이라는 형식으로 세상에 공개할 작정을 하게 되었다. 그날 새벽 꿈에 사람 손가락 하나가 나타나 내 침실 벽면에 다음과 같이 써서 메시지를 전해주지 않았다면 나는 끝끝내 이 책을 출판할 생각을 하지 못했을지도 모르겠다.

Holy Holy My Mephisto.

그날 비어 있는 표지에 이 책의 제목을 단숨에 써넣게, 그리고 그 뒤 내 나름의 해석에 의한 에필로그까지 덧붙이게 영감을 준 꿈 속 그 손가락 주인에게 고마움을 표한다. 약간만 달리 보면 이 책이 오랫동안 먼지를 뒤집어쓰고 있어야 한 것은 명민하지 못한 나 한 개인의 불찰 때문만은 아니라는 생각이 든다. 아, 우리의

1990년대가 도대체 이런 책을 진득하게 읽어보고 앉았을, 마음
가난할 틈을 언제 한 번이라도 제대로 제공한 적이 있었던가. 제1
가에서 제5가까지, 우리의 주인공과 천년 저편 설화 속에서 날개
를 펴고 우리 시대에 나타난 메피스토 사이의 계약이 완성되기까
지의 과정에 나는 일체의 가필을 하지 않았다. 문법상의 오류가
분명한 문장 몇 개를 바로 잡은 것이 내가 들인 노력의 전부이다.

　도그마적인 기독교 교리에서 벗어나 예수를 새롭게 그려내려는
젊은 작가. 그리고 그의 순도 높은 혼을 사들이기 위해 유혹하는,
바로 메피스토의 역할을 맡아 우리 시대에 나타난 설화 속의 인
물. 둘 사이에서 마치 요즘 유행하는 판타지물에서처럼 현실과 환
상을 넘나들며 전개되는 이야기를 따라갔을 때 우리는 한 영혼의
좌절과 파멸을 읽게 된다. 그러나 이 이야기는 달리 해석되어야
한다. 두 번째 보았을 때 나는 그것을 읽어낼 수 있었는데, 그러니
까 이 에필로그는 제5가까지의 이야기가 표면적으로 드러나듯 단
순히 부정과 파괴에 몰두하는 어두운 열정의 표현만이 아니라 새
로운 창조까지도 분명하게 이야기하고 있다는 내 나름의 해석에
의한 것이다. 아아, 이런 해석에 도달하기까지 나는 몇 번이나 빗
나가 있었던가.

　『나의 메피스토』는 우리의 영원한 물음거리 가운데 하나이면서
도 제대로 다루어지지 않는 주제에 도전하고 있다. 신과 인간의
관계, 구원 등의 주제가 바로 그것이다. 기독교 공동체 마을에서
자라난 주인공은 1980년대라는 고통의 연대를 통과하면서 기존

의 세계관을 완전히 뒤바꿔야 하는 경험을 한 작가로, 이제 예수와 그의 시대를 소설로 쓰려고 한다. 신의 독생자로 세상에 나온 예수—그를 통해 작중의 작가는 예수 복음의 핵심이 '바로 너희도 나와 같은 신의 자식'이라는, 자신의 성장 배경으로 보아선 다분히 이단적인 주장을 편다. 이 책은 이처럼 상식에 안주하지 않는 주장에서만이 아니라 그것에 접근하는 낯선 방법으로도 독자들을 혼돈스럽게 만든다. 기독교를 문제삼는 자리에 우리 설화의 인물을 등장시킨 것은 일견 엉뚱스러워 보인다. 하지만 그가 천년 전 세계사의 흐름을 따라 이 땅에 왔고 마침내 설화에 담겨 오늘에까지 이르렀음을 확인하는 순간 독자들은 복잡한 퍼즐이 풀렸을 때와 흡사한 기쁨을 맛볼 수 있을 것이다.

이런 해석에 고개를 갸우뚱할 독자들도 있으리라. 파우스트격인 작중의 작가 한재석이 혼을 넘겨줌으로써 사랑의 복수를 성취하는 대신 작가로서는 파멸하게 되는 순간 메피스토의 웃음소리가 들려온다고 생각할 것이다. 그렇다면 이 책의 메시지도 달라지게 되는데 그런가, 정말 악마의 웃음소리만이 들려올 뿐인가? 메피스토는 단지 선한 신에 대립하는 의미에서의 악마일 따름인가? 아니다. 나는 아니라고 생각한다. 우리 이야기의 메피스토는 늙은 신과 맞선 악마가 아니라 새로운 신의 예언자가 아닐까? 그렇지 않을까? 늙은 신이 자신에게 예배하면서 참회하고 속죄하는 의타적인 방식을 계시했다면 새로운 신은 모든 사람이 각자 자신의 심령을 수련하는 의자적인 방식을 통해 스스로 거룩함과 총체성을 회복하도록 계시한다.

　어쩌면 우리는 통과의례이니 입문식이니 할 수 있는 것들을 혹은 날림으로 혹은 인스턴트로 치르는 시대를 살고 있는지 모른다. 우리 시대가 거룩함과 총체성을 상실해버린 것은 바로 그런 까닭이 아닐는지. 모든 입문식은 현재의 질서와 안락함을 파괴하며, 그것도 의도적으로 파괴하며 일상의 도를 넘어서는 극심한 고통까지 주기가 일쑤인 까닭에 기존 세계에 안주하고자 하는 자의 시각에는 다분히 부정적으로 비칠 수도 있다. 우리의 메피스토가 한낱 악마처럼 보였다면 바로 그 입문식의 인도자, 고통을 감내할 것을 독려하는 자인 까닭이다. 나는 그렇게 생각한다. 쇄신하기 위해서는 낡은 허물을 벗는 고통을 견디어야 하며 부활하기 위해서는 죽음까지도 받아들여야 하는 것. 알은 깨어지고 새는 날아올라야 한다. 그러므로 우리의 주인공 파우스트를 기다리는 것은 파멸이 아니라 입문에 이은 수업이리라. 괴테의 파우스트가 정열적인 탐구자로서 쉼없는 자기 발전의 투쟁을 펼쳐보였듯 우리의 파우스트 또한 영혼의 좌절과 파멸의 순간에서 벗어나 새로운 신을 좀더 확고히 밝혀내고 많은 사람들이 감응할 수 있는 방식을 찾기 위한 노력을 할 것이다. 그는 자신의 소설이 출간될 수 없게 되었을 때 엄청난 충격에 휩싸이지만 한편으로는 우물 바닥 같은 곳에서 한낱 책 몇 권의 알음알이를 잃었을 뿐이라는 목소리가 울려오는 것을 분명히 듣지 않던가. 책을 통한 지식 정도가 아닌 통절한 깨침을 위한 수업시대와 광야에서 돌아온 예수처럼 구세 활동을 펼 시기가 기다리고 있지 않을는지.

여기에서 그의 구체적인 행방에 대한 이야기는 별 의미가 없을지 모르겠다. 하지만 먼 훗날에나 제대로 불려질 노래를 위해 잠행과 기도의 날들을 보낼 것이라고 한 그의 구체적인 행방에 대해 굳이 이야기해야 한다면 나는 그가 베드로마을로 돌아가지 않았을까 하는 추측을 조심스럽게 내놓고 싶다. 물론 예전의 그 베드로마을로 그냥 돌아간 것이 아니라 그곳을 혁신하기 위하여서일 것이다.

이제 아놀드 토인비를 인용하는 것을 허락해주기 바란다. 그는 20세기의 역사를 역사가들이 기록할 때 가장 큰 사건은 동양의 불교가 서양으로 건너간 일이 될 것이라고 했다. 이 책을 세상에 공개하는 지금 나는 이렇게 말하고자 한다. 21세기의 역사를 기록할 때 가장 큰 사건으로 역사가들은 기독교가(예수가) 동양에서 완전히 새롭게 해석되어 대중들에게 퍼져나간 일을 꼽게 될 것이다라고.

하나 덧붙이자. 이 책을 예언 부분에 무게를 두고 세상에 공개하는 것은 결코 아니라는 사실. 예언에 대해 나는 이 소설 주인공의 계시에 대한 생각처럼 그것이 현실과 유리된 별쭝난 무엇이 아니라 믿고 있으며, 또 그 가치는 실제의 일이냐 혹은 실제로 일어날 일이냐에 있지 않고 그것을 통해 이룩하려는 바에 달려 있다고 믿고 있다. 앞 이야기의 체제를 빌린 이 에필로그를 덧붙인 점에서도 단적으로 드러나듯 나 또한 어쩔 수 없이 한 사람의 작가이다. 역사나 비평보다, 그 모든 것까지 다 담아내려는 야심을 가진 이야기를 더 사랑하는 작가인 것이다. 나도 어느날 복잡한 지하철을 타고 가다가 어록이라는 것을 발견하는 행운을 누린다면, 그때 가서 『가짜 책들의 상상력』 증보판을 통해 그것과 함께 이 책에 대한 자세한 해설을 시도할 수도 있지 않을까 생각하며 나는 독자들과 함께 거듭 이 책을 읽어보고자 한다.

　독자들이여, 부디 당신들이 나보다 더 눈이 밝기를…….

우리 시대의 처용을 찾아서

김주현

1

『나의 메피스토』는 두 개의 이야기이다. 하나는 제1가에서 제5가에 이르기까지의 이야기이요, 또 다른 하나는 에필로그이다. 에필로그의 작가는 이야기에 대한 이야기를 쓰는 그야말로 '가짜 책의 상상력'의 저자이다. 우리는 가짜 책에 대한 상상력에서 보르헤스 문학의 장엄함을 만나게 된다. 우리 문학에서 그러한 상상력은 일천하다. 그러나 작가는 가짜 책에 대한 상상력을 잘 구현해내고 있다. 아마 이것은 그 시작에 불과한 것으로 보인다. 이야기에 대한 이야기, 그것은 에필로그에서 보듯 편집자적 글쓰기의 전형이며, 사실들을 이야기로 재구해낼 수 있는 작가적 토대인 것이다. 그의 글쓰기는 이러한 측면에서 주목된다. 특히 후기 산업 사회에 이르러 이러한 형식은 서사로 무장된 우리 문학에 한 줄기 새로움을 부여할 것임에 틀림없다.

2

그 첫 이야기, 우리는 이 소설에서 두 작가를 만난다. 자신의 영혼을 메피스토, 아니 처용에게 팔아서 사랑을 성취하는 한재석이 그 첫 번째

이다. 메피스토, 그는 괴테의 『파우스트』에 등장하는 악마가 아니었던
가. 인간의 영혼을 사악하게 하는 인물, 그러나 그는 인간의 양면 가운데
하나이다. 선한 것과 악마적인 것, 그것은 초자아, 또는 자아적 성격과
이드적 성격에 다름 아니다. 우리는 이러한 모습을 『프랑켄슈타인』과
『지킬박사와 하이드씨』에서 보지 않았던가.

> "선생은 오늘 나에게 혼을 완전히 파셨소이다. 예상했던 일이지
> 만 정말 기쁨이 대단하군요. 대단합니다. 하하, 그런데 이 계약을 완
> 성시키기 위해서는 피가 필요합지요. 살아 있는 놈의 피 말입죠. 혼
> 을 사고 파는 큰 거래에는 예전부터 피가 필요했습죠." (231면)

『나의 메피스토』는 어쩌면 순수하기보다 사악하고 욕망에 들어찬 이
야기이다. 그것은 내 밖이 아니라 내 안의 이야기이며, 인간 내부의 울림
인 것이다. 재석이 영혼을 파는 행위는 파우스트가 메피스토에게 영혼을
파는 것과 등가적이지만 차이를 갖고 있다. 파우스트는 인간의 지식이나
철학에 심각한 회의를 품고 메피스토에게 자신의 영혼을 판다. 재석 역
시 인간적 회의와 구도의 과정에서 처용을 만나는데, 여기에서 메피스토
적인 인물인 그는 신의 등가물로 치환된다. 스텐드바 마르테에서 시작하
여 모텔 마르가레테에서 완성되는 처용과의 영혼의 계약. 눈 덮인 대지
에 피로 새긴 계약서는 이들을 주종관계로 만든다. 처용은 새로운 대안
의 신이라는 점에서 이문열이 『사람의 아들』에 제시한 쿠아란타리아서
(書)의 신과 같은 위치이다. 어찌 보면 김동리가 내세운 사반이나 쿠아
란타리아서의 신, 그리고 작가가 추구하는 신은 정통적인 야훼의 신이

아니라 오히려 반그리스도적 인물인 것이다.

처용은 『삼국유사』에 나오는 설화 속의 인물이 아니던가. 마치 전설의 마술사 파우스트와 같은 그런 인물인 것. 파우스트가 서구의 무수한 작가들에 의해 형상화되었듯 처용 역시 우리 작가들에 의해 무수히 이야기되어 오지 않았던가? 학계에서는 처용을 두고 지방 호족의 아들이다, 아라비아 상인이다, 제웅이다, 심지어 불타의 아들, 또는 호국신으로 평가하기도 했다. 작가는 이러한 견해 가운데에서 하나를 수용하여 그를 서역의 인물로 재현해낸다.

역사의 뒷무대에는 이렇게 숨겨진 게 많은 법이다. 뒷무대까지 육박하려면 세계를 사실대로 그린다는 방법으로는 어림없어. 오늘날에 와서는 더더욱. 사실의 조각이란 얼마나 초라한가. 사실주의의 맹신자들이 파편으로 짜 맞춰 놓은 저 도자기 꼴을 보람. 요강단지잖아. 그 파편이 고려청자의 한 부분이 아니란 게 아냐. 없어진 파편이 얼마나 많은가를 알라는 것이지. 자기가 끌어 모은 파편만으로 복원을 해놓고 이게 청자요 하니 웃음거리가 될 밖에. 저 요강단지 보면 누구나 알 수 있잖아. 그래 그렇지. 그러니까 상상력이 필요한 법. 재석은 드러누워 누구에게 말하듯 중얼거렸고, 크게 깨친 기분에 속마음으로 빙글거렸다. 청자를 요강단지로 뭉개버리지 않으려면 유실된 부분을 메워줄 진흙이 필요한 거야. 상상력이란 바로그 진흙을 만드는 힘. 진흙을 주무르는 힘. 보라구. 청자 아닌 것을끌어들임으로써 우린 비로소 청자를 보게 되는 거라구. (40-41면)

　작가가 말하는 역사는 이 소설의 줄기이다. 역사는 사실의 영역인 것. 그러나 문학이 사실의 영역에만 주저앉지 않는다. 오히려 진실이 참된 영역인 것. 소설은 그 진실의 힘으로 만들어지는 것이다. 역사의 복원이라는 것, 그것은 요강단지보다 우월한 것이며 파편을 통해 청자로 만들어내는 것이다. 작가의 상상력이란 바로 청자로의 복원이며, 그것은 순전히 고고학적 해석에 의한 상상력이다. 그것은 역사 속에 파묻힌 진실에 대한 추구이다. 작가는 사실주의자들이 안고 있는 증명할 수 없는 세계에 대한 부정을 상상력을 통해서 복원해내는 지난한 작업을 벌인 것이다. 그것은 천년 전의 신라와 20세기의 현실을 넘나드는 환상의 형식이자 작가의 말처럼 가짜가 진짜를 말하는 기묘한 형식이다.

　이 소설에는 두 개의 시공간이 병치된다. 그 하나는 1990년대의 현실이고, 또 다른 하나는 신라 하대이다. 물론 소설 속의 또 다른 소설, 즉 한재석이 쓰고 있는 장편소설의 소설적 현재, 즉 예수와 그의 시대를 포함하면 셋이겠지만. 현재적 공간에서 과거를 찾아가는 것, 그리고 과거와 현재가 동시에 병치되고, 현재와 역사적 공간이 합치되는 곳에 이 소설은 존재한다. 과거란 역사이며, 역사는 온전히 연대기적 기술을 통해서 살아남는다. 작가는 5세기의 네스토리우스파의 믿음과 7세기의 중국의 경교, 9세기의 황소의 난과 신라의 헌강왕대의 이야기를 처용이라는 인물을 통해 얽어내고, 또한 그것을 20세기와 결부시킨다. 처용 이야기는 가장 근간이 되는 것이 『삼국유사』이지만 일부는 『삼국사기』를 통해 보완하였다. 그리고 당시의 시대적 정황과 이웃 나라의 정세, 시대사적 조류들을 두루 포괄하며 더욱 실감나게 그리고 있다. 작가의 문학적 진실은 역사의 행간에 숨어있는, 사실의 이면에 내장되어 있는 것들이다.

그것들을 역사와 허구, 사실과 진실의 행간 채우기를 통해 그려낸 것이
다.

　　나 처용은 아랍인의 후손이오. 아랍에서 왔다 이 말이오. 곧장 온
건 아니지만. 당나라에 모슬렘 사회가 형성되어 있었다는 걸 믿을
수 있겠소? 믿어야 하오. 역사적 사실이니. 아랍의 무역상인들을 통
해 대거 진출해 있었던 거요. 당에 와 있던 아랍인이 어찌하여 신라
로 옮겨오게 되었느냐 하면, 그걸 알려면 황소의 난이 있었다는 걸
떠올리시면 될 겁니다. 그 난을 피해 모슬렘 등등은 국외탈출을 시
도했는데 소생은 바로 거기에 속해 있었습지요. 그리해 모세의 율
법이며 예수의 복음이며 모하메드의 계시며를 물인양 바람인양 마
시며 자라난 아랍인의 후예가 마침내 이 땅으로 건너왔던 것.
　　하나 덧붙이자면 소생은 단순한 아랍인의 후예는 아니오. 오히려
소생의 정신 속에 흐른 피는 유럽과 아시아와 아프리카를 연결하는
내 본국 일대의 융합정신 같은 것이었소. (232-233면)

설화 속의 처용은 어떤 인물보다도 대중적이다. 그리고 그는 관용의
화신으로 남아 있다. 누구에게나 친숙한 인물이자 마치 바보인 듯한 별
스런 인물, 작가는 파우스트에 버금가는 인물을 실현시키기 위해 그를
천년의 역사 밖으로 끌어낸 것이다. 악의 인물 메피스토와 대적할, 또는
그에 상응하는 한국적인 인물, 아니 그는 분명 서양인의 모습을 하고 있
다. 그러나 그는 파우스트와는 다른 우리의 인물로 형상화된다. 작가의
해석학적 상상력은 신라 하대의 어려운 역사 현실 속에서 그의 자취를

재조명하고, 그를 1990년대 현실 속에서 의미를 부여하는 것이다. 그의
현재적 의미는 개인적인 관용의 세계에 머무르는 것이 아니라 사회 역사
적인 문맥에서 진취적인 개혁자의 모습으로 탈바꿈하기에 이른다. 그리
고 당대의 시대정국에 의해 희생될 수밖에 없는—이 부분이야말로 역사
가 개입될 수밖에 없으니까—그러나 후대에 자신의 예지적 능력을 남겨
하나의 종교 철학적 그림자를 남기는 인물로서 말이다. 그러므로 그에게
는 노스트라다무스적인 예지 능력과 시대를 초월하는 선지자로서의 의
미가 새겨진다.

　　그들을 누르지 않고 시행되는 개혁조치란 사상누각에 지나지 않
음이 판명되었습니다. 타개책은 전하의 권세가 더욱 강성하여지는
수밖에 없음이 분명하옵니다. 그들의 힘을 빼앗을 조치를 전격적으
로 실시하여야 할 것이고 또 한편으로는 흐트러진 세상을 바로 세
울 새로운 사상의 틀을 분명하게 제시하여야 할 것이옵니다. 우리
신라에는 현묘한 도가 있는데 이를 풍류(風流)라고 하지 않사옵니
까. 삼한 가운데 가장 뒤늦게 일어났으나, 융합의 원리로 삼한의 온
갖 대립·갈등의 요소들을, 그리고 혹은 밖에서 들어오고 혹은 안
에서 생겨난 온갖 다양한 사상을 아울러 마침내 통일을 이뤄 찬란
한 문화를 꽃피운 신라의 힘은 바로 그것에서 나왔다고들 모두가
말합니다. 이미 유불선(儒佛仙) 삼교를 포함하고 있다는 풍류. 그러
나 이 풍류도 그 현묘함을 잃은 지 오래이지 않습니까. 한시바삐 새
로운 사상의 틀을, 여러 세력들을 통합할 새로운 사상의 틀을 제시
하여야만 할 것이옵니다. (129-130면)

이 대목에서 작가가 말하고자 하는 바가 여실히 드러난다. 작가는 왜 처용에게 집착하는가. 그것은 작가가 추구하는 바이자 이 소설에서 갖는 야심이기도 하다. 처용에 대해 작가는 무엇보다 사상가, 철학가로서의 모습을 입힌다. 그는 "모세의 율법이며 예수의 복음이며 모하메드의 계시"를 두루 섭렵하고 신라에 들어와 융합의 철학을 모색한다. 그의 사상은 풍류도라는 신라정신을 이어받는다. 사상적 대안으로서의 처용, 그는 분열과 갈등이 아니라 융합과 통일을 내세운다. 그것은 역사를 갈등과 투쟁의 역사로 해석한 저 마르크시즘에 대응하는 사상이 아니겠는가. 작가는 통합의 사상을 기독교나 불교와 같은 기성 종교가 아니라 신라의 사상을 통해 형성하고자 했다. 이 소설에서 처용의 의미가 새롭게 부각되는 까닭은 바로 그 안에 작가의 진정성이 들어있기 때문이다. 작가는 기독교적 계시와 불교적 돈오, 자력성과 타력성, 이것이 두 개가 아니라 하나의 사상으로 귀속시킬 수 있는 접점에 처용을 자리매김하고 있다. 그러므로 처용은 우리 시대의 처용으로 옮아온다.

3

그때 내게 그것은 공들여 쓴 소설이긴 하지만 페이지가 어떻게 넘어가는지도 모를 정도로 흥미진진한 이야기를 들려주는 것도 아니었으며 또 인생을 바꾸어놓을 엄청난 교훈과 감동의 독서 체험을 하게 한 것도 아니었다. 서스펜스와 의혹이 양파껍질처럼 벗겨지며 실체에 접근하는 과정 등 재미있는 요소가 결코 녹록하지 않음에도 한없이 가벼운 시대를 살아가던 그때의 나는 주제의 심각성에 선입견을 가져버렸음이 틀림없었다. 그리하여 나는 소설의 작자를 고집이 꽤나 센, 그래서 때로 아둔해질 수 있는 사람이 아닐까라고 추측하기까지 하고 만 것이다. 여하튼 그때 나는 만약 그를 만나 맥주라도 한 잔씩 나누게 된다면 이런 말을 해주고 싶어 했다. (249-250면)

두 번째 이야기, 작가는 다시 소설 속의 작가 한재석을 분석하고 편집한다. 작가에 의해 소설은 다시 비판받고 평가받는다. 작가의 말 "공들여 쓴 소설이긴 하지만 페이지가 어떻게 넘어가는지도 모를 정도로 흥미진진한 이야기를 들려주는 것도 아니었으며 또 인생을 바꾸어 놓을 엄청난 교훈과 감동의 독서 체험을 하게 한 것도 아니었다"는 평가는 이러한 현상을 반영한다. 그런데 중요한 것은 그 다음 문맥, "서스펜스와 의혹이 양파껍질처럼 벗겨지며 실체에 접근하는 과정 등 재미있는 요소가 결코 녹록하지 않음에도 한없이 가벼운 시대를 살아가던 그때의 나는 주제의 심각성에 선입견을 가져 버렸음이 틀림없었다"라는 부분이다. 이 대목은 결국 달리 말해, 위대한 문학까지는 아닐지라도 나름의 문제성을 지닌 작품 정도로는 볼 수 있겠다는 가치 평가인 셈이다. 그렇다면 이 작품은 왜 문제적인가, 또는 다른 작품들과의 차별성은 어디에 있는가?

　─ 둥! 이 북소리가 들리는가. 그렇다면 귀 있는 자들이여, 이 세 번째 노래도 들어라!
　─ 오늘 여러분은 과거로의 여행─시간과 공간을 초월하는, 당연

히 흔히 있을 수 없는 유쾌한 여행을 하게 됩니다. 내가 이 세상과 처음으로 관계 맺었던 그곳, 천년 전 그곳에서 여러분은 나 처용이의 사상체계에 일대변혁이 일어난 이유의 배경 정황을 조금쯤은 아시게 될 겁니다. (107면)

이 소설의 중심 부분은 5가로 이루어져 있다. 각각은 하나의 매듭으로 각편을 형성하면서 전체로 묶인다. 그것은 극의 장 개념과 유사하다. 그것은 우리의 전통적 가무나 민속극의 형식과 접합된 것으로 보인다. 오광대나 봉산탈춤 등의 과장은 전체 속에 통합되고, 판소리나 굿거리가 장면식으로 구성되듯 이 작품도 그러한 가무적 속성을 이어받고 있다. 그것은 실험적이면서 새로움을 부가하는 기능을 하는 것이다. 또한 '귀 있는 자여 들으라'로 시작되는 서두는 참언적 메시지를 전하면서 소설을 경쾌한 구성으로 연결시키는 역할을 한다.

또 하나, 이 소설은 시공간이 병치적이다. 그래서 과거 속에 현실이 살아 있고, 현실 속에 과거가 공존해 있다. 그러므로 처용은 신라 시대의 처용이기도 하고, 우리 시대의 처용이기도 하며, 애랑 역시 신라의 사람이자 현재의 인물이다. 이 작품의 인물들은 미로와 같은 실타래로 엮어져 있다. 진실을 찾아가는 추리는 역사와 공간을 넘나들며 복잡하게 얽혀있지만, 마침내 골디아스의 매듭처럼 시원하게 풀리며 작가의 상상력에 찬탄을 금치 못하게 만든다.

아, 그렇게 진지하게 물으니, 바른 대로 대답하지 않을 수가 없군요. 에, 현실이야 아니라지만, 그냥 헛것만도 아닌 게지요. 이게 가

장 정확한 대답이 아닐까 합니다. 으음, 현실에 영향을 미치는 헛것
이라고 하면 어떨까요? (240면)

현실적인 것과 환상인 것, 사실적인 것과 허구적인 것이 서로 연계되
어 있는 것, 그 둘이 상호 영향하에서 의미작용을 하는 것이 이 작품의
세계이다. 이 작품에는 여러 이야기가 혼재한다. 마사다의 이야기를 쓰
는 작가 한재석, 한재석이 만나는 현실의 처용 이야기, 그리고 에필로그
의 저자 등 이야기와 작가들이 양파처럼 겹을 이루며 전개되었다. 작가
는 그들 모두이기도 하고, 그들 모두가 아니기도 하다. 그러므로 그것은
허구들의 이야기, 현실과 허구가 여러 겹의 층을 이룬 환상소설이며, 또
한편으로는 소설가의 삶을 그리고 있다는 점에서 예술가 소설이기도 하
다.

4

이 작품은 신과 인간의 문제, 신과 인간의 새로운 관계를 탐구하는 작
품이다. 작가는 그러나 야훼와 같은 신쪽에서 의미를 찾기보다 인간적인
것에 보다 많은 관심을 기울인다. 새로운 모색의 대상으로 처용을 내세
운 것은 괴테가 부정과 욕망의 화신 메피스토를 내세운 것과 같은 맥락
이다. 한재석은 끊임없이 자신을 구원할 대상을 모색하고 있다. 재석과
용우에게 신의 궁극적 모습과 구원의 양상은 서로 다르며, 그것은 돼지
치기 사내에게서도 마찬가지이다. 재석의 방황과 모색은 마사다 노인,
처용과 연결됨으로써 역사적 맥락이 확장되었다. 그에게 현실은 신라 말

기처럼 정치적이나 사상적으로 혼돈의 시대이다. 세속화된 세계에서 세
속화된 신, 신적인 것이기보다 인간적이며 반신적인 모습을 담은 신, 처
용을 추구하는 재석에게서 우리가 이 시대를 살아가는 젊은이의 자화상
을 찾게 되는 것은 무엇 때문일까? 재석의 방황은 인간으로서의 방황이
며, 그의 복수 또한 철저히 인간적이다. 그 속에는 풍류―그것은 풍유이
면서 풍자이다―가 깃들어 있고, 이 시대를 살아가는 젊은이의 암울한
정경이 들어 있다.

　더 이상 지속 가능할지 의문스러운 글쓰기, 그것을 부여잡고 시대의
당위와 필연을 논할 수밖에 없는 현실, 황금 만능주의가 판치고 인간다
움이 실종되고 권력과 욕망이 무성한 늪이 되어버린, 과거 그 어느 때보
다 불확실하고 오리무중인 오늘날. 이럴 때일수록 과거를 거울삼아 진정
성을 고집스럽게 추구하는 작가의 글쓰기가 더욱 빛을 발하는 것이 아닐
까?

(필자: 문학평론가)

소설과 관련된 역사적 사건들

BC 4년경 베들레헴의 마구간에서 예수가 태어난다. 이때는 이스라엘에 종말 사상이 팽배해 있고, 그에 따라 메시아를 기다리는 열망이 드높던 무렵이다.

35년 열렬한 바리사이파 바울이 기독교인들을 체포하러 다마스쿠스로 가던 길에 예수의 출현을 경험하고 사흘 동안 실명 상태에 있으면서 회심(回心)한다. 그는 오늘의 기독교가 있게 한 기독교 형성사상 가장 중추적 인물.

66년 유대교 민족주의자들이 로마총독을 내몰고 예루살렘에 새로운 정부를 세운다. 이 제1차 유다전쟁(66년-73년)의 최종기에 이스라엘 사해 해안의 마사다에서는 960명의 열심당원이 로마군에 맞섰다. 예루살렘이 함락된 후에도 저항을 계속하던 이들은 로마군에게 항복하지 않고 전원 집단자살한 것으로 알려져 있다.

397년 오늘날의 성서가 카르타고 공의회에서 확정된다. 성경의 범위가 한정·확정된 것은 교리상의 이설(異說)이 교회 내에 존재한 까닭이었다. 이에 신앙생활에 가장 표준이 될 만하다고 인정되는 책들을 교회회의가 정경으로 확정한 것이다.

431년 초기 기독교 종파 중의 하나인 네스토리우스파가 에페소스 공의회에서 이단으로 정죄된다. 네스토리우스파는 인간 예수에게 신이 임재해 신의 아들인 그리스도가 되었다는 믿음을 고수하고 있었다.

634년　아이러니컬하게도 아랍 국가인 페르시아로 옮겨가 교세를 확장할
수 있었던 네스토리우스파가 선교단을 당의 수도 장안에 파견한다.
이들의 종교는 중국에서 경교(景敎)라 불린다.

875년　중국에서 불교와 융합하며 융성하던 경교는 황소의 난으로 박해를
받게 되면서 그 신도들이 해외 탈출을 시작한다.

879년　신라의 헌강왕이 동쪽지방을 시찰하는 중 어디서 왔는지 모를 4인
이 왕 앞에 나타나 노래하고 춤을 춘다. 그 모습과 차림새가 해괴하
여 당시 사람들은 그들을 산해정령(山海精靈)이라 했다.

935년　헌강왕이 포석정 연회에서 "지혜로 다스리던 자 많이 떠나가니 도
읍이 깨뜨려진다"는 남산신의 참언(예언의 말)을 권신들에게 전하
고 약 반 백년이 흐른 이 해 마침내 신라는 천년의 국운을 다하고
망한다.

1947년　베두인의 한 소년이 잃어버린 염소를 찾아 사해 서안의 절벽에 위치
한 여러 동굴 안을 수색하던 중 아마포에 잘 싸인 가죽 두루마리가
들어 있는 항아리들을 발견한다. 예루살렘 정교회(正敎會)의 대주
교 등이 사들인 이 두루마리는 예수 시대의 것으로 밝혀진다.

1956년　고도 경주의 불국사에서 십자가와 마리아상이 신라시대 유물들로
출토된다.

구광본 장편소설
나의 메피스토

펴낸이	임형욱
지은이	구광본
초판발행	2001. 3. 5. 1쇄
등록번호	제2-3258호
등록일	2001. 2. 5.
펴낸곳	행복한책읽기
주소	서울시 중구 필동2가 16-6 풍산빌딩 4층 (우) 100-272
전화	02-2277-9216,7
팩스	02-2277-8283
E-mail	heenyun@chollian.net

편집교열	정민숙
디자인	조현자
영업	이정욱
필름출력	(주)버전업
인쇄 및 제본	구림기획인쇄
배본처	BANKBOOK

책값　　**7,800원**

구광본 장편소설
나의 메피스토
ISBN 89-89571-00-6 03810

ⓒ 2001 구광본
Printed in Korea

● 서면에 의한 저작권자의 허락 없이는 복제를 금합니다.